KB080331

금단의 断術
禁의
魔 마술

금단의 마술

초판 1쇄 펴낸날 2023년 10월 27일 2쇄 펴낸날 2024년 1월 10일
지은이 히가시노 게이고 **옮긴이** 김난주 **펴낸이** 박설림 **펴낸곳** 도서출판 재인 **디자인** 오필민디자인
등록 2003. 7. 2. 제300-2003-119 **주소** 서울시 강남구 언주로 30길 13 대림아크로텔 1812호
전화 02-571-6858 **팩스** 02-571-6857

ISBN 979-11-92483-20-7 03830 Copyright ⓒ 재인, 2023 Printed in Korea.

책값은 뒤표지에 표시되어 있습니다. 잘못된 책은 바꿔 드립니다.

금단의 마술

히가시노 게이고

김난주 옮김

재인

1

손목시계를 보며 시간을 확인했다. 밤 11시가 조금 지나 있었다. 로비에 남아 있던 손님들이 삼삼오오 떠나는 것을 확인한 다음 요시오카는 컴퓨터 키보드로 시선을 주었다.

도쿄에 있는 호텔의 밤은 길다. 프런트를 지키는 야간 근무는 밤 11시에 시작되는데, 그 이후에 체크인하는 손님도 드물지 않다. 그리고 날짜가 바뀐 다음에 체크인하는 손님도 꽤 있다. 그런 손님 중에는 야릇한 분위기를 풍기는 커플도 있지만, 요시오카는 그런 손님을 응대하는 것이 결코 싫지 않았다. 두 사람에게 오늘이 특별한 날이라서 어디선가 호화로운 저녁 식사를 한 다음 한잔하고 왔을지도 몰라. 남자가 여자에게 데이트 신청을 하고 운 좋게도 호텔로 데려오는 데까지 성공한 것인지도…… 그렇게 상상의 나래를 펼치는 재미가 있었다. 물론 그런 호기심을 얼굴에 드러낼 수는 없다.

정면 현관의 자동문이 열리고 여자 손님이 들어왔다. 나이는 이십 대 후반쯤일까. 반듯한 투피스 차림이지만, 길이가 짧은 스커트에서 얼핏 빈틈이 보인다. 키는 여자치고 큰 편이다. 갸름한 얼굴에 눈꼬리가 살짝 올라간 커다란 눈.

이내 기억이 떠올랐다. 몇 번 온 적 있는 여자다. 요시오카도 두 번 정도 담당했다. 그런데 처음 왔을 때와 두 번째 왔을 때 이름이 달랐다.

"야마모토예요."

그녀가 속삭이듯 말했다.

이번에도 이름이 다르군, 하고 요시오카는 생각했다. 첫 번째 이름도 두 번째 이름도 아니다.

물론 그런 내색은 하지 않고 키보드를 두드렸다.

"야마모토 하루코 씨군요."

"맞아요."

"반갑습니다. 스위트룸에서 1박이시군요."

"네."

"감사합니다. 여기에 기입을 좀 해 주시겠습니까."

요시오카가 숙박 카드를 내밀었다.

그녀는 볼펜을 들고 주소와 이름을 적었다. 가명이니까 당연히 주소도 엉터리일 것이다. 이렇게 해서 호텔 고객 리스트에 가공의 인물 데이터가 늘어 간다.

무심코 그녀 얼굴을 봤다가 이런, 하고 생각했다. 낯빛이 영 좋지 않았다. 전에 피부색이 하얗다고 생각했던 기억이 있다. 그런데 오늘 밤은 잿빛에 가깝다.

그녀가 적은 것을 보니 주소는 지요다구다.

"실례지만, 지불은 카드로 하시겠습니까, 아니면 현찰로?"

빤한 질문을 했다.

현찰로 할게요, 하고 대답하면서 그녀가 핸드백을 열고 지갑에서 지폐를 꺼내 트레이에 올려놓았다.

"이거면 될까요?"

세어 보니 만 엔짜리 13장이다. 1박에 10만 엔짜리 방이니까 보증금으로 충분하다. 지금까지의 경험으로 가격을 아는 것이다.

감사합니다, 라고 인사하고 요시오카는 체크인 절차를 마무리했다.

"오래 기다리셨습니다. 1820호실입니다."

카드 키가 든 봉투를 카운터에 올려놓았다.

"방까지 안내해 드릴까요?"

괜찮아요, 하고 봉투로 손을 내밀던 그녀가 멈칫하며 미간을 찌푸리더니 눈을 꼭 감았다. 어딘가 아픈 것을 꾹 참고 있는 것처럼 보였다.

"왜 그러시죠?"

요시오카가 물었다.

"괜찮으세요?"

여자 손님은 입술에 옅은 미소를 머금고 고개를 끄덕였다.

"네, 괜찮아요."

그녀가 봉투를 집어 들었다.

"그럼 편히 쉬십시오."

요시오카는 정중하게 고개를 숙였다. 얼굴을 들었을 때 그
녀는 이미 엘리베이터 쪽으로 걸어가고 있었다.

내일 아침에도 그녀는 혼자 프런트를 찾을 것이다. 그리고
체크아웃 수속을 한 다음 혼자 호텔을 떠날 것이 분명하다.
그러나 방에서도 혼자란 법은 없었다. 그녀의 방에 누가 찾아
오든지 말든지, 그것은 호텔 종업원이 관여할 바가 아니다.

"공포의 버스가 도착했군. 자, 가지."

선배 벨보이가 등을 툭 치자 마쓰시타는 재빨리 정면 현관
으로 향했다. 밖으로 나가 보니 현관 앞에 세워져 있는 버스
에서 중국인 관광객들이 우르르 내리는 참이었다.

버스 하부의 짐칸에는 슈트케이스와 거대한 가방이 꽉 들
어차 있었다. 그 짐들을 호텔 안으로 옮기는 것이 두 사람의

일이다. 물론 일은 거기서 끝나지 않는다. 아직 체크인을 하기까지는 시간이 좀 남았으므로 짐들을 한곳에 모아 놓고 관리해야 한다. 짐이 많지 않으면 별일 아니지만, 이렇게 수십 개나 되면 공간을 확보하기도 쉽지 않다. 다른 손님들에게 폐가 되지 않도록 신경을 써야 할 필요도 있다.

"아니, 왜 이렇게 일찍 온 거야. 아직 1시도 안 됐잖아."

줄지어 있는 짐들을 그물망으로 덮으면서 선배가 투덜거린다.

짐을 모두 갈무리하고 나서 대기실로 가려고 프런트 데스크 앞을 지나치는데 "마쓰시타 군." 하고 프런트 주임이 그를 불렀다.

"나 좀 잠깐 보지."

"왜 그러시는데요?"

누군가와 통화를 하는 듯, 프런트 주임은 수화기를 들고 있었다.

"1820호실에 가 봐야겠어."

그가 수화기를 내려놓고 말했다.

"시간이 이렇게 되었는데 손님이 내려오질 않아서 말이지. 전화도 안 받는군. 보증금을 맡겼으니 그냥 가지는 않았을 텐데……."

"남자 손님인가요?"

"아니, 체크인은 여자 손님이 했어. 그러니까 주의하고."

"알겠습니다."

마쓰시타는 마스터키를 들고 객실로 향했다. 1820호실은 스위트룸이다.

방문 앞까지 가서 우선 벨을 눌렀다. 잠시 기다려도 반응이 없자 이번에는 노크를 했다. 하지만 역시 아무 반응이 없다.

이렇게 되면 남은 방법은 하나다.

"실례하겠습니다."

마쓰시타는 마스터키를 카드 구멍에 밀어 넣었다.

문이 열렸다. 조심조심 안으로 들어갔다. 거실에는 아무도 없었다. 테이블에 맥주병과 잔 두 개만 덩그러니 놓여 있다. 두 잔 다 맥주가 절반 정도 남아 있었다.

침실 문은 닫혀 있었다. 우선 노크를 했다. 그러나 반응이 없었다. 심호흡을 하고서 실례합니다, 하고 마쓰시타는 조금 큰 목소리로 말했다. 여자 손님이 깊이 잠들었을 가능성이 있기 때문이다.

문을 열고 방 안을 살짝 들여다본 그는 그만 움찔하고 말았다. 아무도 없을 줄 알았는데 퀸사이즈 침대에 여자가 누워 있었던 것이다. 블라우스에 스커트 차림이다.

하지만 정말로 소스라치게 놀란 것은 그 몇 초 후였다.

침대 커버가 시뻘겋게 물들어 있었다. 그것이 엄청난 양의 피이며 여자의 하반신을 중심으로 넓게 펴져 있다는 사실을 깨닫기까지는 다시 몇 초가 필요했다. 스타킹도 시뻘겠다.

그제야 마쓰시타는 겨우 알아챘다. 창백한 얼굴의 여자는 어렴풋이 눈을 뜬 채 미동도 없었다.

머리가 혼란스러웠다. 뭘 어째야 좋을까. 망연자실해서 서 있는데 웃옷 안주머니에서 얼마 전에 산 스마트폰이 진동했다. 끄집어내다가 하마터면 떨어뜨릴 뻔했다.

네, 하고 겨우 대답했다.

"마쓰시타, 상황이 어때?"

프런트 주임이었다. 말투가 더없이 태평스럽게 들린다.

마쓰시타는 심호흡을 한 번 한 후 단숨에 말을 뱉었다.

"크, 큰일 났습니다. 손님이 살해당했어요. 침대에서, 칼에 찔렸나 봅니다."

2

데이토 대학 이학부는 역사가 깊다. 건물에 발을 들여놓은 순간 고시바 신고는 공기의 냄새가 다르다고 느꼈다. 물론 곰 팡내나 땀내가 난다는 뜻이 아니다. 오래된 박물관이나 미술 관이 연상시키는 격조 있는 향이 떠다니는 것처럼 느껴졌던 것이다. 물론 세월이 느껴지는 벽과 바닥, 그리고 천장에 드 문드문 나 있는 얼룩과 흠집이 그런 착각을 불러일으켰는지 도 모른다.

맞은편에서 학생 둘이 걸어왔다. 둘 다 신고보다 나이가 많 아 보였다. 심각한 표정으로 뭔가 이야기를 나누고 있다. 스 쳐 지나갈 때도 그들은 신고에게 눈길을 돌리지 않았다. 수준 높은 연구 과제에 관해 토론하고 있는 게 아닐까, 그런 상상을 해 봤다. 이곳에서는 모두가 우수한 선배 과학자로 보인다.

계단을 올라가 복도를 걸었다. 이윽고 목적지인 제13연구 실의 팻말이 보인다. 문에 행선지를 알리는 표시판이 붙어 있 었다. 그에 따르면 신고가 만나려는 인물은 지금 연구실에 있 는 듯하다.

심호흡을 한 번 하고 문을 열었다. 작업대가 맨 먼저 눈에 들어왔다. 그 너머에 두 사람이 있다. 흰 가운을 입은 인물이 책상을 향해 앉아 있고, 그 옆에는 학생으로 보이는 젊은이가 서 있었다. 신고에게는 어느 쪽도 얼굴이 보이지 않는다.

"저, 실례합니다……."

조심스럽게 말을 건넸다.

학생인 듯한 젊은이가 이쪽을 돌아보았다. 하지만 흰 가운을 입은 인물은 한 손을 살짝 들어 보였을 뿐이다.

"차례를 기다리게."

낮지만 울림이 좋은, 반가운 목소리가 귀에 날아들었다.

신고는 연구실 안으로 들어가 문을 닫고 선 채로 두 사람이 주고받는 대화를 들었다. 아무래도 젊은 남자는 주의를 듣고 있는 듯했다.

"아무튼, 앞으로 이런 실수를 하지 않도록 조심하게. 아무리 간단한 계산이라도 반드시 스스로 해서 결과를 확인해야 해. 남이 내놓은 결과만 믿지 말고 말일세."

흰 가운이 엄하게 말했다.

젊은이는 "알겠습니다."라고, 목을 움츠리며 대답한 뒤 다소 의기소침한 표정으로 방을 나갔다. 그 뒷모습을 잠시 바라보던 신고가 흰 가운의 등을 향해 "저……." 하고 말을 걸었다.

"자네가 다섯 번째야."

흰 가운이 손가락을 펼쳐 보였다.

"다른 학생들에게도 말했지만, 리포트 제출 기한은 변경할 수 없네. 첫 강의 때 이미 예고한 일이야."

"리포트요?"

신고가 머리를 긁적거렸다.

"저, 그게 무슨……."

"아닌가……?"

흰 가운이 의자를 빙그르 돌려 이쪽을 향했다. 다음 순간, 다소 굳어 있던 그의 표정이 허를 찔린 듯이 확 누그러졌다.

"아니!"

"유가와 교수님, 오랜만입니다."

신고가 미소를 지으며 고개 숙였다.

"자네는 그러니까……,"

흰 가운을 입은 인물, 즉 유가와가 집게손가락으로 신고를 가리켰다.

"고시바 군, 맞아! 고시바 군이지?"

"맞습니다."

신고가 기운차게 대답했다. 성뿐만 아니라 이름까지 기억하고 있어 기뻤다.

"이거 오랜만이군. 그런데 여긴 어쩐 일이지? 아니, 혹시……."

네, 하며 신고가 고개를 끄덕거렸다.

"교수님 덕분에 합격했습니다. 공학부 기계공학과입니다."

"그래?"

안경 너머 유가와의 눈이 번쩍 뜨였다.

"그거 잘됐군. 축하하네."

유가와가 벌떡 일어나서 손을 내밀며 다가왔다. 신고는 손바닥의 땀을 청바지에 닦은 후 그의 손을 마주 잡았다.

"그게, 벌써 1년 전인가?"

유가와가 물었다.

"네. 봄 방학 때였으니까 1년이 조금 넘었어요. 죄송합니다. 연락을 드려야 한다고 생각은 했는데……."

"괜찮네. 고3이었으니 공부하느라 바빴겠지. 그나저나, 그 일은 어떻게 됐지? 들어오겠다는 학생이 있었나?"

"네, 두 명이 들어왔어요. 올해도 1학년이 한 명 있었다고 합니다."

"그거 잘됐군. 일단 동아리가 없어질 위기는 면했겠어."

"그럭저럭요. 교수님 덕분입니다."

"내가 한 일은 별로 없어. 다 자네가 노력한 결과지."

유가와가 손을 살살 내젓고는 싱크대 쪽으로 걸어갔다.

"시간 있지? 커피라도 마시자고. 아니야, 학교 식당으로 갈까? 실은 나도 아직 점심을 못 먹었거든."

"아닙니다. 아쉽지만 저는 아르바이트하러 가야 해요. 패밀리 레스토랑에서 일합니다."

"아르바이트를? 낮부터?"

"주중에는 저녁에 하는데 오늘은 토요일이라서요."

그렇군, 하면서 유가와가 고개를 끄덕거렸다.

"역시, 이래저래 고생이 많군."

"아닙니다. 전에도 말씀드렸지만, 누나가 있어서 괜찮아요."

"누나……, 아, 그랬지."

"또 찾아뵈어도 될까요?"

"물론이지. 언제든지 환영이야. 다음번에는 좀 더 느긋하게 얘기를 나누고 싶군."

"아르바이트가 없는 날 올게요."

"그래, 그렇게 해. 휴대 전화 번호는 안 바뀌었지?"

"네, 그대롭니다. 그럼 또 찾아뵙겠습니다. 안녕히 계세요."

신고가 고개 숙여 인사한 후 문으로 향하는데 신고 군, 하고 유가와가 그를 불렀다. 신고는 걸음을 멈추고 돌아봤다.

"데이토 대학에 온 걸 환영하네. 힘내게."

"네!"

신고가 힘차게 대답했다.

이학부 건물을 나와서야 그는 숨을 크게 내쉬었다. 몸이 후끈하다. 아직 긴장이 남아 있는 탓이다. 오랜만에 은인과 얘기를 나누게 되어 흥분했나 보다.

그 물리학과 부교수는 신고의 고등학교 선배다. 스무 살 이상 나이 차가 있으니 선배도 대선배다.

두 사람은 신고가 편지를 보낸 것을 계기로 알게 되었다. 당시 고등학교 2학년 생활이 얼마 남지 않았던 신고는 초조했다. 이유는 3학년이 졸업해서 학교를 떠나면 동아리 부원이 달랑 자기 혼자 남기 때문이었다.

그 동아리란 다름 아닌 물리 연구회다. 다양한 물리 실험을 즐기는, 소위 과학 오타쿠들의 모임인데, 근래에는 들어오기를 희망하는 학생이 거의 없었다.

4월이 되면 신입생들이 들어오는데, 그들에게 뭔가 매력적인 퍼포먼스를 보여 주면 동아리에 오고 싶어 하는 학생이 나타나지 않을까 하는 게 신고의 생각이었다. 하지만 좋은 아이디어가 떠오르지 않았다. 아니, 아이디어는 있는데 예산이 없었다. 동아리 고문 선생과 의논해 보았지만, 곤란하다는 표정만 지을 뿐, 전혀 도움이 되지 않았다.

고민 끝에 떠오른 생각은 졸업생에게 도움을 청하는 방법이었다. 그래서 졸업생 명부를 뒤져 도와줄 만한 인물을 찾아봤지만, 이름과 직함만 봐서는 누가 도움의 손길을 내밀지 도무지 짐작이 가지 않았다. 할 수 없이 신고는 연락처가 있는 졸업생 전원에게 물리 연구회가 처한 상황을 호소하는 편지를 보냈다.

그러나 호의적인 답장은 좀처럼 오지 않았다. 아니, 답장은 커녕 보낸 편지 대부분이 수취인 불명으로 되돌아왔다. 케케 묵은 졸업생 명부는 별 쓸모가 없었던 것이다.

그런데 체념에 빠져들 즈음 답장이 왔다. 보낸 사람의 메일 주소를 본 신고는 저도 모르게 눈을 화들짝 떴다. 도메인이 데이토 대학이었기 때문이다.

그 메일의 주인공이 바로 유가와 마나부였다. 그의 글을 읽고 신고는 어둠 속에서 한 줄기 빛을 발견한 듯한 기분에 휩싸였다. 물리 연구회가 사라질 위기에서 벗어나는 데 발 벗고 나서겠다는 내용이었던 것이다.

그리고 3월에 들어선 지 얼마 안 된 어느 날 유가와가 학교 를 방문했다. 차분하면서도, 단단한 체구에서 에너지가 뿜어 져 나오는 사람이었다. 듣자 하니 고등학교 시절에는 배드민 턴 동아리에서도 활동했다고 한다. 좀 더 나이 들어 보이고 스포츠와는 거리가 먼 인물을 예상했는데 의외였다.

유가와는 신입생에게 선보일 퍼포먼스를 몇 가지 준비해 왔다. 하나같이 매력적이었지만 신고는 일단 그중 하나를 골 랐다. 전류와 자계를 이용한 실험 장치였다. 그것이 가장 임 팩트가 있어 보였다. 다만 제작이 어렵고 예산도 꽤 들 것 같 았다. 하지만 그 문제 역시 유가와가 해결해 주었다. 대학에서 남는 장비를 제공하기로 한 것이다.

봄 방학이 시작되자 본격적으로 실험 장치 제작에 들어갔다. 유가와도 매일같이 찾아와서 다양한 기술과 노하우를 전수해 주었다. 과학에는 자신이 있다고 자부하던 신고지만, 유가와의 풍부한 지식과 경험에는 혀를 내둘렀다. 그와 함께하는 시간은 새로운 발견의 연속이었다. 때로는 이론이 너무 어려워 따라가지 못하는 일도 있었는데, 그럴 때 신고가 포기하려 하면 유가와는 드물게 훈계를 늘어놓기도 했다.

"포기하면 안 돼. 옛날 사람들이 생각해 낸 것을 젊은 자네가 이해하지 못한대서야 말이 안 되지. 한번 포기하고 나면 버릇이 되는 법이야. 그렇게 되면 풀 수 있는 문제도 못 풀게 된다네."

그리고 그는 신고가 이해할 때까지 끈질기게 차근차근 설명해 주었다.

이 사람은 과학자로서뿐만 아니라 인간으로서도 최고다, 라고 신고는 생각했다.

장치가 완성될 때까지 실험을 반복하고, 유가와의 조언을 참고로 보완을 거듭해 갔다. 그 결과 봄 방학 후반에는 거의 완벽한 형태가 갖추어졌다. 신고 스스로도 흡족했지만, 유가와가 "우리 학생들도 이만큼 잘 만들지는 못할 거야."라고 칭찬해 주어 더욱 기뻤다.

그날 저녁 신고는 유가와를 집으로 초대해 완성을 자축하기로 했다. 집이래야 아홉 살 위 누나와 둘이 사는 원룸 아파트였다. 엄마는 신고가 어렸을 때 병으로 돌아가셨고, 아버지는 신고가 중학교 3학년 때 사고로 세상을 떠났다. 그때부터 누나 아키호가 생계를 책임져 왔다.

아키호가 준비한 스키야키와 맥주를 유가와는 기껍게 먹고 마셨다. 술 상대를 하는 아키호도 기쁜 기색이 역력했다. 집에 손님을 초대해 식사를 대접한 일은 남매끼리 살기 시작한 이래 처음이었다.

맥주가 몇 병 비자 유가와는 말문이 트인 듯 여러 가지 얘기를 해 주었다. 과학의 역사, 우주와 미래 등등, 화제가 어찌나 풍부한지 신고는 시간 가는 줄을 몰랐다. 그리고 한편으로 돌아가신 아버지가 떠올랐다.

신고는 아버지를 존경했다. 중장비를 취급하는 회사의 기술자였던 아버지 게스케는 입버릇처럼 "과학을 제패하는 자가 세계를 제패한다."라고 말하곤 했었다.

"올림픽이 좋은 예야. 신체를 단련하는 것만으로는 이길 수 없어. 건강 관리는 물론, 훈련과 테크닉, 전술, 장비 등 스포츠 과학으로 무장한 자에게만 승리가 돌아가는 법이지. 근성과 정신력으로 이긴다는 생각은 난센스야. 아니, 정신이라는 것도 결국은 뇌 과학의 한 분야잖아. 바꾸어 말하면, 과학으로 무장한 자는 적이 없을 뿐만 아니라 그 어떤 꿈도 이룰 수 있단다."

저녁때 반주로 술기운이 오르면 아버지는 늘 그렇게 말했다.

또 시작이라고 생각하면서도 신고는 그런 아버지 얘기를 듣는 것이 싫지 않았다. 어느 사이 신고 자신도 과학에 흥미가 생겼기 때문이다.

유가와와 건배하고 마신 맥주 한 잔에 취기가 올랐는지 정신이 들었을 때 신고는 몸에 담요를 덮은 채 소파에 누워 있었다. 고개를 돌리자 식탁에 마주 앉아 있는 유가와와 아키호의 모습이 보였다. 소곤소곤 뭐라고 얘기를 나누고 있었지만 잘 들리지는 않았다.

신고가 몸을 일으키자 아키호가 "깼어?"라고 물었다.

"둘이 무슨 얘기 했어?"

누나가 "비밀." 하고 장난스럽게 웃는데 유가와가 "자네 아버지 얘기를 했어."라고 가르쳐 주었다.

"과학을 제패하는 자가 세계를 제패한다……, 좋은 말이야."

신고는 가슴속이 따뜻해지는 것을 느꼈다.

감사합니다, 라고 고마움을 표시했다.

유가와가 아버지를 칭찬해 준 것이라고 생각했다.

4월이 되자 유가와가 더는 학교에 오지 않게 되었다. 그는 미국에 가서 석 달 정도 있게 되었다면서 "이제 자네에게 가르쳐 줄 게 없어. 신입 부원 모집에 성공하기를 비네."라는 말을 남기고 떠났다.

제작된 장치로 퍼포먼스를 한 덕분에 신입 부원 유치에 성공했다. 하지만 미국 연락처를 몰라서 유가와에게 그 소식을 전할 수는 없었다. 그리고 신고 역시 입시 공부에 바빠져 두 사람은 소원해지고 말았다.

그러나 유가와를 잊은 적은 없었다. 잊기는커녕, 그를 선망하는 마음이 공부할 때의 집중력을 높여 주었다. 목표는 데이토 대학. 그 외에는 전혀 고려하지 않았다. 다만 물리학과가 아니라 기계공학과를 지망했다. 그편이 취직하기 쉬울 것 같아서였다. 아무리 유가와가 선망의 대상이라고 해도 자신이 학자 타입이 아니라는 것을 신고는 알고 있었다.

유가와가 있는 데이토 대학에서 제대로 공부해 아버지같이 우수한 기술자가 되는 것, 그것이 신고의 현실적인 목표였다.

데이토 대학 교문을 나서는데 휴대 전화가 울렸다. 화면에 '아키호'라고 발신자 이름이 표시되어 있었다. 어젯밤에 그녀는 집에 들어오지 않았다. 업무상 간혹 있는 일이어서 크게 신경 쓰지 않았다.

"아니, 뭐야. 무단 외박이나 하고."

장난스럽게 전화를 받았다.

그런데 대답이 금방 돌아오지 않았다. 뭔가 주저하는 기색이 느껴졌다.

"여보세요."

남자 목소리였다.

신고는 움찔 놀라 발신자 표시를 다시 한 번 확인했다.

"여보세요." 하는 상대방 목소리가 다시 들렸다.

"고시바 신고 씨인가요?"

"아……, 네, 그런데요."

혼란스러웠다. 어떻게 상대방이 내 이름을 알까.

"경찰입니다."

"네?"

실은, 하고 잠시 머뭇거리던 남자가 "고시바 아키호 씨가 사망했습니다."라고 말했다.

그 말은 신고의 뇌를 그냥 지나쳐 갔다. 무슨 말을 들었는지 알 수 없었다.

"여보세요, 들리세요? 고시바 아키호 씨가……."

남자가 조금 전에 했던 말을 반복했다.

신고는 머릿속이 새하얘졌다.

3

잠시 후면 기차가 역에 도착한다. 오후 5시가 조금 지난 시
각. 차창 밖을 내다본다. 해는 많이 길어졌지만, 두꺼운 구름
이 넓게 퍼져 있어 하늘이 어둡다. 돌아갈 때 비가 쏟아지지
않으면 좋겠는데, 하고 우카이 가즈오는 생각했다. 5월 황금
연휴가 끝난 지 얼마 되지도 않았는데 정신을 차리고 보니 장
맛비를 걱정해야 하는 시기였다. 세월 참 빠르다.

역에 도착하자 서류 가방을 품에 안고 플랫폼에 내렸다. 전
에 왔을 때보다 내리는 승객이 늘어난 것 같다. 조금씩 활기
를 찾고 있다면 좋은 일이다.

개찰구 앞에 거대한 간판이 있었다.

'어서 오세요, 과학의 고장에'.

우주복을 입은 소년과 흰 가운을 입고 손에 비커를 든 소녀
가 웃고 있다. 사뭇 촌스럽긴 하지만, 이 정도 수준이 일반인
에게는 잘 먹힌다고 광고 회사 담당자가 주장했을 것이다. 전
문가에게 그런 말을 들으면 그런가 보다 하고 수긍하는 도리

밖에 없다.

중앙 광장으로 나가서 택시 승차장으로 향했다. 도로 건너편에서는 공사가 한창이다. 역과 곧장 연결되는 비즈니스호텔이 들어선다고 한다. 수요를 좀 더 확인한 후라도 늦지 않을 텐데, 오랜만에 찾아온 지역 발전의 기회에 조급한 마음이 앞서는 것일까.

택시에 올라탄 뒤 행선지를 말했다. 잠시 달리자 길가에 줄줄이 늘어선 현수막이 눈에 들어왔다. 그중에는 '과학보다 자연을!', '희귀 동식물을 보호하라!', '방사능 도입 반대!'라고 쓰인 것도 있었다.

"요즘은 어떤가요, ST 효과로 이용객이 좀 늘지 않았습니까?"

운전사의 희끗희끗한 머리를 바라보며 우카이가 물었다.

흠, 하며 운전사는 앞을 향한 채 고개를 갸웃했다.

"공사 관계자들은 좀 이용하는 것 같지만, 이 지역 사람들은 여전히 별로 안 탑니다. 아직 아무것도 시작되지 않았으니까요. 앞으로는 좀 달라지겠죠."

그럴 겁니다, 하고 우카이는 맞장구를 쳤다. 아무것도 시작되지 않았다……, 옳은 말이다.

10분 정도 달린 후 택시에서 내렸다.

그 가게는 번화가에서 약간 떨어진 곳에 있었다. 언뜻 보기에는 뒷골목에 있는 낡은 가옥 같은 모습이다. 간판은 있지만 쉽게 눈에 들어오지 않는다. 처음 왔을 때는 찾느라 꽤나 애를 먹었다.

미닫이문을 열면 좁은 통로가 나온다. 안에서 전통 작업복을 입은 여자가 나왔다. 우카이가 이름을 말하기도 전에 그녀는 살가운 미소를 지으며 "어서 오세요. 벌써 도착해 계십니다."라고 공손하게 말했다.

여자의 안내로 들어간 곳은 자그마한 다다미방이다. 그곳에는 남자 네 명이 와 있었다. 그중 두 사람은 문 바로 안쪽에 정좌해 있고, 다른 두 사람은 네모난 테이블에 나란히 앉아 있었다. 그 둘은 우카이와 안면이 있는 사이다.

"아니, 두 분이 왜 이쪽에 앉으셨습니까? 상석에 앉으셔야죠."

우카이가 비어 있는 테이블 맞은편 자리를 가리키며 말했다.

"아닙니다, 아닙니다. 우카이 씨가 상석으로 가세요."

광대뼈가 도드라져 보이는 이케하타가 말했다. 그는 우카이가 보좌하고 있는 국회의원의 이 지역 후원회장이다.

"그럼요. 자, 이쪽으로 앉으시지요."

이케하타 옆에 앉은 남자도 말했다. 대형 부동산 회사의 사장 니시무라라는 사람으로, 이 고장에서 시작된 프로젝트의 실질적인 책임자다.

그것참, 하고 중얼거리며 우카이는 상석에 엉거주춤 걸터앉았다.

"이거 영 불편한데요."

"오가 의원님 대리인이시니 당당하셔야지요."

이케하타가 그렇게 말하면서 웃고는 여자를 바라보며 고개를 끄덕했다. 여자가 인사를 하고 방을 나가더니 밖에서 방문을 닫았다.

이케하타가 우카이 쪽으로 고개를 돌렸다.

"먼 길 오시느라 수고 많으셨습니다."

"그런 식으로 말씀하시면 오가 의원님이 화내십니다. 미쓰하라초는 도쿄에서 멀지 않은 곳이다, 이번 계획도 그래서 가능했다, 라고 하면서요."

"하하하, 맞는 말씀입니다."

이케하타가 누런 이를 드러내며 웃었다.

우카이는 니시무라에게로 시선을 돌렸다.

"의원님이 니시무라 사장님께 잘 부탁드린다고 전해 달라고 하셨습니다. 오늘 참석하지 못해서 죄송하다는 말씀도요."

"아닙니다, 실은 저희 쪽에서 찾아뵈었어야 하는걸요. 우카이 씨를 오시게 해서 죄송할 따름입니다."

"괜찮습니다. 그보다, 공사는 다들 순조로운지요?"

"아직까지 큰 문제는 없습니다만, 이토야마 지구에서 약간의 문제가……."

"네, 전화로 듣긴 했습니다. 이토야마 지구라면 G동이 들어설 예정인 장소죠? 또 무슨 일이 있었습니까?"

네, 뭐, 하고 애매하게 고개를 끄덕이던 니시무라가 떨어져앉아 있는 남자들을 바라보았다.

"우카이 씨에게 자세히 설명을 드리세요."

그러자 두 사람 중 안경을 끼지 않은 남자가 테이블을 향해무릎걸음으로 다가왔다. 그리고 명함을 내밀며 "이토야마 지구 담당 오카모토라고 합니다."라고 본인을 소개했다.

"단도직입적으로 말씀드리자면, 요즘 들어서 반대 운동이활발해지고 있습니다."

"아아, 역시……."

우카이가 고개를 끄덕였다.

"안 그래도 오는 길에 보니 여기저기 현수막이 걸려 있더군요. 좀 잠잠해지나 했는데 다시 불이 붙었나 봅니다."

"네. 게다가 일이 좀 골치 아파졌습니다."

오카모토가 테이블 위에서 서류 파일을 열어 도면을 펼쳤다. 건물과 주변 토지의 평면도였다.

"이곳 G동 건설 예정지에서 북쪽으로 1킬로미터 지점에서 검둥수리의 둥지가 발견되었습니다."

"이런, 검둥수리라고요……."

생각지도 못한 이름이 튀어나와 우카이는 적이 당황했다.

"그렇습니다. 멸종 위기에 있는 새입니다. 그걸 근거로 반대파가 현에 공사 금지 명령을 요구하고 있습니다. 환경성에도 요청서를 보낼 예정이라고 하더군요."

"전에도 다른 지구에서 유사한 사례가 있었죠? 무슨 곤충 이름이 나왔던 걸로 기억합니다만."

"네, 일본 고유의 잠자리종입니다."

오카모토가 대답했다.

"도롱뇽이 문제가 된 적도 있었는데요. 그러나 그 두 경우는 저희가 환경 조사를 실시한 결과 환경성으로부터 환경에 영향이 없다는 통보를 받아서 무사히 넘어갔지만, 이번은 문제가 좀 미묘합니다. 환경성이 검둥수리 보호에 적극적인 데다 거리가 둥지에서 1킬로미터밖에 떨어져 있지 않아서요."

"흠, 하지만 허가를 내리는 건 현이 아닙니까. 현에서는 뭐라고 합니까?"

"환경성의 매뉴얼대로라면 허가를 내리기 어려운 상황이

라고 합니다. 그러나 환경성에서 공사에 문제가 없다는 판단을 내릴 경우 유연하게 대응하겠다고요."

"그렇군요."

요컨대 환경성과 교섭을 해 달라는 뜻이다.

"어떻게 좀 안 될까요?"

입을 다물고 있던 니시무라가 끼어들었다.

"오카모토 씨 말이, 검둥수리 둥지에 영향이 있는지 어떤지를 제대로 조사하려면 몇 년은 걸린다고 합니다. 안 그래도 이토야마 지구는 골치 아픈 문제가 많아서 공사 개시가 가장 늦어질 우려가 있는데, 이 문제로 더 늦어지면, 프로젝트 전체에 차질이 생길 겁니다."

"알겠습니다. 도쿄에 돌아가면 곧장 오가 의원님께 보고드리도록 하겠습니다."

수첩을 꺼내며 우카이가 말했다.

"잘 부탁드립니다. 자세한 상황은 이 보고서를 보면 아실 겁니다."

오카모토가 서류 파일을 닫은 후 우카이에게 내밀었다.

"네, 잘 전해 드리겠습니다."

우카이는 파일을 가방에 넣고 나서 "반대파 사람들은 도무지 포기라는 걸 모르는군요."라고 말하며 니시무라를 바라보왔다.

"포기는커녕 온갖 수단을 다 동원해서 트집을 잡고 있습니다. 이만저만 골치 아픈 게 아니에요."

니시무라가 눈썹을 여덟팔자로 늘어뜨렸다.

"이제 프로젝트도 실시하는 걸로 결정이 됐고 공사까지 시작된 마당에 왜 그렇게 저항하는 걸까요? 역시 G동이 문제입니까?"

"그렇습니다. 그들은 다른 건 몰라도 그 시설만은 절대 용납할 수 없다는군요. 뭐, 반발이 있을 거라고 애초에 예상은 했지만, 미쓰하라초가 그 시설을 수용하겠다고 해서 이 프로젝트를 실시하기로 결정이 났는데 말이죠."

"온갖 수단을 다 동원한다고 말씀하셨는데, 또 무슨 일이 있었습니까?"

"한두 가지가 아닙니다. 최근 들어서는 이미 시작된 공사에까지 생트집을 잡고 있어요. 환경을 유지하면서 공사를 진행한다는 당초의 약속이 지켜지지 않는다면서요. 다른 지구에서 실수로 예정지가 아닌 곳의 나무를 벌목한 적이 있는데, 그 사진을 찍어서 현에 항의 문서를 보냈더군요. 즉각 공사를 중지하라고 말입니다."

"거참, 상당한 행동파로군요."

"일부 과격한 사람들의 일입니다만, 저, 그래서⋯⋯."

니시무라가 오카모토 옆에 앉아 있던 또 한 남자에게 눈길을 돌렸다.

"우카이 씨께 한번 소개해 드리는 게 좋을 것 같아서 데리고 왔습니다. 조사 당번을 맡은 사람인데, 앞으로는 반대파 대책에 투입하려고 합니다."

잘 부탁드립니다, 하며 남자가 내민 명함에는 건축 컨설턴트라는 직함이 적혀 있었다. 이름은 야바.

우카이도 명함을 건넸다. 야바는 그 명함을 양손으로 받고 마치 받들듯이 머리를 숙인 후 매우 소중한 물건을 다루듯이 자신의 명함 케이스에 넣었다. 우카이는 재빨리 남자를 아래위로 훑어보았다.

수수해 보이지만 결코 싸구려는 아닌 슈트. 금테 안경 너머로 보이는 것은 줄곧 사람의 빈틈을 노려 왔을 교활한 눈이다. 거기에 귀는 격투기라도 했는지 만두처럼 찌그러져 있다.

"용지 매수 건으로 골머리를 앓았던 히키타 지구에서 분규를 매듭짓는 데 이 사람의 역할이 컸습니다. 교섭에는 정보가 관건이며 상대를 아는 것이 무엇보다 중요하다면서 꾸준히 정보를 수집해 주었거든요. 그 덕분에 일이 잘 풀렸습니다."

아하, 하고 우카이는 시선을 니시무라에게서 야바에게로

옮겨 갔다.

"아닙니다, 아닙니다." 하고 야바가 손을 내저었다.

"과찬이십니다. 다만, 누구든 약점이나 탐나는 것이 한두 가지는 있기 마련이고, 저는 그런 것을 착실히 수집했을 뿐입니다."

"그런 요령으로 반대파에 대한 대책도 마련하겠다는 뜻인가요?"

글쎄요, 하며 야바가 고개를 갸우뚱했다.

"아직은 뭐라고 말씀드릴 수 없습니다만, 실마리를 하나 찾기는 했습니다. 그 실마리에서부터 공략할 생각입니다."

그리고 그는 능글맞은 표정으로 웃어 주었다.

"그거 믿음직스럽군요."

그 '실마리'라는 게 뭔지 꼬치꼬치 캐묻지 않는 게 좋을 듯하다고 판단한 우카이도 그저 씩 웃기만 했다.

"그럼 저희는 이만 물러가겠습니다."

야바가 말했다.

"나가는 길에 주인장에게 요리를 내오라고 할까요?"

"그래, 부탁하지."

니시무라가 대답했다.

야바와 오카모토가 나가자 이케하타는 "저 야바라는 친구,

꽤 쓸모가 있을 것 같습니다."라고 눈을 번득이며 말했다.

"맞습니다."

니시무라가 고개를 끄덕였다.

"인맥도 탄탄해요. 이케하타 씨나 우카이 씨도 곤란한 일이 생기면 저 사람에게 부탁하세요."

"감사합니다."

우카이는 고개를 숙이면서, 그런 일은 절대 없어야 한다고 다짐했다. 쓸모 있는 인간이란 칼이나 화약과 마찬가지다. 잘못 다루면 이쪽이 위험해질 수도 있다. 그리고 그 인맥이라는 것도 아마 뒷골목 인맥을 뜻할 것이다.

우카이가 고개를 드는데 때마침 미닫이문이 열리면서 아까 그 여자가 나타났다.

4

구라사카 유리나가 그 종업원의 존재를 알게 된 것은 5월 말이었다. 중간고사가 시작된 날이어서 점심시간이 지날 무렵에는 집 근처에 와 있었다. 일찌감치 해방되었다고 해서 친구들과 놀러 갈 마음은 없었다. 내일과 모레도 시험이 있기 때문이다. 게다가 오늘 수학 시험을 엉망으로 치렀다. 채점 결과 따위는 보고 싶지도 않다. 제대로 푼 문제가 거의 없었다. 그러니 다른 과목에서 점수를 만회해야 한다. 집에 가서 점심을 먹은 후 곧장 공부를 시작해야지.

유리나는 창고와 공장이 즐비한 길을 걸었다. 그리고 구라사카 기계 공업 앞을 지나게 되었다. 구라사카 기계 공업은 아빠가 운영하는 회사로, 이 부근에서는 꽤 큰 편이다.

점심시간이어선지 평소에는 시끄럽던 기계 소리가 들리지 않았다. 무심코 마당을 들여다보았다. 청년 하나가 나무 상자에 걸터앉아 잡지 같은 것을 읽고 있었다. 작업복 차림이니 아마도 종업원일 것이다. 구라사카 기계 공업에서는 늘 스무 명 가까운 종업원이 근무한다. 들고 나는 일이 많아 유리나는 종업원들의 얼굴을 모두 기억하지는 못한다. 그 청년도 전에는 본 적이 없었다.

그가 문득 얼굴을 드는 바람에 눈이 마주치고 말았다. 유리나는 살짝 당황해서 고개를 돌리고 걸음을 재촉했다. 그러고서야 조금 전에 자신이 멈춰 서 있었다는 걸 깨달았다.

집에 가서도 그 청년 생각이 머리에서 떠나지 않았다. 서글서글하면서도 어딘지 모르게 우수에 찬 눈빛이 인상 깊다. 나이는 유리나보다 조금 많을까. 올 4월에 고등학교를 갓 졸업한 남자가 한 명 입사했다가 금방 그만둬서 또 뽑아야 한다고 아빠가 투덜거린 기억이 있다. 그때 들어온 사람일까.

저녁을 먹을 때 아빠 다쓰오에게 청년에 관해 묻고 싶었지만 결국 말을 못 꺼냈다. 그럴듯한 구실이 떠오르지 않았기 때문이다.

시험공부에도 좀체 집중이 되지 않았다. 내일도 비슷한 시간에 하교할 테니 공장을 슬쩍 엿봐야지, 그런 생각만 자꾸 들었다.

당연하게도 다음 날 시험 결과는 좋지 않았다. 하지만 다른 목적 하나는 달성했다. 집에 돌아오는 길에 공장 앞을 지나는데 어제처럼 그 청년이 나무 상자에 앉아 있었던 것이다. 그는 손에 책 한 권을 들고 있었지만 그걸 읽지는 않고 멍하니 먼 산만 바라보고 있었다. 유리나는 어제처럼 멈춰 서지는 않았지만 걸음을 약간 늦췄다. 또 눈이 마주치면 곤란하다는 생각이 드는 한편, 그러기를 기대하는 엇갈린 마음도 한구석에 있었다. 그러나 결국 그가 그녀를 알아채는 일은 일어나지 않았다.

그에 관한 정보를 입수하게 된 것은 그로부터 몇 시간이 지나서였다. 저녁때 아빠 다쓰오가 엄마에게 '5월에 새로 들어온 고졸 남자'에 관해 얘기한 것이다. 아빠 말에 따르면 일을 꽤 잘하는 듯했다.

"일을 잘 익히는 것은 물론이고 응용까지 한다니까. 하나를 가르쳐 주면 열을 하는 녀석이야. 잘 키우면 크게 되겠어."

젓가락질을 하면서 다쓰오는 자기 말을 곱씹듯이 고개를 주억거렸다.

"그렇게 우수한 아이가 왜 대학에는 안 갔대?"

의아하다는 듯이 묻는 엄마 얼굴을 실망스럽다는 듯이 바라보며 아빠가 말했다.

"당신, 지금까지 무슨 말을 들은 거야. 부모님이 모두 돌아가셨다고 아까 말했잖아."

"아, 그랬지. 그래서 형에게 신세 지고 있다고 했나?"

"형이 아니라 누나야, 누나. 그런데 그 누나마저 지난봄에 죽어서 그 녀석이 일을 하게 된 거라고."

"아유, 가엾어라, 아직 어린데…… 그래도 혼자서 그렇게 애쓰는 게 참 대견하네."

아빠와 엄마의 대화를 들으면서 유리나는 그의 얼굴을 떠올렸다. 왜 표정이 그렇게 그늘졌는지 조금은 알 듯했다. 힘이 돼 주고 싶다는 생각이 들었지만, 자신이 뭘 어떻게 하면 좋을지 알 수 없었다.

그 이후 한동안 유리나는 그의 모습을 보지 못했다. 그리고 드디어 여름 방학이 되었다. 자기 방에서 휴대 전화를 만지작거리고 있는데 아빠 다쓰오에게 전화가 왔다. 사무원이 갑자기 출근하지 않아서 그러는데 회사에 와서 전화를 받아 달라는 것이었다. 사무원 도모 씨는 마음씨 좋은 아줌마지만 종종 아이가 아프다면서 결근한다.

"아이참, 또야? 엄마한테 하라고 하면 되잖아."

유리나는 퉁명스럽게 대답했다.

"엄마는 좀 그래. 둔하고, 눈치가 없어서 말이지. 사람이 영 빠릿빠릿하지가 못해. 전에 네가 와서 전화를 받았을 때 거래처 사람들 평이 좋더라고. 젊은 여자 목소리를 들으니까 기분이 좋다고 말이야. 그러니까 부탁 좀 하자. 아르바이트비 줄게."

뭔가 부탁할 때 아빠 목소리는 징그러울 정도로 부드럽다.

귀찮긴 하지만, 돈이 생긴다면 얘기가 다르다. 게다가 아빠의 심정도 이해는 간다. 요령 없는 엄마에게 전화를 맡기기가 불안한 것이다. 엄마는 상대방 이름조차 확인하지 않고 전화를 끊어 버리기도 한다.

옷도 갈아입지 않고 그대로 회사로 나갔다. 도모 씨 책상에 앉아 여름 방학 숙제를 하면서 가끔 걸려 오는 전화를 받았다. 3학년이 되면 방학 숙제가 별로 없다는데, 유리나는 아직

2학년이다.

사무실에는 직원이 여럿 있다. 그러나 아무도 유리나에게 말을 걸지 않았다. 그녀가 사장 딸이며, 전화를 받으려고 나왔을 뿐이라는 걸 알기 때문이다. 그녀도 주위를 신경 쓰지 않는다. 어릴 때부터 드나든 곳이라 집의 일부나 다름없다.

그래서 사무실에 혼자 있을 때 누가 들어오는 기척이 느껴져도 유리나는 고개를 들지 않았다. 그저 수학 문제만 들여다보고 있을 뿐이었다. 그러나 문제를 푸는 것은 아니었다. 이 문제를 풀지 못한 채 제출하면 수학 선생이 과연 어떤 반응을 보일까, 그걸 생각하고 있었다. 조금 혼나고 마는 정도면 괜찮지 뭐, 하는 결론에 이르러 가는 중이었다.

그때였다.

"코사인 2x는 2코사인 2제곱 x 마이너스 1."

그렇게 중얼거리는 소리가 머리 위에서 들렸다.

놀라서 고개를 드니 옆에 그 작업복 청년이 서 있었다. 가슴이 쿵 내려앉는 동시에 체온이 확 올라갔다.

그는 머쓱한 듯이 머리에 손을 얹더니 책상에 펼쳐 놓은 수학 프린트물을 가리켰다.

"삼각 함수의 덧셈 정리…… 맞죠?"

"아, 아마도요."

삼각 함수의 덧셈 정리, 라는 말이 있다는 것은 알지만 어떻게 하는지는 모른다.

"쉬운 문제 같은데."

문제를 보며 그가 말했다.

"풀 수 있어요?"

유리나는 눈을 치켜뜨고 물었다.

"아마도."

그가 샤프펜슬을 손에 쥐더니 선 채로 수식을 쓱쓱 써 나갔다. 생각할 시간조차 필요 없는 듯했다. 마치 옆에 있는 뭔가를 베껴 쓰는 것처럼 보였다. 어쩌면 그의 머릿속 칠판에는 이미 해답이 적혀 있는지도 몰랐다.

"이 답이 맞을 겁니다."

다 쓰고 나서 그가 말했다.

해답을 확인한 유리나는 와! 하면서 눈을 번쩍 떴다.

"수학, 잘해요?"

"뭐, 그런대로."

그가 쑥스러운 듯이 미소를 지었다.

"그럼 이 문제는요?"

유리나가 다른 문제를 보여 줬다.

그는 문제를 한번 쓱 보고 나서 해답란에 답을 적기 시작했다. 이번에도 의자에 앉을 생각조차 하지 않은 채 불과 몇 분 만에 뚝딱 답을 적었다.

아빠가 말한 대로네, 하고 유리나는 생각했다. 엄청난 인재였던 것이다.

"머리가 좋으신가 봐요."

"아닙니다. 저, 사장님 따님이죠?"

"네……."

기어 들어가는 소리로 대답했다. 따님이라고 해서 부끄러웠다.

"올해 입사한 고시바라고 합니다. 잘 부탁해요."

그는 그렇게 말하고 꾸벅 고개를 숙였다. 가슴에 '고시바'라고 쓰인 명찰이 붙어 있었다.

"아……, 저도요."

유리나가 그렇게 말하는데 사무실 문이 열리고 고참 종업원이 얼굴을 들이밀었다.

"가자, 신고."

네, 하고 대답한 후 그는 유리나에게 고개를 꾸벅하고 문으로 향했다. 그 뒷모습을 바라보며 유리나는 종업원 명부로 손을 뻗었다.

고시바 신고, 그것이 그의 이름이었다.

이틀 후 유리나는 점심시간을 틈타 공장으로 갔다. 손에는 수학 문제집이 들려 있었다. 정문에서 들여다보니 신고가 늘 있던 곳에 앉아 있었다. 편의점 도시락을 다 먹은 참인지 쓰레기를 정리하는 중이었다. 작업복을 벗고 반소매 차림이었는데, 드러나 있는 팔뚝이 눈부셨다.

다행히 다른 종업원은 보이지 않았다. 날이 더우니 실내에 들 있을 것이다.

유리나는 마음을 다잡고 "안녕하세요."라고 말을 건넸다. 그가 이쪽을 돌아보며 "안녕하세요."라고 웃는 얼굴로 대답했다.

"잠깐 시간 있어요?"

유리나가 수학 문제집을 들어 보였다.

"아아."

그는 알겠다는 듯이 고개를 끄덕였다.

그가 평소에 의자 대신 앉는 나무 상자에 나란히 걸터앉은 후 유리나는 풀리지 않는 문제를 보여 주었다.

"인수 분해로군요. 이런 종류의 문제에는 원리가 있어요."

신고는 샤프펜슬을 손에 쥐고 노트에 해법을 쓱쓱 적으면서 하나하나 설명을 해 주었다.

그의 설명은 꼼꼼하고 이해하기 쉬웠다. 유리나는 왠지 머리가 좋아진 듯한 기분마저 들었다.

"수학 말고 또 잘하는 거 있어요?"

유리나가 물었다.

"물리랑 화학, 그리고 영어?"

신고는 고개를 갸웃거리며 대답했다.

"국어나 사회는 솔직히 별로예요."

"전형적인 이과로군요. 하지만 머리가 좋으니까 어느 대학이든 붙을 수 있겠어요."

말을 내뱉고 나서 아차 싶었다.

그러나 신고는 불쾌한 표정을 짓지 않고 웃는 얼굴로 시계를 보더니 자리에서 일어섰다.

"이제 가 봐야 해요. 언제라도 또 와요. 나도 즐거우니까."

유리나는 네, 하고 대답했다. 즐겁다고 말해 줘서 기뻤다.

그날 이후 신고에게 모르는 것을 물어보러 종종 공장에 갔다. 신고는 아무리 어려운 내용도 알기 쉬운 말로 설명해 주었다. 그리고 유리나가 이해할 때까지 끈기 있게 가르쳤다. 심지어 유리나가 도저히 모르겠다며 물러서려 하면, 절대 포기해서는 안 된다고 충고하기도 했다.

"한번 포기하고 나면 버릇이 되어서 풀 수 있는 문제까지 못 풀게 돼."

그리고 유리나가 완전히 이해할 때까지 처음부터 세세히 설명해 주었다. 그녀는 그런 행위가 그의 친절한 성품에서 비롯된다는 것을 깨달았다. 부모님 말고는 자신을 이렇게 소중하게 여겨 준 사람이 없다는 생각이 들었다.

어느 날 아빠 다쓰오가 "고시바 군을 종종 만난다면서?"라고 물었다. 누구에게 그런 말을 들었는지 알 수 없었다.

"여름 방학 숙제 때문에 도움을 좀 받았어."

유리나는 입을 뽀쪽 내밀었다.

"혼내는 것도 아닌데 표정이 왜 그래? 오히려 잘된 일이라고 생각하는데. 정말 머리가 좋은 녀석이야. 일하면서 대학도 다니면 좋겠는데, 본인에게 그럴 마음이 없으니 어쩔 수 없지. 지금은 일을 배울 생각밖에 없나 봐. 어린 녀석이 대단해."

그리고 다쓰오는 신고가 한시 빨리 일을 익히려고 업무 후에도 공장에 혼자 남아 기계 조작과 금속 가공을 연습하고 운전면허를 따기 위해 교습소에도 다닌다고 말해 주었다.

"그 녀석이 제대로 성장하면 우리 회사도 걱정이 없을 텐데."

신고에 대한 칭찬 끝에 다쓰오는 그런 말을 덧붙였다.

그리고 며칠이 지나서였다. 그날도 유리나는 다쓰오의 부탁으로 사무실에서 전화를 받았다. 점심때쯤 남자 하나가 찾아왔다. 나이는 마흔 살쯤 됐을까. 키가 크고, 안경을 쓴 사람이었다. 그때 사무실에는 유리나밖에 없었다.

"여기 고시바 신고라는 청년이 있죠?"

남자가 말했다.

신고라는 이름을 듣자 까닭 없이 심장이 뛰었다.

"있긴 한데, 지금 일하는 중이에요. 점심시간은 12시 15분부터입니다."

시곗바늘이 12시를 조금 지나 있었다. 남자는 일부러 점심시간에 찾아온 듯했다.

"그렇군요. 여기서 그를 기다려도 괜찮을까요?"

"네……, 그러세요. 저기 저쪽에서……."

유리나가 칸막이로 분리된 공간을 가리켰다.

"고맙습니다. 그럼."

남자는 고개를 약간 숙인 다음 칸막이 쪽으로 갔다.

손님이 오면 음료를 대접하라는 지시가 있었다. 유리나는 페트병에 든 녹차를 잔에 따라 쟁반에 받쳐 들고 갔다. 남자는 의자에 앉지 않고 선반에 죽 진열된 금속 가공품 견본을 둘러보고 있었다.

"녹차 드세요."

그녀가 잔을 책상에 내려놓았다.

"아, 이거 신경 쓰시지 않아도 되는데."

남자가 미안하다는 듯이 말했다. 그리고 그는 보고 있던 견본을 집어 들었다.

　"이거, 이 공장 제품이죠?"

　"네, 아마 그럴 거예요."

　"방전 가공법으로 만든 것 같군요. 전극은 뭘 사용했는지 혹시 아세요?"

　네? 하면서 유리나는 엉거주춤 뒤로 물러났다. 남자의 말이 무슨 뜻인지 전혀 이해되지 않았다.

　"아, 괜찮습니다."

　괜한 걸 물었다고 생각했는지 남자는 견본을 선반에 돌려놓았다.

　"그런데, 그는 어떻습니까?"

　"그라면……."

　"고시바 군 말입니다. 잘 지냅니까?"

　"네, 잘 지내는 것 같던데요."

　"이제 일에는 적응이 된 것 같던가요?"

　"그건……, 네, 아빠가 열심히 잘하고 있다고 했어요."

　그녀 대답에 남자의 눈이 약간 커졌다.

　"그럼 따님 되세요?"

　"네."

남자는 이제 알겠다는 듯이 고개를 끄덕이더니 의자에 앉아 하얀 비닐봉지를 책상에 올려놓았다. 안에 든 도시락이 비쳐 보였다. 신고에게 주려고 들고 온 듯했다.

그가 누구인지, 신고와 어떤 관계인지 궁금했지만, 뭐라 말을 꺼내면 좋을지 몰랐다. 유리나가 쟁반을 든 채 아무 말이 없자, 남자가 말했다.

"후배입니다."

"네?"

"고시바 군이 저의 고등학교 후배예요. 같은 동아리 출신이라서, 고시바 군이 재학하던 시절에 졸업생으로서 도와준 적이 있죠."

"아, 네. 동아리라는 건, 스포츠 동아리였나요?"

"아니에요, 물리 연구회라는 별 인기 없는 동아리였죠."

"물리……, 와. 그분답네요."

남자는 잔을 입으로 가져가다 말았다.

"그를 잘 아는군요."

"아, 아니에요. 그런 건 아니고, 다들 머리가 좋다고 해서요. 제게 수학을 가르쳐 준 적도 있고요."

"수학을요?"

"네. 아, 하지만 어쩌다 잠깐씩이에요."

남자가 흥미롭다는 듯이 유리나를 빤히 바라보았다. 유리나는 자신이 말을 너무 많이 했나 보다고 생각했다.

"그럼 차 들고 계세요."

유리나는 그렇게 말하고 그 자리를 물러났다.

이윽고 점심시간이 되어 공장에서 나오는 종업원들이 보이자 유리나는 자리에서 일어났다.

사무실을 나오는데 혼자 걸어가고 있는 고시바 신고가 보였다. 그는 언제나 편의점에 가서 도시락을 산다. 그의 이름을 부르고, 손님이 찾아왔다고 전했다.

"손님?"

"꽤 어른이던데요. 고등학교 선배라고……, 같은 동아리 출신이라고 했어요."

아아, 하면서 신고가 고개를 끄덕거렸다. 짚이는 사람이 있는 듯했다.

그가 사무실로 들어갔다. 유리나도 그를 뒤따랐다.

칸막이 안에서 신고와 남자가 대면했다. 서로 웃으며 반기는 것처럼 보여 유리나는 왠지 안도했다.

신고에게도 녹차를 갖다주자 싶어 잔에 따라 가져갔는데, 두 사람이 나누는 대화가 살짝 들렸다. 신고가 남자를 유가와 교수님이라고 불러서 유리나는 남자의 직업이 교수인가 보다고 생각했다.

자리로 돌아온 유리나에게 다쓰오가 다가왔다.

"누구야?"

"고시바 군 고등학교 선배래."

유리나가 조그만 소리로 대답했다.

"흠, 나이 차가 꽤 나는 선배군."

"동아리 선배라나 봐. 물리 연구회라고 하던데."

"물리? 그 녀석다운걸."

다쓰오도 조금 전의 유리나와 똑같은 말을 했다.

신고와 남자는 20분 정도 얘기를 나눈 후 일어섰다. 사무실을 나서던 남자가 유리나에게도 인사했다.

잠시 후 유리나가 밖으로 나가 보니 신고가 건물 뒤에 서 있었다. 그는 손에 남자가 들고 왔던 비닐봉지를 든 채 생각에 잠겨 있는 듯했다. 그 표정이 어둡고 괴로워 보여서 유리나는 말을 걸지 못했다.

어느덧 여름 방학이 끝나고 2학기가 시작되었다. 어느 날, 멀리서 친척이 도쿄에 올라와 다 같이 외식을 하러 나갔다. 유리나가 부모님과 함께 집으로 돌아온 시간은 밤 11시 조금 전이었다. 집 앞에 사람이 서 있었다. 유리나는 그가 고시바임을 한눈에 알아챘다.

"고시바 군, 이런 시간이 무슨 일이지?"

다쓰오가 물었다.

"열쇠를 돌려드리러 왔습니다."

신고가 머리를 꾸벅 숙이고는 말했다.

"열쇠? 아, 사무실 열쇠? 오늘은 밖에 나갔다가 집에 늦게 들어오니까 그냥 갖고 있으라고 했을 텐데."

"네. 그런데 지금쯤 돌아와 계시지 않을까 싶어서요."

그가 열쇠를 내밀었다.

"그랬군. 고맙네. 그런데 이렇게 늦게까지, 너무 무리하지 말라고."

"하다 보니까 시간 가는 줄 몰랐어요. 괜찮습니다. 그럼 안녕히 주무십시오."

"자네도 잘 쉬어."

신고는 유리나 쪽을 슬쩍 보고 다시 한 번 고개를 숙이더니 몸을 돌려 걸어가기 시작했다. 그 뒷모습을 보면서 다쓰오가 중얼거렸다.

"정말, 대단한 녀석이야. 매일 늦게까지 남아서 일을 익히는 모양이야. 덕분에 우리 공장에 있는 기계 대부분을 다룰 줄 알게 되었어. 이미 일류 기계공이 다 되었다고 다들 혀를 내두를 정도라니까."

"잘됐네. 월급 적게 받고 일류급으로 일을 해 주니까."

엄마가 말했다.

"이 사람, 말하는 것하고는. 계속 적게 줘 봐, 그대로 붙어
있나. 요즘 젊은 사람들은 냉정하다고."

다쓰오의 말에 유리나의 가슴에는 잔물결이 일었다. 고시
바 신고가 어느 날 갑자기 사라질 수도 있다는 걸 깨달았기
때문이다.

그로부터 한 달쯤 지나, 신고의 동향을 좀 살펴봐야겠다는
생각이 들었다. 그는 요즘도 공장에 남아 금속 가공 연습에
몰두하는 듯했다.

몰래 집을 빠져나와 공장에 갔다. 도중에 편의점에 들러 따
끈한 차와 주먹밥을 샀다.

회사에 가 보니 공장에 신고의 모습은 없었다. 이상하다 싶
어서 주위를 돌아보았다. 지금은 거의 사용하지 않아 창고가
되다시피 한 작업장에서 불빛이 새어 나왔다. 유리나는 문틈
으로 안을 엿보았다.

작업복을 입은 신고가 보였다. 그런데 그는 기계를 조작하
지도, 금속 가공 연습을 하지도 않았다. 서 있는 그 앞에, 지금
까지 유리나가 본 적 없는 물체가 있었다.

길쭉한 금속 판, 굵은 케이블, 복잡하게 생긴 전자 기기, 그

런 것들이 무질서하게 조립된 것이다. 물론 나름의 질서가 있겠지만, 유리나 눈에는 그렇게 보였다.

신고가 그 이상한 물체 앞을 떠났다. 보안경을 끼고 있었다. 그래서 뭔지 모르지만 위험한 일이 시작된다는 걸 알았다.

다음 순간.

충격음과 함께 물체에서 사방으로 불똥이 튀었다. 놀란 유리나는 몸이 얼어붙었다. 섬광에 현기증이 일었다. 그녀 손에서 편의점 봉투가 툭 떨어졌다.

5

테이블에 아직 요리가 잔뜩 남아 있었다. 마음껏 마실 수 있는 술도 남아 있다. 그런데도 누구 하나 젓가락을 들려고도, 빈 잔을 채우려고도 하지 않았다.

"여러분, 다 드셨습니까? 잠시 후면 도착할 테니, 그 전에 마음껏 마시고 드십시오. 남기면 아깝잖습니까."

입사 3년 차로 총무 역을 맡은 사원이 모두에게 말했다.

"후, 그래도 더는 못 먹겠어."

다다미 위에서 두 다리를 쭉 뻗고 있던 선배 사원이 말했다. 꽤나 마신 듯, 얼굴이 시뻘겠다.

"오늘 튀김이 아주 그만이었어. 그래도 양이 이렇게 많을 줄은 몰랐는걸."

네, 맞아요, 하고 옆에서 여사원이 동의했다.

"연말연시에 하도 살이 쪄서 빨리 빼려고 했는데, 오늘 또 찌겠네. 어쩔 거야."

하하하, 하고 다른 사원이 웃었다.

"말은 그렇게 해도, 새해가 밝자마자 여자들끼리 뻔질나게 모인다고 하던데?"

"여자들끼리 모이는 건 아무 염려 없다고요. 음식점도 잘 생각해서 고르고, 요리도 다이어트 메뉴나 콜라겐이 듬뿍 들어간 걸 먹으니까요. 그런데 오늘은, 봐요, 칼로리가 엄청난 음식만 나왔잖아요."

"어이, 총무, 들었어? 어떻게 좀 해 봐."

총무 역할을 하는 젊은 사원이 머리를 긁적거렸다.

"제 딴에는 요리의 질을 고려해서 골랐는데, 난감하군요. 뭐, 아무튼, 충분히 먹고 마신 듯하니 이제 경치를 즐기시죠. 여러분, 잘 보셨습니까? 곧 도착합니다."

그의 말에 열여덟 명이 모두 창밖으로 눈길을 돌렸다.

회사 신년회의 밤, 스미다강을 운행하는 놀잇배 안이었다.

간사 역을 맡은 젊은 사원이 모두의 의견을 수용해 놀잇배를 빌린 것이다.

저녁 8시 반에 출항할 때는 갖가지 일루미네이션과 건물의 조명으로 화려하게 반짝거리던 스미다강 가의 풍경이 11시가 되니 점차 어둠에 덮여 간다. 어느덧 신년회를 끝낼 시간이었다.

"올해도 좋은 한 해가 되었으면 좋겠군."

과장이 창밖을 바라보면서 간절한 투로 말했다.

"글쎄요, 과연 어떻게 될지."

한 선임 사원이 고개를 갸우뚱하며 말했다.

"총리가 텔레비전에 나와서, 올해야말로 본격적으로 경제 대책을 세우겠다고 했는데."

"그 사람은 작년에도 그런 말을 했잖아. 새해 인사말 같은 것 아니겠어. 새해 복 많이 받으십시오, 하는 말과 다를 바 없지."

"그러니까 올해도 별로 다르지 않을 것이다, 그런 뜻인가요?"

"그렇지 않겠어? 크게 기대하지 말고 각자 그저 열심히 하는 도리밖에 없을 것 같아."

과장과 선임 사원의 대화도 마침 자리를 마무리하기에 적

합했다.

"그럼 과장님, 이쯤에서 마무리 인사를 부탁드려도 되겠습니까?"

총무 역의 젊은 사원이 말했다.

"오, 그래. 그러지."

모두가 자세를 가다듬었다.

과장이 헛기침을 한 번 하고 모두를 둘러보았다.

"음, 작년에는 여러 가지 일이 많았지만, 우리 과는 그럭저럭 목표치를 달성했고, 나름의 결과도 얻었습니다. 올해가 또 어떤 해가 될지는 알 수 없으나, 모두 힘을 합해서……."

그때였다.

펑! 하고 무언가가 터지는 듯한 소리가 났다. 조타실 쪽이었다. 이어서 사람들이 웅성거리는 소리가 들렸다.

무슨 일인가 싶어 총무 역의 젊은 사원이 상황을 살피러 가는데 하필 그때 얼굴이 하얗게 질린 놀잇배 종업원이 튀어나오는 바람에 하마터면 부딪칠 뻔했다.

사원은 눈앞에 펼쳐진 광경을 보고 숨을 삼켰다. 조타실이 연기에 휩싸여 있었다.

6

차에서 내리자 몸이 부들부들 떨렸다. 3월에 들어섰는데 기온은 마치 한겨울 같다.

"으으, 추워. 올해는 왜 이렇게 늦게까지 추운 거야. 따뜻한 겨울이 그립군."

목을 움츠리고 걸어가면서 구사나기가 말했다.

"그런 말 하면 유가와 교수님께 혼나요."

동행한 우쓰미 가오루가 구사나기의 친구 이름을 들먹였다.

"그분은 지구 온난화를 진심으로 걱정하잖아요."

"흥, 온난화의 원인을 자기네 과학자들이 제공했으면서, 뭘."

"그 점은 인정하나 봐요. 그래서 과학자들은 반성해야 한다더라고요."

"하하, 웬일이야."

"아무리 훌륭한 과학 기술이라도 인간이 어리석게 사용하면 세상은 엉망이 된다면서 그 점을 명심해야 한다고 며칠 전에 말씀하시던걸요."

"흠, 그 작자가 할 법한 말이군."

문제의 아파트는 무코지마에 있었다. 경찰이 몇 명 입구에

서서 출입하는 사람들을 일일이 확인하고 있다. 거주자들로서는 이만저만 피해가 아닐 것이다.

"오래된 아파트로군. 심지어 오토 도어록도 아니야."

현장은 3층 1호. 감식반의 중요한 일이 얼추 끝난 것 같아 구사나기와 우쓰미는 안으로 들어갔다. 시신은 이미 실려 나간 상태였다.

"수고 많으십니다."

먼저 와 있던 후배 형사 기시타니가 머리를 꾸벅 숙였다.

"어마어마하군."

실내를 둘러본 구사나기가 말했다.

방 한 칸에 거실과 부엌이 딸려 있었다. 거실 대부분을 사무실로 사용한 듯했다. 벽에 설치된 철제 선반에는 파일과 책이 꽂혀 있다. 사무용 책상은 컴퓨터가 차지한 공간을 제외하고는 책과 서류가 어지럽게 널려 있었다. 바닥에도 책과 서류가 잔뜩 쌓여 있다. 의자 등받이에는 회색 양복저고리와 구깃구깃한 와이셔츠가 걸쳐져 있었다.

구석에 놓인 식탁은 둘이 사용하기도 빠듯한 크기다. 그 위에 우롱차 페트병과 종이컵이 놓여 있다.

피해자는 나가오카 오사무라는 서른여덟 살의 남성이라고 기시타니가 설명했다.

"트레이너에 청바지 차림이었습니다. 지갑은 그대로 있고, 안에 운전면허증이 들어 있었어요. 명함 지갑도 발견됐는데, 그걸 보니 직업이 르포라이터인 듯합니다."

"시신은 누가 발견했지?"

"교제하는 여성이요. 이틀 전부터 연락이 없었답니다. 메일을 보내도 답장이 없자 걱정스러워 찾아왔더니 쓰러져 있었대요. 그녀는 보조 열쇠를 갖고 있었습니다."

"흠."

구사나기는 사람 모양으로 띠를 두른 바닥을 내려다보았다.

"그녀는 지금 어디 있지?"

"병원에 있습니다. 충격이 너무 심해서 얘기를 듣기가 어려울 것 같습니다."

충분히 그럴 만했다.

"그래도 용케 경찰에 신고했군."

"가까스로 한 것 같습니다. 울기만 할 뿐, 주소도 제대로 말하지 못하더랍니다."

"그럼 어떻게 여기인 줄 알았지?"

"집 전화로 신고한 덕분에 장소를 추적할 수 있었답니다. 근처 파출소 근무자가 곧장 달려와서 현장을 확인했다는군요."

"흠, 그렇군."

구사나기는 책상 옆으로 시선을 돌렸다. 사물함 위에 팩스가 놓여 있다. 업무상 집 전화도 필요했을 것이다.

"사인은?"

"교살입니다. 뒤에서 조른 흔적이 있었어요."

"흉기는?"

"발견되지 않았습니다. 감식반 말로는 너비가 꽤 있는 천이나 넥타이가 아닐까 싶답니다."

"그럼 범인이 가져간 건가?"

"그렇겠죠."

"지문은?"

"몇 군데서 피해자의 것이 아닌 지문이 채취되었습니다. 그리고 군데군데 천으로 닦은 흔적이 있다고 합니다. 식탁 위도 그렇고."

구사나기가 얼굴을 찡그리자 콧잔등에 주름이 잡혔다. 지문으로는 범인을 특정하기 힘들 듯했다.

"휴대 전화는? 아니면 태블릿이라든지……."

"현재까지는 발견되지 않았습니다. 아마 그것도 범인이 가져가지 않았을까 싶습니다."

어쩔 수 없지, 하면서 구사나기가 고개를 끄덕였다. 지갑이 그대로 있다면 범인과 피해자는 얼굴을 아는 사이다. 메시지나 전화로 소통했을 가능성도 있으니 그 흔적을 없애려는 것은 당연한 일이다.

우쓰미 가오루가 젊은 감식반원과 컴퓨터 앞에서 얘기를 나누고 있었다. 그녀의 손에 조그만 메모리 카드가 들려 있었다.

"뭐야, 그건?"

구사나기가 물었다.

"컴퓨터 옆에 있었어요. 감식반원에게 내용을 확인해 달라고 해도 될까요?"

"그러지."

젊은 감식반원은 우쓰미 가오루가 건네준 메모리 카드를 컴퓨터에 꽂고 키보드를 능숙하게 조작했다. 모니터에 기묘한 영상이 나타났다.

"이게 뭐지?"

구사나기가 중얼거렸다.

창고 같은 건물이 보이는데, 화면이 유난히 어두웠다. 회색 벽이 보이고, 사람의 모습은 없다.

"날짜는 2월 21일 새벽 1시 넘어서……, 한밤중인데요. 장소는 어디일까요?"

우쓰미 가오루의 질문에 구사나기는 "글쎄." 하고 시큰둥하게 대답했다. 그때였다. 갑자기 화면 한가운데가 하얗게 되더니 연기가 피어올랐다.

"뭐야?"

구사나기가 화면에 얼굴을 들이댔다.

연기가 옅어졌다. 건물이 희미하게 보이자 우쓰미 가오루의 입에서 어, 하는 소리가 흘러나왔다.

건물 벽에 구멍이 뚫려 있었다.

무코지마 서에 특별 수사본부가 설치되었다. 살인 사건이 확실했기 때문이다. 아파트 문은 잠겨 있었지만 열쇠는 실내에서 발견되지 않았다. 피해자를 살해한 범인이 시신의 발견을 지연시키기 위해 문을 잠갔다고 볼 수 있었다.

사인은 질식. 사후 40시간에서 50시간이 경과한 것으로 보인다고 했다. 섬유의 흔적 등으로 보아 흉기는 역시 넥타이일 가능성이 높았다.

"집 안에서 넥타이로 목을 졸라 죽였다⋯⋯, 심하게 다툰 흔적도 없는 것을 보면 틈을 노리다가 갑자기 덮쳤겠지. 안면이 있는 사람의 범행으로 봐도 문제가 없겠어."

구사나기의 상사인 마미야가 그렇게 말하고는 그 우람한 팔로 팔짱을 꼈다. 수사 회의가 시작되기 전에 직속 부하를 소집해 놓고 어느 정도 방향을 정하려는 듯하다. 수사 회의에서는 마미야가 진행을 맡게 되어 있다.

"계획적인 범행이었을까요?"

구사나기가 물었다.

"글쎄."

"저는 충동적인 범행으로 봅니다."

"그래? 근거는?"

"양복과 와이셔츠를 벗어서 의자 등받이에 걸쳐 놓았는데, 넥타이는 보이지 않았습니다. 와이셔츠는 그렇다 쳐도, 양복까지 벗어서 휙 던져 놓았는데 넥타이만 따로 제자리에 집어넣었을 가능성은 거의 없죠. 범인이 범행에 사용한 후 가져간게 아닐까 싶습니다. 즉 범인은 사전에 흉기를 준비하지 않았던 거죠."

마미야가 멀뚱멀뚱 구사나기의 얼굴을 바라보았다.

"상당히 예리하군."

"단정할 수는 없습니다만."

"아니야. 나는 자네의 추리에 한 표를 던지겠어. 문제는 동기인데 말이야. 집에서 만날 만큼 서로 잘 아는 상대를 충동적으로 죽이는 건 어떤 경우일까?"

"예상치 못한 말을 들었다거나, 뭐, 그럴 때겠죠. 협박을 당했을 수도 있고요."

"피해자가 범인을 협박했다는 말이야?"

"예를 들자면 그렇다는 겁니다. 르포라이터라는 직업상 타인의 비밀을 눈치챌 기회도 많지 않았을까요?"

"하기야. 그렇다면 최근에 어떤 특종을 추적했는지, 그걸 우선 밝혀야겠군."

마미야가 코털을 뽑으려다 잘 안 됐는지, 얼굴을 찡그렸다.

"직업상 교류가 있었던 사람들을 조사해 보죠. 편집자나 신문 기자 같은 사람들요. 피해자가 남긴 자료는 일단 전부 가져왔습니다. 그 자료를 꼼꼼하게 조사해 보는 것도 좋겠죠. 양이 상당하니 분담해서 살펴봐야겠습니다."

"그래. 그럼 일부는 자료를 살펴보고, 나머지는 현장 부근 탐문 수사랑 CCTV 확인, 인간관계 조사를 맡아서 하면 되겠군."

"알겠습니다. 그리고 휴대 전화는 발견되지 않았지만 영수증으로 보아 스마트폰일 듯하니 통신사에 GPS 추적을 의뢰하겠습니다. 물론 범인도 바보는 아닐 테니 결과를 기대할 수는 없겠죠. 발신 기록 제공도 요청하겠습니다."

구사나기가 그렇게 정리하자 옆에서 우쓰미 가오루가 물었다.

"그건 어떻게 하죠?"

"그거라니?"

"피해자 방에 있던 메모리 카드요. 건물 벽에 구멍이 뚫리는 영상이 담겨 있었잖아요."

"그게 사건과 관계가 있을까?"

"없다고 단정할 수도 없겠죠."

"그게 무슨 얘기야?"

마미야가 물었다. 구사나기의 설명을 들은 마미야는 굳은 표정으로 잠시 생각에 잠겼다가 입을 열었다.

"회의에서는 거론하지 않겠어. 자네에게 맡기지."

알겠습니다, 하고 대답하면서 구사나기는 속으로 또 이러네, 하고 투덜거렸다. 마미야는 귀찮겠다 싶은 일이면 늘 판단을 구사나기에게 떠넘긴다.

잠시 후, 관리관과 서장 등의 입회하에 첫 번째 수사 회의가 열렸다. 진행을 맡은 마미야는 사건의 개요를 설명하면서 때로 개인적인 의견이라고 전제하고 자기 생각을 말했다. 그중에는 피해자가 양복을 의자 등받이에 벗어던졌는데 넥타이만 정리했으리라고는 생각되지 않는다는 말도 있어서 구사나기는 하마터면 의자에서 굴러떨어질 뻔했다.

7

시신 발견 다음 날부터 본격적인 수사가 시작되었다.

우쓰미 가오루에게는 피해자인 나가오카 오사무가 교제한 여자에 관해 얘기를 듣고 오라는 지시가 떨어졌다. 이미 퇴원했다고 해서 미리 연락하고 도요스에 있는 아파트로 찾아갔다.

여자의 이름은 와타나베 하루미였다. 성형외과 접수창구에서 일하는데, 나가오카와는 취재 때문에 알게 되었다고 한다. 오늘은 병가를 냈다고 했다.

"나가오카 씨와 연락이 안 되었다면서요?"

가오루의 질문에 와타나베 하루미는 창백한 얼굴로 고개를 끄덕였다.

"같이 밥을 먹기로 약속했어요 그가 연락하기로 했죠. 그런데 아무 소식이 없기에 이상해서 전화를 했지만 받지 않았어요. 메일을 보내도 감감무소식이고요. 지금까지 그런 일이 한 번도 없었기 때문에 조퇴하고 집으로 찾아갔던 거예요."

"몇 시쯤 집에 도착했죠?"

"오후 4시……쯤이었을 거예요."

경시청의 통신 지령실로 그녀의 신고가 들어온 시간이 오후 4시 13분으로 기록되어 있었다. 시신을 발견하고 혼란에 빠졌어도 전후 기억은 분명한 듯했다.

"아시겠지만, 저희는 이번 사건을 타살, 즉 살인 의혹이 짙다고 보고 있어요. 그래서 여쭤보는데, 혹시 짚이는 일은 없으세요? 최근에 나가오카 씨가 뭔가 고민하는 눈치였다거나, 겁에 질려 있었다거나요."

그러나 하루미는 맥없이 고개를 저었다.

"그런 일, 없었어요. 저야말로 묻고 싶네요."

"나가오카 씨와 마지막으로 만난 게 언제죠?"

"지지난주 금요일일 거예요. 그러니까……."

가오루는 수첩을 펼쳐 달력을 확인했다.

"2월 20일이군요."

"아, 맞아요. 그가 여기로 왔어요."

"그때 평소와 다른 점이 있었나요?"

"별로 없었던 것 같은데……. 하지만 그때는 얘기를 나눌 여유가 별로 없어서 제가 못 알아차렸는지도 몰라요."

"얘기를 나눌 여유가 왜 없었죠?"

"밤 11시쯤 그에게서 불쑥 전화가 왔어요. 지금 가도 되냐고요. 밤늦게 취재를 가야 하는데 시간이 어중간하게 남았다고 하더군요. 오라고 했더니 금방 왔어요. 그리고 12시쯤 나갔으니까 같이 있은 시간은 한 시간도 안 돼요."

"상당히 늦은 시간에 취재를 갔군요. 무슨 취재인지 얘기하던가요?"

"아니요. 그냥 잠복인가 했어요."

"잠복이라니요?"

"특종을 따려고 연예인이나 유명 인사가 드나드는 장소에 잠복하는 일이 자주 있는 듯했어요. 그럴 때면 메는 배낭을 그날도 메고 있어서……."

"쉽지 않은 일이군요. 저희랑 비슷하네요."

그렇죠, 하고 대답하면서 와타나베 하루미가 고개를 약간 갸웃거렸다.

"그런데 그때 좀 이상한 말을 했어요."

"무슨 말이죠?"

"젊음이 참 대단하다……, 그랬었나? 아, 그게 아니라 젊음이 참 무섭다, 그렇게 말한 것 같아요."

가오루는 입속에서 그 말을 중얼거리고는 다시 물었다.

"그 말이 무슨 뜻이라고 생각하시죠?"

"잘 모르겠어요. 저도 물어봤어요, 무슨 말이냐고요. 그런데 그가 아무 말도 아니라고 해서 더는 묻지 않았어요."

가오루는 다시 수첩을 펼치고 메모 하나를 내려다보았다. '2월 21일 01시 14분'이라고 적혀 있었다. 예의 이상한 동영상에 기록된 날짜다.

와타나베 하루미의 말을 참고해서 정리하면, 나가오카 오사무는 20일 밤에 하루미를 찾아왔고, 그 후에 그 동영상을 찍었다는 얘기다.

"어디로 가는지는 안 물어보셨나요?"

"네, 묻지 않았어요."

가오루가 이번에는 휴대 전화를 꺼냈다.

"이걸 좀 봐 주시겠어요?"

"뭔데요?"

가오루는 휴대 전화 화면에 예의 동영상을 띄워 하루미 쪽으로 내밀었다.

"이 동영상, 본 적 있어요?"

와타나베 하루미는 당황한 표정으로 고개를 저었다.

"처음 보는데요."

"장소는요? 혹시 가 본 적이 있는 곳인가요?"

"아니요. 전혀 모르겠어요. 그런데 이게 뭐죠?"

"나가오카 씨 방에 있던 거예요. 뭔지 몰라서 저희도 조사하고 있어요. 20일 밤, 여기서 나간 후에 나가오카 씨가 이 동영상을 촬영한 것으로 보이거든요. 정말 아무 소리도 못 들으셨나요?"

"모르겠어요. 몰라요, 정말."

와타나베 하루미가 거의 울먹이는 소리로 대답했다.

가오루는 휴대 전화를 도로 가방에 넣었다.

"나가오카 씨와 마지막으로 만났을 때가 20일 밤이라고 하셨는데, 그 후에 전화나 문자를 주고받은 적은요?"

"통화는 하지 않았고, 문자는 몇 번⋯⋯."

"어떤 내용이죠? 공개해도 괜찮은 내용만 말해 주셔도 돼요."

"별 내용은 없었어요. ⋯⋯의심스러우면 직접 보시든가요."

"아, 보여 주시면 고맙겠어요."

와타나베 하루미가 휴대 전화에 나가오카와 주고받은 문자를 띄웠다. 별다른 내용은 없었지만 나가오카가 보낸 문자에 'ST'라는 알파벳이 자주 등장했다. 'ST 건으로 조사하고 있다', 'ST에 관련된 일로 고향에 내려가는 중'이라는 식이었다.

"ST라는 게 뭐죠?"

가오루가 물었다.

아아, 하면서 와타나베 하루미가 고개를 끄덕였다.

"슈퍼 테크노폴리스 프로젝트예요. 모르시나요?"

"슈퍼 테크노폴리스⋯⋯, 어디서 들어 본 적이 있는 것 같은데, 뭐였더라⋯⋯."

우쓰미 가오루의 말에 와타나베 하루미는 허탈한 미소를 머금었다.

"그가 자주 말했어요. 그 지역 사람들이 아니면 아무도 관심이 없다고요. 저도 그가 얘기하기 전에는 들은 적이 없었어요."

"죄송해요, 제가 상식이 부족해서······. 그게 뭔가요?"

"미쓰하라초에 조성하기로 결정된 시설이에요."

"미쓰하라초라면······."

우쓰미 가오루는 관동 지방 북쪽의 현 이름을 말했다. 맞아요, 하고 와타나베 하루미가 대답했다.

"자세한 내용은 모르겠지만, 그곳을 최신 과학 기술의 거점으로 만든다나요. 대학과 연구 시설들을 그곳으로 모이게 해서요."

가오루의 머릿속에 어렴풋하게 기억이 떠올랐다. 얼핏 들은 적이 있는 얘기였다.

"나가오카 씨가 그 일을 취재하고 계셨나요?"

"네. 반대 운동을 겸해서요."

"반대 운동이라니요?"

"그 사람, 미쓰하라초 출신이에요. 그걸 계기로 슈퍼 테크노폴리스에 관해 취재하기 시작했는데, 문제가 많다는 걸 알고 반대 운동에 참여하게 되었다고 했어요."

"그 건으로 최근에 뭔가 달라진 점이 있다든가 하는 얘기를 들은 적은요?"

와타나베 하루미는 이마에 손을 대고 생각에 잠겼지만, 결국 힘없이 고개를 저었다.

"딱히 기억나는 게 없어요. 그 사람, 일에 관해서는 얘기를 별로 안 했거든요."

"나가오카 씨가 직업상 다소 위험이 따르는 취재를 하지는 않았나요? 그런 얘기, 혹시 못 들으셨어요?"

"아니요. 어쩌면 그런 취재도 있었을 테지만, 저는 들은 적이 없어요."

말투에 짜증이 살짝 배어 있었다. 질문이 귀찮아서가 아니라 연인에 관해 모르는 것이 많은 자신에게 화가 나는 듯했다.

"그럼 마지막으로 한 가지만 더 여쭤볼게요. 아까 배낭 얘기를 하셨는데, 나가오카 씨가 취재하러 갈 때 반드시 메고 간다고 하셨죠? 그 안에 뭐가 들어 있었는지 혹시 아세요? 가령 수첩이나 디지털 카메라라든지……."

아, 하고 와타나베 하루미가 입을 살짝 벌렸다.

"수첩을 갖고 다녔어요. 검은 표지에 두꺼운 수첩이요. 디지털 카메라도 갖고 다녔고요. 기종은 잘 모르겠어요. 녹음기도 필수품이라고 들었는데, 적어도 두 대는 필요하다고 했어요. 그리고 최근에는 태블릿도 갖고 다녔을 거예요."

"태블릿……이라고요?"

수첩, 디지털 카메라, 녹음기, 태블릿. 나가오카의 방에 있던 배낭에는 그 어느 것도 들어 있지 않았다.

8

우쓰미 가오루의 보고를 들은 구사나기는 "역시 그 얘기가 나왔군. 슈퍼 테크노폴리스 프로젝트 말이야……." 하며 고개를 끄덕였다.

"역시, 라고요?"

우쓰미 가오루가 반문하자 구사나기는 쥐고 있던 서류를 내려다봤다.

"슈퍼 테크노폴리스 프로젝트. 미쓰하라초에 최첨단 과학기술 연구 단지를 조성한다는 계획이야. 연구자들의 거주지는 물론이고 과학을 접목한 레저 시설까지 건설하겠다는 거지. 숙박 시설도 짓고 말이야. 캐치프레이즈가 '어서 오세요, 과학의 고장에'라나. 촌스럽기는."

우쓰미 가오루도 쓴웃음을 지었다.

"인문계 출신으로서는 듣기만 해도 명치가 답답해지는 계획이네요."

"동감이야. 피해자의 방에 있던 자료와 컴퓨터를 조사한 결과 슈퍼 테크노폴리스 프로젝트와 관련된 내용이 많이 발견됐어. 아무래도 그 건이 최근의 주요 취재 대상이었던 모양이야."

"와타나베 씨의 얘기로는 미쓰하라초 출신인 나가오카 씨가 그 계획에 반대했다는군요."

"그런 모양이야. 이걸 읽어 봐. 나가오카 씨 컴퓨터에 남아 있던 문서를 프린트한 거야."

구사나기가 서류를 우쓰미 가오루에게 건넸다.

"'ST 프로젝트에 관해서'……."

우쓰미 가오루가 표지에 쓰여 있는 글자를 읽었다.

"슈퍼 테크노폴리스 프로젝트의 상세한 내용과 프로젝트가 성립된 경위, 관련된 인물과 기업 및 그들의 연결 관계 등이 기록되어 있어. 이걸 읽어 보면 나가오카 씨가 얼마나 공들여 취재해 왔는지 알 수 있어."

르포라이터였던 나가오카 씨는 몇몇 주간지나 잡지와 계약을 맺고 다양한 일을 해 온 듯하다. 그러나 어차피 그런 일들은 상대방의 의뢰를 받고 하게 마련이고 그 자신이 관심이 있었을 거라고 생각되지는 않았다. 그런데 슈퍼 테크노폴리스 프로젝트에 관한 조사만큼은 그가 자발적으로 해 온 듯했다. 그 점은 우쓰미 가오루가 말했듯이 그가 미쓰하라초 출신이라는 사실과 무관하지 않아 보였다.

컴퓨터에는 그 문서 외에도 보고서가 하나 남아 있었는데, 거기서 나가오카는 슈퍼 테크로폴리스는 시설 유지비가 상당하고, 세금 낭비로 끝날 가능성이 매우 크며, 전국적으로 연구 기관을 유치한다고는 하지만 과연 얼마나 유치할지 미지수임에도 과연 최첨단 연구 거점으로 자리 잡을 수 있을지 의문이라고 지적했다. 그리고 그보다 큰 문제는 환경 파괴로, 건설 예정지로 거론되고 있는 지역 다수가 야생 동물 보호 구역과 겹치므로 건설이 시작되면 생태계가 크게 교란되지 않을까 하는 의구심을 드러냈다. 특히 이토야마 지구에 건설될 예정인 통칭 G동은 고준위 방사성 폐기물의 유리고화체를 지층 처분하는 기술을 연구하는 시설로, 만에 하나 큰 사고가 일어날 경우 방사능이 외부로 유출될 우려가 있다는 점을 문제시했다.

"이봐."

마미야가 구사나기를 불렀다. 구사나기는 우쓰미 가오루

와 함께 상사의 책상으로 갔다.

"상태가 어때? 피해자의 교제 상대 말이야."

우쓰미 가오루가 와타나베 하루미의 얘기를 요약해서 보고했다. 이렇다 할 실마리가 보이지 않아서인지 듣고 있던 마미야의 표정이 떨떠름했다.

"휴대 전화와 태블릿뿐 아니라 녹음기와 수첩 등의 취재 도구까지 모두 사라졌다는 점이 역시 신경 쓰입니다."

구사나기가 말했다.

"범인이 가져갔다면 그 안에 뭔가 범인에게 불리한 정보가 들어 있다고 봐도 좋지 않겠습니까?"

"그럴 가능성이 있지."

마미야는 그렇게 대답하고 나서 얼굴을 잔뜩 찡그리더니 팔짱을 끼며 구사나기와 가오루를 올려다보았다.

"조금 전에 보고가 들어왔는데, 피해자는 슈퍼 테크노폴리스 프로젝트뿐 아니라 오가 의원 개인에 관해서도 상당히 집요하게 조사를 해 온 모양이야."

"오가 의원이라면…… 오가 진사쿠 말씀인가요, 전에 문부 과학 대신이었던?"

가오루가 당혹스럽다는 듯이 물었다.

"그래. 슈퍼 테크노폴리스 프로젝트를 발의한 사람이지."

구사나기가 대답했다.

"미쓰하라초는 그 사람 지역구야."

"아, 그렇군요."

"문부과학 대신 시절부터 간절히 바랐었나 봐. 이렇다 할 산업 시설이 없는 그 시골구석을 최신 과학의 거점으로 만드는 걸 말이야."

그리고 구사나기는 다시 마미야에게 시선을 돌렸다.

"새로 찾아낸 건 없습니까?"

"오가 의원이 과거에 관여한 공공사업에 대해서도 아주 면밀히 조사한 흔적이 있나 봐. 의원 사무실이나 후원회, 계열 기업에 관해서도 취재했고. 조금이라도 부정한 구석을 찾아내서, 그걸 빌미로 슈퍼 테크노폴리스 프로젝트를 와해시키려는 생각이었는지도 모르지."

"역시 프로군요. 행동력이 대단해요. 그래서, 발견한 거라도 있나요?"

"글쎄, 아직은…… 좀 더 자세히 조사해 보라고 시켰는데, 아직까지는 이렇다 할 만한 걸 찾지 못했나 봐. 다만……."

마미야가 옆에 놓여 있던 파일을 집어 들었다.

"컴퓨터에 좀 묘한 사진이 남아 있었어."

"사진이요?"

"이거야."

마미야가 파일에서 사진 두 장을 꺼내 책상 위에 놓았다.

그것은 달리는 차를 뒤에서 찍은 것이었다. 한 장은 도로를 달리고 있었고, 다른 한 장은 주차장에 진입하는 참이었다.

"이것 말고도 사진이 스무 장 넘게 있어. 모두 같은 차를 찍었고, 하나같이 뒤에서 찍었어. 번호판을 조사한 결과 오가 의원 소유의 차라는 것이 밝혀졌고. 날짜를 보면 가장 오래된 것이 거의 2년 전에 찍은 사진이야. 계속 미행했겠지."

"뇌물 수수 현장이라도 잡으려고 했을까요?"

구사나기가 고개를 갸웃하며 물었다.

"설마."

마미야가 얼굴을 찌푸리며 손을 내저었다.

"단지 미행하는 것만으로 그런 특종이 걸려들겠어? 아마 오가 의원의 사생활을 추적해서 스캔들이라도 잡으려고 그랬겠지."

"예를 들어 여자관계 같은……?"

"그럴 가능성도 충분히 있지. 그쪽 욕망이 몹시 강한 족속도 있는 모양이니까 말이야."

마미야가 사진을 도로 파일에 집어넣으며 말했다.

"어찌 됐건 우선은 본인에게 물어봐야겠지."

"본인이라면, 오가 진사쿠에게 말씀입니까?"

"국회의원을 그렇게 함부로 부르면 쓰나. 달리 누가 있겠어? 걱정 마. 상부의 허가를 받았으니까."

"아무리 그래도, 누굴 보냅니까? 말단을 보내면 실례가 될 텐데요."

"당연하지. 적어도 경부보는 보내야지."

그리고 마미야는 구사나기의 콧등을 가리켰다.

"즉, 자네."

"네?"

"걱정할 것 없어. 나도 같이 갈 거니까."

"그것참, 정치가는 영 별로인데……."

구사나기가 어깨를 축 늘어뜨리며 말했다.

그때 우쓰미 가오루가 저, 하며 입을 열었다.

"마음에 걸리는 게 좀 있어요."

"뭔데?"

마미야가 물었다.

"나가오카 씨 집에 남아 있던 메모리 카드에서 발견된 동영상요. 건물 벽에 갑자기 구멍이 뚫렸잖아요."

"또 그 얘기야?"

마미야가 지겹다는 듯이 되물었다.

"자네는 유난히 그 동영상에 집착하는군. 그게 어쨌다는 거야?"

"동영상에 촬영 일시가 표시되어 있었어요. 올 2월 21일 새벽 1시 조금 넘은 시간으로요."

"그렇군. 그래서, 그게 왜?"

"와타나베 하루미 씨가 나가오카 씨를 마지막으로 만난 게 20일 밤이라고 했어요. 취재 전에 시간이 남는다면서 집에 찾아왔대요."

마미야가 관심을 살짝 얼굴에 드러냈다.

"그 영상을 찍기 직전이군."

"맞습니다. 그렇다면 그날 밤의 취재는 그 촬영이 아니었을까요?"

"그럴지도 모르지. 그래서?"

"와타나베 씨 말이, 그날 밤 나가오카 씨가 좀 묘한 말을 했다는 거예요. 젊음이 참 무섭다고 했다나요."

"뭐?"

마미야가 입술을 일그러뜨렸다.

"뭐야, 그게?"

"무슨 뜻인지는 모르겠지만 어쩐지 마음에 걸려요. 나가오카 씨가 왜 그런 영상을 찍었는지, 그리고 그 영상은 대체 뭘

지 말이죠."

대답할 말을 찾기 어려운지 마미야가 눈만 이리저리 굴리고 있는데 다른 수사원이 다가와 마미야의 귀에 대고 뭐라고 속삭였다.

구사나기는 우쓰미 가오루에게 눈짓을 하고 그 자리를 뜨려고 했다. 그때였다.

"잠깐."

마미야가 구사나기를 불러 세웠다.

"자네들이 가 봐야 할 곳이 생겼어."

9

건물에 발을 들여놓는데 익숙한 냄새가 났다. 약품들이 뒤섞인 듯한 냄새다. 처음 왔을 때는 거부감이 있었는데 익숙해지니 아무렇지도 않았다. 오히려 머리가 맑아지는 듯한 기분마저 드는 것은 이곳에서 만날 상대 때문일까.

문에는 여전히 행선지를 알리는 표시판이 붙어 있다. 오늘 만나려는 인물은 '재실'로 표시되어 있었다.

구사나기는 우쓰미 가오루를 보며 턱짓을 했다. 노크하라는 뜻이다. 그녀는 오른손으로 문을 두 번 두드렸다.

들어오세요, 하는 소리가 안에서 들렸다. 실례합니다, 하고 우쓰미 가오루는 문을 열었다.

방의 주인인 유가와 마나부는 이쪽에 등을 보인 채 책상을 향해 앉아 있었다. 그에게 다가가 무심코 책상을 내려다본 구사나기는 흠칫했다. 엑스레이 사진이 놓여 있었던 것이다. 인간의 흉부로 보이는 것이 찍혀 있었다.

"자네, 언제 의사가 됐어?"

"암세포는 정상 세포에 비해 열에 약해."

유가와가 다짜고짜 얘기를 늘어놓았다.

"암세포를 자성 나노 미립자로 덮은 후 체외에서 고주파 자장을 쏘면 유도 전류에 의한 발열로 암세포만 태워 죽일 수 있지. 현재 이 연구를 의학부와 공동 진행하고 있어."

"아하, 물리로 암을 치료한단 말이지."

"그래서 나는 현재 몹시 바빠."

유가와는 의자를 돌려 두 사람을 향했다.

"전화 받고 놀랐어. 자네들이 이곳에 오는 일은 두 번 다시 없을 줄 알았거든."

"오고 싶어서 온 게 아니야, 위에서 지시가 내려와서 왔지."

"허, 그래? 자네 상사가 무슨 지시를 내렸는데?"

유가와가 자리에서 일어나 싱크대로 가며 물었다. 머그잔을 늘어놓는 걸 보니 늘 그랬듯이 인스턴트커피를 대접할 작정인 듯했다.

구사나기는 작업대 옆에 있는 의자에 앉았다.

"자네, 나가오카 오사무라는 사람 알지?"

"나가오카?"

유가와가 커피 가루를 머그잔에 넣으려다 멈칫했다.

"만났을 텐데. 2주쯤 전에 전화를 받았고 말이야."

아아, 하면서 유가와가 천천히 고개를 끄덕였다.

"그 사람 말이군. 그러고 보니 나가오카라고 한 것 같아. 그 사람이 왜?"

"살해당했어. 이틀 전에 시신으로 발견되었어."

유가와의 손이 다시 동작을 멈췄다. 그가 구사나기 쪽을 보며 "범인은?"이라고 물었다.

"아직 몰라. 수사 중이야."

유가와는 심호흡을 한 다음 전기 포트의 물을 머그잔에 따랐다.

"그래서? 혹시 나를 의심하는 거야?"

"그럴 리가. 하지만 자네에게 얘기를 들어 볼 필요는 있겠지."

유가와가 머그잔 두 개를 들고 와서 작업대에 내려놓았다.

"머그잔을 새로 샀어. 우쓰미 군은 노란 잔. 자네는 이쪽."

"색깔 한번 요상하군."

구사나기가 잔을 집어 들고 말했다. 빨간색이라고도 갈색이라고도 할 수 없는 색이었다.

"오디 색이라고 하는 모양이야. 다들 사용하기를 꺼려해서 난감해."

싱크대로 돌아간 유가와는 검은색 머그잔을 손에 들었다.

"나가오카 씨가 나를 만나러 온 건 어떻게 알았어?"

"휴대 전화 발신 기록에 데이토 대학 번호가 남아 있었어. 날짜는 2월 23일. 그리고 명함 홀더에서 자네 명함이 발견되었지."

"아하, 그래. 듣고 보니 간단하군."

유가와가 자기 자리로 돌아가서 앉았다.

"나가오카 씨가 여기로 찾아왔나?"

"응. 알고 싶은 게 있다고 전화가 왔어. 마침 시간이 나서 그날 바로 오라고 했지."

"알고 싶다는 게 뭐였어?"

"이런 곳에 연예계나 스포츠계에 관해 물어보러 오는 사람이 있겠어? 물론 물리 현상에 관해서였지."

"구체적으로 말해 봐."

그러자 유가와가 흥, 콧방귀를 뀌었다.

"자네는 들어도 이해하지 못할걸."

기분이 상한 구사나기가 뭐라고 받아치려는데 우쓰미 가오루가 교수님, 하고 끼어들었다.

"혹시 이거 아닌가요?"

그녀는 휴대 전화 화면을 유가와 쪽으로 돌려놓았다.

구사나기도 화면을 들여다보았다. 예의 건물 벽에 구멍이 뚫리는 영상이었다.

유가와의 눈빛이 날카롭게 빛났다.

"이게 어디서 났지?"

"나가오카 씨 집에서요. 메모리 카드에 담겨 있었어요."

"그렇군……."

"혹시 나가오카 씨가 교수님께도 이 영상을 보여 드렸나요?"

유가와가 커피를 한 모금 입에 머금더니 고개를 끄덕였다.

"무슨 현상인지 아느냐고 묻더군. 최근 들어 이런 걸 물어 오는 사람이 많아졌어. 아무래도 나를 괴현상 전문가로들 여기는 모양이야. 모두 자네들 탓인 건 알지?"

"그래서 요즘은 되도록 자네를 성가신 일에 끌어들이지 않으려고 하잖아."

"되도록이 아니라 절대로라고 해 주면 좋겠는데."

"그래서 교수님은 뭐라고 설명하셨어요?"

우쓰미 가오루가 얘기를 본론으로 되돌렸다.

"설명은 무슨."

유가와는 냉담하게 말하며 고개를 내저었다.

"그 영상만 보고 뭘 설명할 수 있겠어. 나가오카 씨에게도 그렇게 대답했어."

"나가오카 씨 본인은 이 영상에 관해서 뭐라고 말하던가요? 어디서 어떻게 촬영했다든지……."

"아무 말 없었어. 자기가 직접 찍었는지 어쨌는지도 듣지 못했고."

"교수님도 설명할 수 없다고만 하셨나요? 이러저러한 가능성이 있다든가 하는 말씀은요?"

"가능성이라면?"

"예를 들어, 레이저 광선이라든가……."

"레이저?"

안경 속, 유가와의 눈동자가 커졌다.

"그거 기발한 의견이군."

"구사나기 선배에게 들은 적이 있어요. 전에 사람 머리가 느닷없이 불타오른 사건이 있었는데, 레이저 광선을 사용했다는 걸 교수님이 간파하셨다고요."

"그런 일이 있긴 했지."

유가와는 히죽거리며 구사나기를 쓱 쳐다본 후 다시 우쓰미 가오루에게 시선을 돌렸다.

"아쉽지만 레이저로는 이런 식으로 벽에 구멍을 뚫는 게 불가능해. 레이저에 쏘인 부분이 타오를 뿐이지."

"그렇군요."

"나가오카 씨에게도 모종의 폭발로 구멍이 뚫린 것 같지만 현장을 보기 전에는 뭐라고 말할 수 없다고 대답했어."

"그랬더니 나가오카 씨가 뭐라고 하던가요?"

"그렇습니까, 하고 돌아갔어. 그게 전부야."

거기까지 말하고 나서 유가와는 구사나기를 바라보며 "질문이 또 있나?"라고 물었다.

"그 이후로 나가오카 씨에게서 연락이 온 적은?"

"없어. 그래서 이름도 잊고 있었어."

"그렇군."

구사나기는 남은 커피를 마저 마시고 잔을 내려놓았다.

"범인을 모르니 동기도 불분명하겠군."

유가와가 말했다.

"맞아."

그렇게 대답하고 일어서려던 구사나기가 문득 생각난 듯이 입을 열었다.

"아 참, 자네 혹시 슈퍼 테크노폴리스 프로젝트라고 알아?"

유가와의 눈썹이 꿈틀했다.

"미쓰하라초의?"

"역시 알고 있었군."

구사나기가 우쓰미 가오루를 돌아보았다.

"우리와는 다른 세상이야. 과학자들 사이에서는 유명한가 보군."

"그 프로젝트가 어쨌다는 건데?"

"거기에 반대하던 나가오카 씨가 여러 방면으로 취재를 다녔었나 봐. 이번 사건과 관계가 있는지 어떤지는 아직 모르겠지만."

"흠, 그 프로젝트에 관해서 취재를 했단 말이지."

유가와가 먼 산을 바라보는 듯한 눈길을 했다. 이 남자가 이런 표정을 보이는 일은 흔치 않다.

"왜, 나가오카 씨가 슈퍼 테크노폴리스에 관해서 무슨 얘기라도 했어?"

"아니, 그런 건 아니야. 거기에 대해서는 한마디도 하지 않았어. 이제 됐나? 다른 볼일이 없으면 나는 하던 작업을 마저

하고 싶은데."

그러고서 유가와는 머그잔을 정리하기 시작했다.

"알겠어. 시간 내 줘서 고마워."

우쓰미 가오루에게 눈짓을 하며 구사나기는 문으로 향했다.

10

철망 펜스 한쪽에 있는 문에 '관계자 외 출입 금지'라는 흔한 팻말이 걸려 있다. 어렸을 때부터 이런 걸 보면 괜히 더 들어가고 싶어지는 성격이었다. 안에 대체 어떤 흥미로운 게 있기에 들어가지 말라는 걸까, 하고 기대감만 커졌다. 그러나 대개의 경우 그러한 시도는 실망으로 끝나고 만다. 게다가 들키는 바람에 혼쭐이 나는 일도 심심치 않게 있었다.

하지만 여기는 달랐다. 이렇게 소중하고도 비밀스러운 장소를 찾아내게 되어 기쁘다고 생각했다.

"저기, 사토루. 정말 괜찮을까?"

뒤에서 미카가 걱정스럽게 물었다.

"괜찮다니까. 이런 시간에는 아무도 없어."

사토루가 문을 밀었다. 자물쇠가 망가져 있어서 쉽게 열렸다.

옆에 세워 둔 오토바이를 밀면서 펜스 안쪽으로 들어갔다. 미카도 그 뒤를 따랐다.

"진짜 어둡네."

"그렇지? 그래서 펜 라이트 가져오라고 한 거야."

"아아, 그렇구나."

미카가 가방에서 펜 라이트를 꺼내서 켰다. 발밑이 밝아졌다.

왼쪽으로 콘크리트 벽이 이어졌다. 물 높이가 높아질 때는 제방 역할을 할 것이다. 왼쪽은 강이다.

벽 앞에 종이 상자가 놓여 있었다. 세탁기라도 들어 있었던 건지 엄청 컸다. 표지로는 안성맞춤이다. 사토루는 그 앞에 오토바이를 세웠다. 만에 하나 펜 라이트를 켤 수 없더라도 이 상자라면 어둠 속에서 쉽게 찾을 것이다.

미카에게 펜 라이트를 받아 앞을 비추면서 걸었다. 도중에 그녀의 어깨를 끌어안고 걸었다.

"안 추워?"

"괜찮아. 이렇게 붙어 있으니까 따뜻하네."

걸음을 멈추고 펜 라이트를 껐다. 캄캄해졌다. 그러나 어두워서 오히려 보이는 것도 있다.

"하늘 좀 봐."

응? 하면서 미카가 하늘을 올려다보았다.

"와, 예쁘다."

밤하늘에 별이 총총 박혀 있다. 오늘 밤 날씨가 맑다는 걸 확인하고 데려왔다. 감격하지 않으면 계획이 빗나간다.

"보석 같지?"

"흠…… 그런가."

뭐야, 이 반응은. 사토루는 실망스러웠다. 하지만 어쩔 수 없다. 어차피 도쿄의 밤하늘인걸. 이 순간을 위해서 오늘 밤의 데이트에 초대했다. 프러포즈를 어떻게 할지 밤새도록 고민했다. 종이에 쓰고, 술술 나올 때까지 몇 번이나 연습했다.

미카, 하고 불렀다. 목소리가 약간 갈라졌다. 얼른 침을 삼킨다. 입안이 칼칼했다.

왜? 하고 미카가 대답한다. 뭔가를 예상한 낌새는 없다. 지금이 기회다.

"사람의 행복을 좌우하는 건 만남이라고 생각해. 그래서 좋은 만남인지 아닌지가 중요한 거지. 하지만 그건 모두 운에 달렸잖아. 신이 아니면 결정할 수도 없고. 그래서 나, 신에게 감사……."

그렇게 말하는 순간이었다.

멀리서 무슨 소리가 나는가 싶더니 반짝이는 것이 눈가를 스쳐갔다. 움찔하는 찰나 펑! 하는 소리가 등 뒤에서 들렸다.

동시에 주위가 확 밝아졌다.

사토루가 뒤를 돌아보는데 눈앞에 믿기 어려운 광경이 펼쳐져 있었다.

옆으로 넘어진 그의 오토바이가 격렬하게 불길을 내뿜으며 땅에서 몸부림치고 있었다.

11

회색 건물의 장례식장은 허름한 상점가의 뒷골목에 있었다. 한 걸음 발을 들이밀자 곰팡내가 풍겨 왔다. 벽에 부착된 안내판을 보니 식장은 2층인 듯했다. 검정 옷차림의 우쓰미 가오루는 계단을 올라갔다. 2층에서 사람들 소리가 들려왔다.

나가오카 오사무의 장례는 그가 태어난 고향인 미쓰하라 초에서 치러졌다. 부모님이 그러기를 바란 듯하다. 가오루는 미쓰하라초에 처음 와 본다. 전원 풍경 너머로 산이 보이는, 녹음이 풍성한 동네다.

그러나 그런 배경에 어울리지 않게 트럭과 중장비가 수시로 오갔다. 말할 것도 없이 슈퍼 테크노폴리스 프로젝트의 영향이다. 몇 군데 시설은 이미 공사가 시작된 듯하다. 역에서 본 표지판에는 '어서 오세요, 과학의 고장에'라고 쓰여 있었다. 자연이 풍요로운 고장이 문명에 침식되어 가는 모습을 보니 왠지 마음이 불편했다. 몸에 맞지 않는 옷을 입은 것처럼 보인다. 그러나 외부 사람은 뭐라고 말할 자격이 없다. 지방은 어디나 비슷한 상황이다.

빈소가 차려진 곳에 사람들이 모여 웅성거렸다. 나가오카 오사무와 동년배로 보이는 남녀가 많았다. 이 지역 학교 동창생들인지도 모르겠다.

경시청 수사원도 몇몇 보였다. 물론 그들도 검은 양복을 입었다. 문상객 중에 범인이 있을 가능성을 고려해 잠복하고 있는 것이다. 접수대 근처에 있는 수사원은 카메라를 몸에 숨기고 문상객을 촬영하고 있었다.

가오루는 다른 문상객들에 섞여 분향하는 줄로 다가갔다. 천천히 걸어가면서 주위 사람들이 무슨 대화를 나누는지 귀를 쫑긋 기울였다. 그런 대화 속에 사건과 관련된 중요한 단서가 숨어 있을 수도 있기 때문이다.

줄의 끄트머리에 섰을 때, 옆에서 어, 하는 여자 목소리가 들렸다. 고개를 돌리던 가오루는 움찔 놀랐다. 와타나베 하루미가 서 있었다.

"저번에는 고마웠어요."

가오루가 작은 소리로 인사했다.

"여긴 어떻게?"

가오루가 의아하다는 표정을 짓고 있는 와타나베 하루미의 귀에 입을 가까이 가져갔다.

"수사 중이에요. 다른 사람들이 알면 곤란하니까 저에 관해서 아무 말씀 안 하셨으면 해요."

"아, 네."

와타나베 하루미가 긴장된 얼굴로 고개를 끄덕였다.

그녀 주변을 힐끗 살피고 나서 가오루가 다시 물었다.

"혼자세요?"

"네. 같이 오자고 할 사람도 없고 해서……."

"오늘 장례식이 있는 줄은 어떻게 아셨죠?"

"그의 부모님이 전화로 알려 주셨어요. 전에 한 번 댁에 찾아간 적이 있었거든요."

그렇다면 나가오카 오사무가 부모님에게 그녀를 소개한 것이다. 결혼 얘기가 나왔을지도 모른다. 미래의 꿈이 어이없게 흩어져 버린 와타나베 하루미의 심경을 생각하니 가오루도 가슴이 아팠다.

와타나베 씨, 하고 가오루가 다시 속삭였다.

"혹시라도 누가 물으면 저를 와타나베 씨 지인이라고 말씀하세요. 그래야 저도 움직이기 편하니까요."

와타나베 하루미가 당황한 표정을 지으며 "알겠어요." 하고 대답했다.

분향을 한 다음 부모님 앞을 지나 분향실 밖으로 나갔다. 와타나베 하루미가 따라 나오지 않기에 뒤를 돌아보니 나가오카 오사무의 어머니로 보이는 여성과 대화를 나누고 있었다. 두 여자 모두 눈물을 글썽이고 있다.

옆방에 문상객을 위한 음식이 준비되어 있었다. 가오루는 와타나베 하루미와 함께 구석 자리에 앉았다.

"우쓰미 씨가 있어서 오히려 다행이네요."

와타나베 하루미가 말했다.

"이런 데 혼자 앉아 있으면 더 비참할 거 아니에요."

"그렇게 말해 주니 고맙네요."

"저, 수사는 어떻게 되어 가고 있어요?"

주위를 돌아보고서 와타나베 하루미가 조심스럽게 물었다.

이럴 때 하는 대답은 정해져 있다. 가오루는 "진행 중이에요." 하고 대답했다.

"진전이 좀 있나요?"

"현재까지는 정보를 수집하고 있어요. 그래서 저도 오늘 여기에 온 거고요."

그렇군요, 하면서 와타나베 하루미가 애매하게 고개를 끄덕거렸다. 그녀로서는 좀 더 자세한 얘기를 듣고 싶을 것이다. 그러나 수사 내용을 일반인에게 말할 수는 없다.

하루미 씨, 하고 어디선가 부르는 소리가 들렸다.

올려다보니 테이블 저편에 체격이 다부진 남자가 서 있었다. 햇볕에 가뭇가뭇 그을렸고, 스포츠머리가 잘 어울리는 사람이다. 나이는 마흔 전후일까. 그 뒤에 체구가 작은 남자도 있었다.

아아, 하면서 와타나베 하루미가 눈을 깜박거렸다.

"가쓰타 씨죠?"

"그렇습니다. 삼가 조의를……."

남자가 머리를 숙였다.

와타나베 하루미의 지인인 듯했다. 관계가 궁금했던 가오루는 그녀의 표정을 살폈다.

"이곳에서 레스토랑을 경영하는 분이에요."

와타나베 하루미가 소개해 주었다.

"오사무 씨가 한 번 데려간 적이 있어요. 오사무 씨 부모님을 만나러 여기 왔을 때."

잘 부탁드립니다, 하면서 남자가 가오루에게 명함을 내밀었다. 레스토랑 이름이 '보타니안'인 모양이다. '점장 가쓰타 미키오’라고 쓰여 있었다.

"우쓰미라고 합니다. 와타나베 씨와 같은 회사에 다니고 있어요. 죄송합니다. 명함을 가져오지 않아서요."

가오루가 자기소개를 했다.

괜찮습니다, 하고서 가쓰타는 착잡한 표정으로 와타나베 하루미를 보았다.

"이번 일은 정말 뭐라고 말씀드려야 할지 모르겠군요. 얼마나 놀랐는지 모릅니다. 나가오카 씨가 ST 반대 운동의 선봉장이어서 더욱이 충격이 컸습니다."

와타나베 하루미는 눈을 내리깔고 아무 대꾸도 하지 않다가 가오루에게 시선을 돌렸다.

"가쓰타 씨도 반대 운동에 참여하고 있어요. 리더 격인 존재라고 오사무 씨가 말했어요."

"리더라니요, 그 정도는 아닙니다."

가쓰타가 쑥스럽다는 듯이 손을 내저었다.

"레스토랑 대표 상품이 버섯 요리예요. 사용하는 버섯은 모두 가쓰타 씨가 직접 딴대요. 저도 먹어 봤는데, 향이 좋고 정말 맛있었어요."

"그렇게 말씀해 주시니 산을 헤집고 돌아다닌 보람이 있군요."

가쓰타는 그렇게 말한 후 뒤에 잠자코 서 있는 남자를 돌아보았다.

"소개하죠. 저를 도와주고 있는 요네무라 씨입니다. 본업은 서점 운영인데, 마을 소식지를 발행하기도 하죠. 나가오카 씨와도 안면이 있다고 합니다."

잘 부탁합니다, 하며 남자가 명함을 내밀었다. 가오루는 옆에서 명함을 들여다보았다.

"나가오카 씨와 각종 정보를 교환해 왔습니다. 이번 일은 정말 어처구니없고 황망하군요. 아니, 황망하고도 안타깝고, 분합니다."

와타나베 하루미가 말없이 머리를 숙였다. 말이 나오지 않는 듯했다.

와타나베 하루미와 가오루는 가쓰타, 요네무라와 마주 앉았다.

"범인은 아직 오리무중인가요?"

요네무라가 와타나베 하루미에게 물었다.

네, 하고 그녀는 대답했다.

"형사가 찾아와서 이것저것 묻는데, 저는 대답도 제대로 못 했어요."

그렇게 말하고 그녀가 가오루 쪽을 힐끗 바라보았다.

"저에게도 형사가 찾아왔습니다."

가쓰타가 말했다.

"나가오카 씨 전화의 발신 기록에 제 이름이 있었다더군요. 월초에 나가오카 씨가 제게 전화를 했거든요. 한동안 못가 봐서 상황이 어떻게 돌아가고 있는지 궁금하다기에 큰 변화는 없고 반대 운동도 정체 상태라고 했더니 그러냐고 하면서 아쉬워했죠."

"가쓰타 씨가 느끼기에 그 사람, 전과 달랐던 점은 없었나요?"

와타나베 하루미가 물었다.

가쓰타가 살래살래 고개를 저었다.

"별로요. 평소와 같았어요. 이번 달에 새로운 공사가 시작되니까 그 전에 다시 한 번 대대적으로 캠페인을 벌이고 싶다, 그런 말만 했죠. 형사에게도 그렇게 말했습니다."

세 사람의 대화를 들으면서 가오루는 마음속으로 고개를 끄덕였다. 가쓰타에게 수사원이 찾아갔다는 것은 이미 알고 있었다. 그가 말했듯이 나가오카의 휴대 전화에 발신 기록이 남아 있었다. 수사 회의에서는 가쓰타의 말에 딱히 의심 가는 점이 없다는 보고가 있었다.

"저, 궁금해서 그러는데요, 왜 슈퍼 테크노폴리스 프로젝트에 반대하시는 거예요? 이 지역 입장에서는 경제 효과를 기대할 수도 있을 텐데요."

가오루의 질문에 가쓰타는 옆에 앉은 요네무라와 얼굴을 마주 본 후 허망함이 감도는 미소를 지으며 가오루를 바라보았다.

"이유는 단순합니다. 모든 의미에서 이 지역에 결코 좋지 않다고 생각하기 때문이죠."

"그렇군요. 모든 의미에서, 라는 말은?"

"우선 경제 효과 면에서도 그래요. 예전에 이웃 동네에 레저 랜드가 조성되었어요. 처음에는 사람들이 한껏 기대에 부풀었죠. 하지만 결과적으로 시설 전체가 파리만 날리는 꼴이 되고 말았어요. 남은 것은 막대한 빚과 쓸모없는 시설뿐이고, 아름다운 자연만 크게 훼손되고 말았죠. 그런 일이 다시는 없어야 합니다."

"프로젝트를 진행하는 쪽에서는 그 점에 관해 뭐라고 설명하나요?"

"걱정할 필요 없다, 그 한마디뿐입니다."

가쓰타가 입술을 일그러뜨리며 말했다.

"수지 면에 관해 면밀하게 시뮬레이션을 해 본 결과 운영을 건전하게 유지할 수 있다는 결론이 나왔다, 이걸 설명이라고 합니까? 그 작자들은 그거 하나로 밀고 나갈 생각이에요."

"다른 문제는요? 역시 환경 문제인가요?"

"물론이죠. 슈퍼 테크노폴리스 예정지에는 특별 보호 구역이 여러 군데 있습니다. 개발을 추진하면 수많은 야생 동식물이 멸종될 위험성이 있어요. 그뿐이 아니라……."

가쓰타가 사방을 휙 둘러본 다음 낮은 목소리로 말을 이었다.

"일부 시설에는 방사성 물질이 투입됩니다."

"지층 처분 연구소 말이군요."

가오루가 말하자 가쓰타는 의외라는 듯이 눈을 크게 떴다.

"알고 계시군요."

"오기 전에 조금 조사해 봤어요."

"그렇다면 얘기가 쉽겠군요. 이토야마 지구에 건설될 예정인 시설에서 방사성 폐기물 처리에 관해 연구한답니다. 실제로 그런 위험한 걸 가져와서 지하에 보관할 경우 어떤 문제가 발생하는지 연구하는 모양인데, 그거, 생각만 해도 끔찍한 일 아닙니까? 여차하면 대량의 방사능이 누출될 우려가 있잖아요."

"하지만 공식 홈페이지에 설명되어 있는 내용을 보면, 연구에 사용되는 유리고화체는 안정적인 물질이라서 가령 파손될 경우에도 외부에 방사능이 누출될 위험은 없다고 하던데요."

가쓰타는 어처구니없다는 표정을 지으며 고개를 저었다.

"그런 걸 탁상공론이라고 합니다. 후쿠시마 원자력 발전소만 해도 절대 위험하지 않다고 했는데 그 꼴이 나지 않았습니까. 무슨 일이 생길지는 누구도 알 수 없어요. 아까 버섯 얘기를 하셨는데, 제가 버섯을 채취하는 장소도 거기에서 가까워요. 그런데 그런 시설이 생긴다면 어떻게 안심하고 손님에게 버섯 요리를 제공할 수 있겠습니까. 여기저기서 공사가 시작되고 있지만, 이토야마 지구 지층 처분 연구소만은 반드시 막아야 합니다. 투쟁을 불사할 방침입니다."

"일이 순조롭게 풀릴 가능성이 있어 보이나요? 계획을 중단시킬 만큼 말이에요."

가쓰타가 어두운 표정으로 나지막이 중얼거렸다.

"좀 답답한 상황이라는 건 인정해야겠죠."

"그렇군요."

"작년에 공사 예정지 근처에서 검둥수리 둥지가 발견되었어요. 우리는 솔직히 반색했습니다. 이제 공사를 막을 수 있겠다고 말이죠. 자연보호 단체와 연대해서 공사 반대를 부르짖었어요. 그런데 어이없게도 현이 공사 허가를 내렸지 뭡니까. 물론 항의했죠. 그러나 환경성에서 인가했으니 문제없다면서 상대조차 해 주지 않더군요. 그래서 환경성에 문의했는데, 지금까지 명확한 답변이 없어요. 뒤에서는 벌써 끝난 얘기로 보입니다."

"뒤에서요?"

"그 작자가 움직이는 겁니다."

옆에서 요네무라가 분해 죽겠다는 듯이 말했다.

"오가 진사쿠요. 환경성과 교섭했겠죠. 틀림없어요. 늘 그런 식이었습니다. 그 작자가 있는 한 정상적인 방법으로는 절대 안 풀립니다. 법도 제멋대로 주무르는 인간이니까요."

"그렇다면 앞으로는 어떤 식으로 투쟁할 생각이세요?"

가쓰타가 한숨을 길게 내쉰 다음 대답했다.

"작전을 짜는 중입니다."

"나가오카 씨가 반대 운동에 연결될 만한 뭔가 새로운 사실을 캐냈을 가능성은 없을까요? 이번 사건과도 관련이 있을 법한……."

가오루의 질문에 가쓰타가 의아하다는 듯이 눈살을 찌푸렸다. 가오루는 말이 좀 많았다는 생각이 들어 고개를 수그리며 사과했다.

"죄송해요. 그만 호기심이 발동하는 바람에."

가쓰타가 또 한숨을 후, 내쉬었다.

"저를 찾아온 형사도 그런 걸 묻더군요. 하지만 그럴 가능성은 없습니다. 만약 그런 일이 있었다면 나가오카 씨는 맨 먼저 제게 알렸을 겁니다. 그리고 추진파 사람들이 야만인도 아니고, 자기들에게 불리한 내용이 알려졌다고 해서 죽이기야 하겠어요. 안 그래?"

가쓰타가 동의를 구하자 요네무라는 그렇죠 뭐, 하면서 고개를 끄덕거렸다. 그때 가쓰타 품에서 경쾌한 음악 소리가 났다. 유심히 들어 보니 이 고장의 옛 노래를 벨 소리로 한 듯했다. 그는 당황스러운 표정을 지으며 휴대 전화를 귀에 대고 밖으로 나갔다.

"지금 두 분 얘기를 들으니 상당히 고전하고 계시는 것처럼 보이네요."

가오루가 요네무라에게 말했다.

요네무라는 담담한 표정으로 고개를 위아래로 흔들었다.

"요즘 반대 운동이 좀 수그러들었습니다. 한마디로 단합이 잘 안 되고 있어요. 결국은 누구나 자기 생활이 중요한 거죠. 프로젝트에 반대하는 이유가 저마다 다르니 개별적으로 움직여서 힘이 분산되면 약해질 수밖에 없잖아요. 어제까지만 해도 절대 반대하던 사람이 오늘은 손바닥 뒤집듯 찬성하고 나서기도 하고요. 아마 회유되었겠죠. 돈을 받은 사람도 있을 겁니다."

"아하, 그런 일도 있군요."

가오루는 충분히 있을 법한 일이라고 생각했다.

"게다가, 정보가 새는 것 같기도 합니다."

요네무라가 말했다.

"정보가요?"

"재작년부터 새로운 작전을 시작했어요. 이미 시작된 공사를 조사해서, 환경에 대한 배려가 잘 이뤄지고 있는지 확인하는 작업을 계속해 왔습니다. 예정지가 아닌 곳에서 벌목이 진행되는 것을 발견하고 현에 연락한 적도 있었어요. 산업 폐기물을 불법 투기한 현장을 적발한 일도 있고요. 하나같이 위법 행위니까 현에서는 지도에 나서지 않을 수 없잖아요. 그런 일이 몇 번 반복되면 공사가 아직 시작되지 않은 곳은 계획을 재고할 가능성도 있지 않을까 싶었던 거죠."

"효과적인 방법 같은데요."

"그런데 그 작전도 점차 힘을 잃어 가고 있어요. 위법 행위가 벌어지고 있다는 정보를 입수해서 증거 사진을 찍으러 가면 그 흔적이 싹 사라지고 없는 겁니다. 그런 일이 몇 번 있었어요. 대체 어떻게 된 일인지, 가쓰타 씨와 둘이 의아해하고 있습니다."

요네무라는 거기까지 말하고 검은 넥타이를 약간 느슨해

지도록 풀었다.

12

"의원님께 여쭤보니, 만난 적도 없고 이름도 들은 적이 없다고 합니다."

나가오카 오사무의 얼굴 사진을 테이블에 놓고 나서 우카이 가즈오는 침착하게 말했다. 밋밋한 얼굴에 표정이라고는 찾아볼 수 없었다. 감정을 읽기 어려운 사내라고 구사나기는 생각했다.

"가능하면 의원님을 직접 만나 뵙고 싶은데요."

마미야가 조심스럽게 말했다.

"왜 그러시죠? 이 남자를 아는지 모르는지, 그것만 확인하면 되는 일 아닌가요? 조금 전에 제가 의원님께 사진을 보여드렸어요. 그랬더니 모르는 사람이라고 하시더군요. 그럼 된 거 아닙니까. 뭐가 더 필요하죠? 댁들이 찾아온 목적은 이미 해결되었을 텐데요."

우카이가 저금통 구멍 같은 가느다란 눈으로 구사나기와 마미야를 번갈아 보며 말했다. 말투는 공손하지만 대놓고 귀찮아하는 태도다. 그리고 이 경찰 나부랭이들, 하며 깔보고 있다.

모 호텔 연회장 옆에 있는 대기실이었다. 오늘 이곳에서 슈퍼 테크노폴리스 프로젝트의 성공을 기원하는 관계자들의 친목 파티가 열릴 예정이었다. 오가 진사쿠 의원 사무실에 문의했더니 여기로 오라고 했다. 그러나 정작 구사나기와 마미야를 맞은 사람은 제1비서 우카이였다. 아무래도 오가 의원을 직접 만날 수 있을 것 같지 않았다.

"최근에 의원님 주변에서 뭔가 이상한 일이 있지는 않았습니까?"

구사나기가 질문했다.

"이상한 일이라니, 어떤 일 말씀이죠?"

"가령…… 누가 미행했다거나."

우카이의 눈이 살짝 더 벌어졌다. 흐흥, 하고 콧소리가 났는데 아무래도 웃은 듯했다.

"기자들이 따라붙는 일은 일상다반사예요. 매스컴이 뒤쫓는 정도가 아니면 감당할 수 없는 자리죠."

"어떤 일이라도 상관없습니다. 평소와 뭔가 다르다고 느낀 일이 없었습니까?"

"없었습니다."

우카이가 천천히 고개를 가로저었다.

"어떻게 그렇게 단언하시죠? 오가 의원에 관해서 묻고 있는 겁니다. 나는 오가 의원에 관한 한 모조리 파악하고 있다, 그런 뜻인가요?"

"물론입니다."

우카이는 조금도 동요하는 기색이 없었다.

"어떤 의미에서는 의원님 본인보다 잘 압니다."

되받을 말이 없었다.

"이제 용건이 모두 끝난 듯하군요. 그럼 그만 가 보겠습니다."

묵례를 하고 우카이는 재빨리 대기실을 나갔다.

"뭐야, 저 자식."

구사나기가 혀를 찼다.

"그런 거지, 뭐. 어쩔 수 없군. 우리 쪽에 얘기를 끌어낼 만한 미끼가 없으니."

자, 하면서 마미야가 엉덩이를 들었다.

대기실에서 나와 에스컬레이터를 타러 가는데 연회장 입구 부근에 북적거리는 사람들의 모습이 보였다. 대성황인 듯했다.

구사나기가 걸음을 멈췄다. 아는 얼굴이 있었기 때문이다.

왜 그래, 하고 마미야가 물었다.

"먼저 가시죠. 볼일이 생겼습니다."

그렇게 말하면서 구사나기가 그 인물을 가리켰다.

마미야는 얼떨떨한 표정으로 구사나기를 바라보다가 그가 가리키는 쪽을 돌아보고는 상황을 파악한 듯 말했다.

"알았어, 그럼 수고해."

고개를 끄덕이고 나서 마미야는 에스컬레이터를 탔다.

그 인물은 접수대로 가는 중이었다. 방명록에 이름을 적으려는 모양이었다.

"유가와."

뒤에서 이름을 불렀다.

유가와 마나부가 걸음을 멈추고 돌아보았다. 구사나기의 얼굴을 보고는 알겠다는 듯이 고개를 끄덕였다.

"이런 데까지 얼굴을 들이밀다니, 정말 슈퍼 테크노폴리스 프로젝트가 사건의 열쇠라고 믿는 눈치군."

"그건 아직 모른다고 했잖아. 일단 프로젝트 발안자를 만나 보려고 했을 뿐이야. 정작 만난 사람은 비서였지만."

"발안자라면 오가 진사쿠겠군. 드디어 자네도 그런 거물을 상대하게 되었나."

그러더니 유가와가 양복 안주머니에서 봉투를 꺼냈다.

"초대받았어. 우리 대학 교수 대신이지만."

"데이토 대학도 슈퍼 테크노폴리스 프로젝트에 참여하나?"

"아직 결정된 건 없어. 별로 관심이 없었는데, 며칠 전 자네 얘기를 듣고 조사를 좀 해 보자 싶은 생각이 들어서 말이지. 오가 진사쿠는 과학 입국 부활을 슬로건으로 내세운 모양인데, 기본적으로 그 자세에는 찬성이야."

"그런데 어째 좀 수상해. 그저 자기 고향에 떡밥을 던져 주려는 속셈이 아닌가 해서 말이야. 만난 적도 없는 사람을 두고 이렇게 말하기는 뭐하지만."

"그럼 얼굴만이라도 한번 보지 그러나."

"얼굴만이라도? 무슨 뜻이지?"

유가와는 조금 전의 봉투에서 초대장을 꺼냈다.

"동행이 1인까지 가능하다고 되어 있어."

"……즉, 모든 것은 환경에 달렸다는 말입니다. 전쟁 직후 우리 나라에는 아무것도 없었어요. 필요한 게 있으면 만들 수밖에 없었습니다. 텔레비전도 세탁기도 자동차도, 외제는 비싸서 살 수가 없었어요. 그래서 서민도 살 수 있는 자동차를 만들자, 이렇게 된 것이죠. 값싸고 좋은 자동차 말입니다. 그 결과, 경제 대국이라고 불리는 수준까지 경제가 발전했어요. 그런데 요즘 세상을 보세요. 뭐든지 있습니다. 값싼 물건을 얼마든지 살 수 있어요. 젊은이들에게 뭐가 필요하냐고 물어보면 기껏해야 최신 스마트폰이 갖고 싶다느니, 아이돌의 사인 앨범이 갖고 싶다느니, 그렇게 대답할 겁니다. 이래서야 뭔가를 새로 만들어 내자는 흐름이 형성될 수 있겠습니까? 과학 입국의 부활을 꾀하자, 그런 말은 뜬구름 잡는 소리에 지나지 않습니다. 그래서 환경 조성이 필요한 겁니다. 먼저 환경을 조성해야 한다, 이 말입니다. 지금 우리에게 뭐가 필요한지, 미래를 대비해서 뭘 해야 하는지, 늘 그런 생각을 할 수 있는 환경을 반드시 준비해야 한다는 말입니다. 뜨뜻미지근한 세상과 격리된 공간에서 인재를 육성하자는 거죠. 그것이 곧 슈퍼 테크노폴리스 프로젝트입니다. 이제야 겨우 결론이 나왔군, 하는 표정들이군요. 죄송합니다, 얘기가 길어져서. 그러나 이런 얘기부터 하지 않고는 좀체 이념을 이해하지 못해서 말이죠. 물론 지금 여기 계시는 분들께는 부처님한테 설법하는 꼴일지 모르겠습니다만."

단상에서 오가 진사쿠가 열변을 토하고 있다. 커다랗고 각진 얼굴에, 희끗희끗한 머리를 뒤로 반듯하게 넘겼다. 학창 시절에 야구를 해서 그런지 어깨도 우람한 것이 얼핏 봐서는 믿음직한 우두머리 같은 인상이다. 말투에 간간이 섞이는 사투리도 박력을 배가하는 효과가 있었다.

오가의 연설에 이어 몇몇 의원이 인사를 한 후 환담 시간이 되었다.

"과연 정치가들은 말을 잘하는군. 끝까지 지루하지 않게 들었어."

구사나기가 우롱차 잔을 손에 들고 말했다.

"말발이 좋다고 다는 아니지. 내용이 없으면 의미가 없어. 그들 얘기에는 미래를 향한 명확한 비전이 없잖아. 아쉽게도 헛걸음을 했군."

유가와의 표정이 씁쓸했다. 그도 우롱차 잔을 들고 있었다. 술을 마실 기분은 아닌 듯했다.

"그래도 이렇게 성황인걸. 오가 진사쿠의 동원력을 우습게 볼 수 없겠어."

구사나기가 주위를 둘러보면서 말했다.

2백 명은 족히 넘어 보인다. 텔레비전에서나 볼 수 있는 얼굴도 간간이 눈에 띄었다. 듣자 하니 초대받지 못한 경우에는 참가비가 2만 5천 엔이라고 한다. 테이블에 진열된 음식이 그만한 값어치가 있을지 의문스러웠다. 게다가 의자도 놓지 않은 건 손님을 빨리 돌려보내려는 속셈이라고 의심치 않을 수 없었다.

오가는 이리저리 돌아다니며 초대 손님 한 명 한 명에게 인사하고 있었다. 짧게 대화를 나누고, 끝에는 반드시 악수를 청한다. 동작이 물 흐르듯 자연스럽다.

우카이가 옆에서 그를 그림자처럼 따라다니고 있다. 이거 어쩌나, 하고 생각하는 순간 오가가 두 사람에게 다가왔다. 얼굴에 선거용 미소가 딱 달라붙어 있다.

구사나기를 본 우카이가 오가의 귀에 대고 뭐라고 속닥거렸다. 오가가 걸음을 멈추고 잠시 심각한 표정을 짓더니 이내 다시 미소를 되찾고 다가왔다.

"수고가 많으십니다. 죄송하게 되었습니다, 시간을 못 내어 드려서요."

그런 다음 오가는 우카이 쪽으로 고개를 돌렸다.

"접수에서 일을 어떻게 하는 거야. 외부자는 들이지 말라고 했을 텐데."

"즉시 확인하겠습니다."

"아, 그럴 필요 없습니다. 이쪽도 초대 손님입니다."

유가와가 품에서 명함을 꺼냈다.

"정확하게 말하면 초대 손님의 동행입니다."

그의 명함을 받아 든 오가의 입술이 호오, 하는 모양으로 움직였다.

"데이토 대학 이학부……, 그럼 유가와 부교수님입니까?"

"저를 아세요?"

"알다마다요. 제가 이래 봬도 여러 대학과 연구 기관을 돌면서 젊은 연구자들에 관해 정보를 수집하고 있습니다. 데이토 대학, 하면 니노미야 교수님이죠. 며칠 전에도 교수님을 뵀었습니다. 그때 유가와 부교수님 이름을 들었죠. 아주 재능 있고 장래가 유망하다고 하시던데요."

"아, 이거 몸 둘 바를 모르겠군요."

"계속 정진하세요. 하루빨리 니노미야 교수님처럼 되기를 기원하겠습니다."

"감사합니다. 그런데 한 가지……."

"네?"

"소립자론으로 유명한 니노미야 교수님은 3년 전에 도미한 후로 한 번도 귀국하지 않았을 텐데, 의원님은 어느 니노미야 교수님을 만나셨는지요?"

유가와가 은근슬쩍 물었다.

"아, 그런가요? 그럼 내가 뭔가 착각했나……."

그러더니 오가는 이내 미소를 되찾았다.

"아무튼 천천히 즐기다 가세요. 여기가 음식이 꽤 맛있다고 합니다."

그렇게 말하고 그는 재빨리 멀어져 갔다. 우카이가 구사나기와 유가와를 힐금 보고 나서 오가를 뒤따랐다.

"우리와 악수할 마음은 없는 모양이군."

다른 사람들과 큰 목소리로 얘기하는 오가의 등을 바라보며 구사나기가 유가와에게 조그만 소리로 말했다.

13

그 창고는 도쿄만의 매립지에 있었다. 엇비슷한 건물이 주위에 네 동이 더 있었다. 주로 목재를 보관하는데, 문제의 창고는 심하게 노후한 탓에 현재는 거의 사용하지 않는다고 했다.

"그래서 경찰에 신고하지 않아도 된다고 생각한 건 아닌데, 딱히 업무에는 지장이 없어서 차일피일하며 미루고 말았습니다. 정말 죄송합니다."

창고 관리 책임자는 가와카미라는, 키가 작고 얼굴이 동그란 중년 남자였다.

"구멍이 뚫린 날짜가 지난달 23일이라고요?"

우쓰미 가오루가 물었다.

"그렇습니다. 먼저 출근한 직원이 발견하고 곧바로 제게 전화를 걸었어요. 깜짝 놀랐습니다. 아무리 낡았어도 그렇지, 갑자기 구멍이 뚫리다니 있을 수 있는 일인가요."

구사나기는 휴대 전화를 꺼내면서 창고를 올려다보았다. 벽에 너비 1미터 정도로 네모나게 구멍이 뚫려 있었다. 외벽 패널도 한 장 사라졌다.

휴대 전화 화면에 사진을 띄웠다. 나가오카 오사무의 메모리 카드에 들어 있던 영상의 일부다. 사진과 비교하면서 이 창고의 벽을 촬영한 것임을 확인했다.

"틀림없는 듯하군."

벽에 뚫린 구멍에서 약 1미터 거리에 회사 로고가 찍혀 있었다. 영상에서는 잘 보이지 않았는데, 감식반원이 화면을 처리하는 과정에서 발견했다. 회사 로고를 실마리로 이 장소를 지목한 것이다. 창고를 관리하는 회사에 문의했더니 그런 사고가 있었다고 인정했다. 그래서 구사나기와 우쓰미 가오루가 이렇게 찾아온 것이다.

"저 벽의 두께가 어느 정도입니까?"

구사나기가 물었다.

"1센티미터 정도 될 겁니다. 창고용 외벽재를 사용했고요. 그렇게 약한 소재가 아닙니다. 돌로 쳐도 까딱없습니다."

"창고 안은 어떤 상태죠?"

"부하 직원과 빈틈없이 조사했는데, 부서진 외벽재가 떨어져 있을 뿐 별다른 이상은 없었습니다. 경비원도 이번을 알아차리지 못했다고 하니 귀신이 곡할 노릇입니다."

우쓰미 가오루가 바다 쪽을 돌아보았다. 덩달아 구사나기도 눈길을 돌렸다. 배 한 척이 시야를 가로지르고 있었다. 수로 너머로 건물과 주차장이 보인다.

"저쪽에서 총이나 다른 뭔가로 쐈다고 볼 수는 없을까요?"

우쓰미 가오루가 물었다.

"저쪽에서? 거리가 1킬로미터는 족히 될 텐데."

"무리겠죠?"

"그리고 총이라면 구멍이 더 조그맣게 뚫리지. 탄환도 남을 테고."

그렇게 말하고 나서 구사나기가 가와카미를 보았다.

"이 부근이 밤에는 분위기가 어떻습니까? 창고를 야간에 열기도 합니까?"

"그날그날 달라요. 때에 따라서 여는 일도 있지만 대개는 닫혀 있습니다. 그럴 때는 경비원 외에는 아무도 없죠."

구사나기는 혹시나 해서 나가오카 오사무의 사진을 가와카미에게 보여 주었다.

"처음 보는 사람인데요."

가와카미의 입에서 나온 대답은 예상대로였다.

"달리 이상한 일은 없었습니까?"

"우리 창고에서 말인가요?"

"창고가 아니라도요. 뭔가 이상한 현상……, 예를 들어 원인을 알 수 없는 폭발 사고가 일어났다든가……."

"폭발요?"

가와카미가 팔짱을 끼더니 고개를 갸웃거렸다. 그 모습을 바라보던 구사나기가 기대할 것이 없겠다며 포기하려던 찰나, 아, 하고 가와카미가 입을 열었다.

"있었습니까?"

"아니, 폭발은 아닌데, 놀잇배에서 불이 났다는 얘기를 들은 것 같아서요."

"놀잇배요? 어디서요?"

"스미다강을 이동하는 중이었다고 하는 것 같았어요. 자세한 위치는 모르겠습니다. 아는 사람이 놀잇배에서 일하는데, 그 친구에게 들었어요. 갑자기 불길이 치솟았다나요. 다행히 다친 사람은 없었다고 하더라고요."

"그게 언제쯤이죠?"

"두 달쯤 됐나……."

가와카미가 고개를 갸웃거리며 대답했다.

구사나기와 우쓰미는 그에게 인사를 한 후 그 자리를 떴다. 근처에 세워 두었던 차에 올라타자 구사나기가 우쓰미에게 말했다.

"놀잇배 사고에 관해 조사를 해 봐. 내친김에 비슷한 사고가 있었는지도 알아보고. 사건과 관련이 있을지는 모르겠지만, 아무튼 지금으로서는 지푸라기라도 잡고 싶은 심정이야."

"지푸라기요? 선배가 어쩐 일로 그렇게 마음 약한 소리를 하세요?"

시동을 걸며 우쓰미 가오루가 말했다.

"오죽 답답하면 그러겠어. 이렇게 수사에 진전이 없으니 원……."

나가오카 오사무의 시신이 발견된 지 꼬박 열흘이 지났다. 수사는 난항을 겪고 있다. 슈퍼 테크노폴리스 프로젝트 쪽을 공략하면 뭔가 수확이 있지 않을까 했던 수사본부의 기대는 완전히 빗나갔다. 추진파 중에 나가오카를 못마땅해했던 사람이 많은 것은 사실이었다. 프로젝트가 좌절될 경우 크게 손실을 볼 기업도 적지 않았다. 그러나 지금까지의 조사 결과로 보건대 나가오카가 그럴듯한 특종을 잡은 흔적은 찾을 수 없었다. 애당초 최근에 무엇을 취재하고 있었는지조차 자세히 알 수 없었다. 그의 컴퓨터를 분석한 결과, 슈퍼 테크노폴리스 프로젝트 관련 자료는 작년 가을에 입력된 것이 마지막이었다. 시신이 발견되기 5일 전에 나가오카가 반대 운동의 리더인 가쓰타 미키오에게 전화를 걸었다는데, 가쓰타 말로는 그가 지역 상황에 관해 물었을 뿐 별다른 얘기가 없었다고 한다.

다만, 미행 영상이 말해 주듯, 오가 진사쿠에 관한 조사는 계속한 듯하다. 슈퍼 테크노폴리스 프로젝트와 관계없는 예전 사업 등에 오가가 어떤 식으로 관련됐는지 조사한 흔적이 있었다. 또한 최근 들어서는 오가의 여자관계를 파헤칠 작정이었는지 동료 기고가와 주간지 기자에게 정보를 수집한 사실이 밝혀졌다. 오가의 스캔들을 폭로해서 슈퍼 테크노폴리스 프로젝트를 저지하려 했는지도 모른다.

그러나 오가를 대상으로 수사를 진행하는 것은 불가능에 가깝다. 나가오카 오사무를 모른다고 할 정도니, 오가 쪽에서 어떤 단서가 포착되기를 기대할 수는 없다.

요즘 마미야는 자리를 비우기 일쑤였다. 아마도 상부에 상황을 보고하러 다니기 바쁜 모양이다. 가끔 모습을 비쳐도 인상을 잔뜩 찌푸리고 있다. 마미야가 없을 때는 주임인 구사나기가 수사관들을 지휘해야 한다. 그러나 아무런 실마리가 없으니 지휘할 도리가 없었다.

"찾았어요."

수사본부로 돌아온 구사나기가 수사관들이 수집한 정보를 정리하고 있는데, 우쓰미 가오루가 뛰어왔다.

"이것 좀 보세요."

그녀가 구사나기의 책상에 사진 몇 장을 늘어놓았다. 거기에는 놀잇배와 깨진 유리창, 불에 타서 눌어붙은 바닥 등이 찍혀 있었다.

"가와카미 씨 말대로예요. 스미다강을 이동 중이던 놀잇배의 유리창이 갑자기 깨지고, 그 후에 선내에서 화재가 발생했답니다. 누군가 못된 장난을 한 게 아닌가 싶어서 경찰에 신고도 했다네요."

"그렇지만 원인은 불명이란 말이지?"

"유리창의 깨진 형태로 보아 밖에서 뭔가 날아들었을 가능성이 높긴 한데, 선내에서는 아무것도 발견되지 않았대요."

구사나기가 신음 소리를 냈다.

"그거참, 기묘하군……."

"한 가지 더 있어요."

우쓰미 가오루가 다른 사진을 내놓았다. 그 사진에는 검게 그슬린 오토바이가 찍혀 있었다.

"뭐야, 이건?"

"일주일 전 심야에 아라카와 강변에 있는 공장 부지 내에 세워 두었던 오토바이가 갑자기 불타오르는 사건이 발생했어요. 오토바이 주인은 공장과 무관한 청년으로, 데이트 후 귀가하던 도중에 출입 금지라는 걸 알고도 부지 안으로 들어간 듯합니다."

"오토바이가 타올랐다고? 좀 더 자세한 내용을 알았으면 싶은데."

그러자 우쓰미 가오루가 서류철을 내밀었다.

"안 그래도 관할 서에 문의해 봤습니다. 오토바이의 연료 탱크에 지름 3센티미터 정도의 구멍이 뚫려 있었는데, 소방서나 감식반에서 조사해 본 바로 총기류에 맞은 자국 같지는 않다고 합니다."

"탄환이 발견되지 않았다는 뜻인가? 관통한 건 아니고?"

우쓰미 가오루가 고개를 저었다.

"구멍은 하나뿐이었습니다. 즉 어떤 물체가 연료 탱크를 뚫었을 때 생긴 것뿐이래요. 그런데 연료 탱크 안을 조사해 봤지만 탄환은 발견되지 않았답니다. 혹시 탄환이 연료 탱크 내부에 부딪힌 후 들어온 구멍으로 다시 나간 게 아닐까 싶어서 현장 주변을 샅샅이 뒤졌지만 역시 발견되지 않았고요."

구사나기는 또 한 번 신음 소리를 낸 후 머리 뒤에 양손을 깍지 낀 채 의자 등받이에 몸을 기댔다.

"놀잇배, 창고, 그리고 이번에는 오토바이라······. 관련성이 있는지 없는지조차 알 수가 없군."

"그런데 모두 해변이나 하천 변에서 사건이 일어났어요. 이건 중요한 공통점이라고 생각되는데요."

"어째서 그런 장소를 노리는 걸까?"

"그건······."

우쓰미 가오루는 잠시 고민하는 표정을 짓다가 고개를 저었다.

"모르겠어요. 하지만 나가오카 씨가 그 영상을 촬영한 데는 의미가 없지 않을 거라고 봅니다."

"그건 그래."

구사나기는 눈앞에 놓인 사진들을 새삼스레 바라보았다.

"괴현상의 정체를 파헤쳐야 한다면 또 그 작자에게 묻는 수밖에 없겠군. 그는 질색하겠지만 말이야."

"유가와 교수님에게는 조금 더 자료를 수집한 후에 찾아가는 편이 좋지 않을까요?"

우쓰미 가오루가 말했다.

"이런 사진들만으로는 아무것도 알 수 없다고 말씀하실 것 같은데요."

"그렇겠지."

구사나기가 얼굴을 찡그리며 머리를 긁적거리는데 자리를 비웠던 마미야가 돌아왔다. 그의 떨떠름한 표정에 어쩨 예감이 불길하다고 생각하고 있는데, 아니나 다를까 그가 구사나기를 손짓해서 불렀다.

"무슨 일입니까?"

마미야 앞에 선 구사나기가 물었다.

"피해자가 오가 의원의 사생활을 캐고 다닌 일에 관해서 더는 조사하지 말라는 지시가 내려왔어."

"네? 그게 무슨 소립니까?"

"터무니없는 의심을 받는 일에는 익숙하지만, 살인 사건에 이르면 얘기가 다르다나. 수사관들이 담당 정치부 기자나 후원회 사람들까지 찾아다니면서 탐문 수사를 하면 오가 의원이 사건과 관계있을 거라는 인상을 줄 수도 있다는 거야. 며칠 전에는 도쿄에서 있었던 파티에까지 초대 손님의 지인이라는 빌미로 들어왔는데, 정치가의 이름에 먹칠하는 행위일 수 있으니 앞으로는 주의에 주의를 거듭하기 바란다, 뭐, 그런 얘기야."

"관리관의 지시인가요?"

마미야가 고개를 저었다.

"이사관의 지시야. 하지만 사실은 더 위에서 내려왔겠지. 이사관도 본의는 아니지만 일이 그렇게 되었으니 그런 줄 알아라, 하는 투였어."

구사나기는 혀를 찼다.

"국회의원이라는 게 그렇게 대단한 자리입니까?"

"사람에 따라 다르지. 오가 의원은 거물이야. 총리대신 후보잖아."

마미야의 대답에 구사나기가 또 혀를 차려는데 후배 형사 기시타니가 다가왔다.

"잠깐 보고드릴 일이 있는데요."

뭐야, 하며 마미야가 부하를 힐끗 올려다보았다.

"피해자와 관계가 있어 보이는 회사 중에 아다치구의 조그만 공장이 하나 있는데, 그곳 종업원 한 명이 일주일 전에 모습을 감췄다고 합니다."

"조그만 공장? 피해자와 어떤 식으로 관계가 있다는 거야?"

"그건 모릅니다. 피해자의 휴대 전화 발신 기록에 그 회사 번호가 남아 있었습니다. 전화를 한 것은 두 달쯤 전이고요."

나가오카 오사무의 휴대 전화는 범인이 가져간 것으로 보인다. 범인에게 불리한 뭔가가 남아 있기 때문일 것이다. 그래서 통신사에 수사 협력을 요청해 발신 기록을 입수했다. 기시타니 형사가 맡은 일은 발신 기록에 남아 있는 인물, 기업, 단체와 피해자의 관계를 찾아내서 이번 사건과 연관되었을 가능성이 있는지를 확인하는 것이었다.

기시타니의 보고에 따르면 그 공장은 구라사카 기계 공업이라는 부품 제조 회사인 듯했다.

"수사본부가 개설된 직후에 탐문 수사를 하러 갔는데, 사장을 통해서 종업원 전원을 확인했지만 피해자를 안다고 대답한 사람이 없었습니다. 피해자의 전화를 누가 받았는지도 알 수 없었고요. 그래서 그 전화에 별 의미가 없지 않을까 생각했는데……."

"그런데 종업원 하나가 사라졌다?"

"탐문한 지 일주일이 경과해서 확인 차원에서 전화를 걸어 그 후로 별다른 일이 없었는지 물었더니 사장이 그런 말을 했습니다."

"단순한 무단결근 아니야?"

"처음에는 몸이 안 좋아서 쉬겠다고 했나 봅니다. 그런데 이틀이 지나고 사흘째가 되어도 출근은커녕 연락도 없어서 회사 측에서 전화했는데, 연결이 안 되더랍니다. 사원이 집으로 찾아갔지만 없었고요. 그러고서 얼마 후에 본인이 회사로 팩스를 보냈는데, 사정이 있어서 회사를 그만두기로 했다, 폐를 끼쳐서 죄송하다, 그렇게 쓰여 있었답니다."

"뭐야, 무슨 사정이래?"

"모르겠습니다. 구라사카 기계 공업의 사장도 여우에 홀린 기분이라고 하더군요."

"일주일 전에 자취를 감췄다면 자네가 탐문 조사를 간 직후의 일이잖아."

"그렇습니다."

"이거 어째 냄새가 풍기는걸. 뭐야, 그 사장은. 왜 일주일이 지나도록 우리에게 알리지 않은 거야?"

마미야는 인상을 썼지만, 옆에서 듣고 있던 구사나기는 그럴 만도 하다고 생각했다.

"이번 사건과 관련이 있으리라고는 전혀 생각지 못했다고 하는데, 그건 이해가 갑니다."

기시타니가 구사나기의 생각을 대변해 주었다.

"자취를 감춘 것은 일주일 전이지만, 처음 이틀은 병가를 냈기 때문에 아무도 이상하게 여기지 않았다고 합니다. 당사자에게서 팩스가 온 것이 나흘째 아침, 그러니까 행방불명이라고 인식한 시점에서 아직 나흘밖에 지나지 않았습니다."

젊은 형사의 반론이 논리 정연해서인지 마미야가 한층 불쾌한 표정을 지었다.

"뭐, 그건 그렇다 치고, 그 사라진 종업원은 어떤 인물이야?"

"일단 이력서를 팩스로 받았습니다."

기시타니가 마미야에게 내민 서류를 구사나기도 옆에서 들여다보았다.

첨부된 사진을 보아하니 착실하게 생긴 젊은 남자였다. 이름은 고시바 신고. 쓰여 있는 생년월일로 따져 보니 아직 열아홉 살이다. 고등학교 졸업 후 대학에 가지 않고 곧바로 취직한 듯했다.

출신 고교의 이름을 본 구사나기는 어, 하고 살짝 놀랐다. 실력이 좋기로 유명한 학교다. 아는 사람 중에 그 고등학교를 나온 사람이 있었던 것 같은데 누군지 떠오르지 않았다.

가족란에 특기할 만한 사항이 있었는데, 양친이 사망하고 혼자 산다고 되어 있었다.

"구라사카 기계 공업 사장 얘기로는 고시바 신고가 구인 광고를 보고 회사로 찾아온 것이 작년 5월 말의 일이라고 합니다."

기시타니가 말했다.

"5월? 상당히 어중간한 시기인걸."

마미야가 미간을 찌푸렸다.

"입시에 실패해서 재수할 생각이었는데, 생활을 책임지던 누나가 병으로 사망하는 바람에 일하지 않을 수 없게 되었다고 본인이 말했다는군요."

"부모에 이어서 누나까지? 거참, 딱하게 되었군."

"사장도 안쓰러운 마음에 바로 채용을 결정했다고 합니다. 그런데 막상 채용하고 보니 굉장히 우수해서 일을 배우는 것도 빠르더래요. 얼마 안 가 제 몫을 해내서 무척 기뻤답니다."

"그런데 돌연 행방을 감췄다는 말인가."

마미야가 고개를 떨구며 잠시 생각에 잠겼다.

"하지만 말이야, 고등학교를 갓 졸업한 풋내기가 이번 사건에 관련되었으리라고 보기는 어렵지 않겠어? 자네는 어떻게 생각해?"

마미야가 구사나기에게 의견을 물었다.

"그렇기는 한데, 아까 계장님도 말씀하셨듯이 이 시점에 행방을 감췄다는 게 아무래도 좀 마음에 걸리는군요. 본인이 관련되지는 않았다 해도, 가까운 누군가가 사건에 관련되었다는 것을 알고 추궁당하고 싶지 않아서 사라졌을 가능성은 있지 않을까요?"

"그렇지? 하지만 천애 고아의 처지였다니 교우 관계밖에는 조사할 게 없겠어."

"누나에 관해서도 조사하는 게 좋을 것 같습니다."

구사나기가 의견을 말했다.

"구라사카 기계 공업에서 일하게 된 계기와도 관련이 있으니까요."

"좋아, 교우 관계와 죽은 누나의 경력, 그 부분에 관해서 조사해 보라고 해."

그러고서 마미야는 자신의 수첩에 뭔가를 적어 넣었다.

그때 기시타니가 저, 하고 입을 열었다.

"마음에 걸리는 점이 또 하나 있습니다."

"뭐지?"

구사나기와 마미야가 동시에 물었다.

"거짓말을 했더군요. 입시에 실패했다고요. 출신 고교에 문의한 결과 입시에 실패하기는커녕 일류 대학에 합격한 적이 있었습니다."

"일류 대학에?"

마미야가 앵무새처럼 기시타니의 말을 반복했다.

"일류 대학 어디?"

"구사나기 선배도 잘 아는 대학입니다."

기시타니가 의미심장하게 웃으면서 구사나기를 바라보았다.

"데이토 대학이요."

구사나기가 눈을 번쩍 떴다.

"우리 대학에?"

"공학부 기계공학과랍니다. 이과 계열이니까 어쩌면 유가 와 교수님은 아실지도 모르겠네요."

"글쎄, 그 작자는 이학부라서……."

거기까지 말하고서 구사나기가 "아니!" 하고 소리를 질렀다.

"왜 그래?"

마미야가 물었다.

구사나기가 이력서의 한쪽을 가리켰다.

"이 고등학교, 유가와의 모교입니다."

14

다시 데이토 대학 이학부 물리학과 제13연구실.

유가와는 구사나기가 작업대에 늘어놓은 석 장의 사진을 내려다보며 의아하다는 듯이 미간을 찡그렸다.

"이게 뭐지?"

"지난번 영상의 보충 자료야. 그 영상만 보고 뭘 설명할 수 있겠느냐고 했잖아."

구사나기가 사진 한 장을 집어 들었다. 구멍 뚫린 벽을 찍은 사진이다.

"그 영상에 나온 장소가 어딘지 밝혀졌어. 도쿄만 매립지에 있는 창고야. 창고 관리 책임자 말로는 창고 안에 산산조각 난 벽의 잔해가 있었을 뿐 수상한 물건은 보지 못했다고 하더군. 창고 주변도 둘러봤지만 별 이상이 없었대."

유가와는 남은 두 장의 사진으로 시선을 돌렸다.

"이 두 장은?"

"지난 두 달 새에 발생한 괴이한 사건들의 피해 사진이야."

한 장에는 검게 그슬린 오토바이가, 다른 한 장에는 유리창이 깨진 놀잇배가 찍혀 있었다. 구사나기는 수첩을 봐 가며 각각의 상황을 간략히 설명했다.

"양쪽 모두 경찰과 소방 관계자들이 면밀히 조사했는데, 총기류가 사용된 흔적은 발견되지 않았대. 특히 오토바이 말인데, 연료 탱크를 조사해 보니 뚫린 구멍이 하나뿐이었어. 즉 관통하지 않았다는 거지. 그럼에도 연료 탱크 안에 탄환이 없었다니 이상하잖아."

"그래, 이상하긴 하군."

"그리고 이런 사진도 있어."

구사나기는 새로운 사진을 한 장 꺼내 놓았다. 연료 탱크에 난 구멍만 촬영한 사진이었다.

사진을 받아 든 유가와의 눈빛이 진지해졌다.

"구멍의 크기가 3센티미터 정도로 보이는데."

"맞아. 정확히는 3.4센티미터야."

"뚫린 구멍의 단면이 안에서 바깥쪽으로 휘었어. 마치 연료 탱크 안에서 뭔가가 뚫고 나온 것처럼 말이야."

"역시! 대단한 관찰력이야."

구사나기의 말에 유가와가 어쩐 일이냐는 듯이 눈을 가늘게 떴다.

"과학 분야에 관해 자네에게 칭찬을 들을 줄은 몰랐어."

"감탄스러워서 그래. 이 오토바이를 담당한 감식반원의 말로는, 처음에는 구멍이 좀 더 작게 뚫렸을 거래. 물론 외부에서 작용한 힘 때문에 뚫린 거지. 그런데 그 직후에 어떤 원인으로 연료 탱크 안에 있던 가솔린의 온도가 급상승해서 팽창한 결과 최초의 구멍을 확장하듯이 분출되었고, 그와 동시에 불이 붙은 것으로 추측된다는 거야. 실제로 그 현장을 목격한 오토바이 주인도 단순히 불이 붙은 것이 아니라 엄청난 기세로 불이 뿜어져 나왔다고 증언했어."

유가와가 사진을 내려놓으며 "흠, 그렇군." 하고 말했다.

"라이플이나 권총 같은 걸로 쏴서는 그렇게 되지 않는다던데. 흔적도 남고 말이지. 어떻게 하면 이런 현상이 일어나는지 규명을 못 하고들 있나 봐. 그래서 말인데 유가와, 자네의 지혜를 좀 빌려줄 수 있겠나? 이번 사건은 상당히 난감하군."

"이번 사건은?"

유가와의 눈썹이 꿈틀했다.

"지금까지는 상당히 난감하지 않았다는 말이야?"

"그런 말이 아니라, 지금까지 그랬던 것 이상으로 난감하다는 뜻이야. 아, 그리고 이 세 개의 사건에는 또 하나의 공통점이 있어. 뭐냐 하면, 사건이 발생한 장소야. 하나같이 바다나 강 근처인데, 설사 총기를 사용했다 해도 그럴 만한 장소를 찾을 수가 없어. 각도 등을 고려하면 범인이 배에 타고 있었거나 아니면 맞은편 강변에서 쐈어야 하는데, 오토바이 커플의 말로는 배 같은 건 없었대. 강의 경우도 맞은편 강변이라면 1킬로미터 이상 떨어진 곳인데, 거기서 쏘는 것도 불가능하지는 않지만, 그럴 경우 총기도 대형이어야 하니까 무엇보다 흔적이 남을 수밖에 없다는 거야."

빈 머그잔을 만지작거리며 구사나기가 말했다. 그러나 유가와는 별 반응이 없었다. 눈길을 돌려 보니 그가 의자 팔걸이에 턱을 괸 채 멍하니 생각에 잠겨 있었다.

"이봐, 내 얘기 듣고 있어?"

그제야 퍼뜩 정신을 차린 듯 유가와가 눈을 깜박거렸다.

"응, 물론 듣고 있어. 어떤 가능성이 있을지 생각하던 중이야."

"뭐라도 생각나는 게 있으면 말해 봐."

아니, 하고 대답하는 물리학자의 표정이 어두웠다.

"지금까지 들은 얘기만으로는 뭐라고 말하기 힘들어. 자네도 알겠지만, 내가 확증 없는 일에 이러쿵저러쿵하는 사람이 아니잖아."

"뭐야, 이렇게 거드름 피우기야?"

"그게 아니라, 생각에 필요한 재료가 너무 적다는 얘기야. 다른 각도에서 볼 수 있는 데이터가 조금 더 있으면 좋겠어."

"하지만 이런 기이한 현상이 언제 또 발생할지 알 수가 있어야지."

"어쨌거나 다음에 또 발생하면 그때 다시 와서 얘기를 자세히 들려줘."

그러고서 유가와는 손목시계를 내려다보며 자리에서 일어섰다.

"미안하지만, 이제 강의가 있어서, 실례하겠네."

"오늘은 시간이 많다고 하지 않았어?"

"아, 미안. 깜박했어. 자네는 느긋하게 있다 가도 좋아. 커피를 다 마셨으면 머그잔은 싱크대에 가져다 놓고. 씻을 필요는 없어."

"말은 고맙지만, 나도 느긋하게 있을 정도로 여유가 넘치지는 않아."

구사나기도 엉덩이를 들었다.

"참, 그런데 자네, 도와 고등학교 출신이지?"

구사나기의 물음에 책상에서 파일과 책을 몇 권 집어 들던 유가와가 손길을 멈췄다.

"그건 왜?"

"이번 사건에 그 고등학교 졸업생이 관련되었을 가능성이 제기됐어. 게다가 그 친구가 작년에는 이 데이토 대학에 입학했다는 거야. 한 달쯤 다니다가 중퇴했지만 말이야."

유가와는 표정이 없었다. 그게 어쨌다는 거냐고 묻는 듯한 얼굴이다.

"기계공학과에 입학했었던 모양이야. 이름이 고시바 신고라던가……."

유가와가 어깨를 으쓱했다.

"이름을 알려 준들 내가 할 말은 없어."

"하긴. 아무리 고등학교 후배라도 이만저만 까마득한 후배

여야지."

구사나기가 피식 웃었다.

"그냥 물어본 거야. 왜 그런지 이번 사건은 묘하게 자네와 인연이 있는 것 같아서 말이지."

"그게 무슨 말이야?"

"자네, 예의 동영상 건으로 피해자를 만났잖아. 슈퍼 테크노폴리스 프로젝트도 어떤 의미에서는 과학자인 자네와 관련이 있고. 게다가 수상한 인물이 자네 고등학교 후배야. 어때, 인연이 느껴지지 않아?"

"고마운 인연은 아니군."

"그럴지도 모르지. 뭐, 됐어. 잊어버려."

연구실에서 나온 두 사람은 좌우로 나뉘어 걸음을 내디뎠다.

"오가 진사쿠를? 그게 정말이야?"

구사나기가 특별 수사본부로 들어서는데 마미야가 내지르는 소리가 들렸다. 가만 보니 누군가와 통화를 하는 중이었다.

"……응, ……응, 알겠어. 그럼, 그 부분에 관해서도 자세히 물어봐. ……그래, 부탁하네."

전화를 끊은 마미야가 구사나기 쪽을 돌아봤다.

"우쓰미에게서 온 전화야."

"뭔가 알아낸 모양이군요. 오가 의원 이름이 들리던데요."

"고시바 신고 누나가 다니던 직장을 알아냈어. 전에 살던 아파트를 누나 이름으로 계약했던 모양이야. 계약서에 직장 이름이 기재되어 있대. 명성 신문."

"신문사예요? 그래서요?"

"당장 우쓰미를 보냈지. 그리고 방금 보고가 들어온 거야. 고시바 신고의 누나가 정치부 소속이었던 데다, 오가 진사쿠를 담당했대."

구사나기가 깜짝 놀라며 등을 꼿꼿이 세웠다.

"정말입니까?"

"피해자는 오가 의원을 추적하던 사람이야. 오가 의원을 담당하던 기자의 동생은 사건 후에 행방을 감췄고. 일이 아주 재미있게 돌아가는군."

마미야는 혀로 입술을 한 번 축인 후 구사나기를 돌아보았다.

"데이토 대학에서는 뭔가 좀 알아냈어? 표정을 보아하니 별 기대를 안 하는 게 낫겠는걸."

"말씀대롭니다. 고시바 신고가 입학했던 기계공학과에 가서 학생과 교수들에게 얘기를 들어 봤지만 도움이 될 만한 정보는 얻지 못했습니다. 하기야 입학한 지 겨우 한 달 만에 자퇴했으니까요. 친구는커녕 그를 기억하는 학생 자체가 거의 없었습니다. 교수나 강사들도 마찬가지고요. 클럽이나 동아리에 가입한 적도 없으니 데이토 대학에 고시바 신고의 흔적은 전혀 없다고 보는 것이 타당할 듯합니다."

"기껏 좋은 대학에 들어갔는데, 캠퍼스 생활도 만끽하지 못한 채 중퇴라니. 참 안됐군. 뭔가 다른 방법은 없었을까. 휴학이라든가……."

"아닌 게 아니라 그 점은 좀 의아합니다. 장학금도 받았겠다, 아르바이트를 하면서 다닐 수도 있었을 텐데 말이죠. 학생과에 확인해 보니 그런 방법을 모색한 흔적조차 없었습니다."

마미야가 입술을 일그러뜨리며 음, 하고 신음 소리를 냈다.

"반드시 대학을 그만둬야 할 이유가 있었던 걸까? 그렇다면 무슨 이유가 있었을까?"

글쎄요, 하며 구사나기는 고개를 갸웃했다.

"경제적인 이유 외에는 딱히 떠오르지 않는데요."

"그렇지?"

마미야가 떨떠름한 표정을 지었다.

"그건 그렇고, 갈릴레오 선생은 만났어?"

"만나긴 했는데, 생각에 필요한 재료가 너무 적어서 뭐라고 말하기 힘들답니다. 그 대단한 유가와도 지금으로서는 어쩔 도리가 없나 봅니다."

"그 선생이 그러면 달리 수가 없는데."

마미야가 뺨을 벅벅 긁으며 말했다.

그로부터 약 한 시간 후 우쓰미 가오루가 돌아왔다. 그녀가 마미야에게 보고하는 것을 구사나기도 옆에서 듣게 되었다.

"이름은 고시바 아키호, 나이는 고시바 신고보다 아홉 살 많으니까 살아 있었다면 올해 스물여덟입니다. 입사하자마자 바로 정치부에 배속되어, 오가 의원이 문부과학 대신에 임명되었을 무렵 그를 담당하게 되었다고 합니다. 딱히 병약했던 것도 아니라서, 작년 4월에 갑자기 죽었을 때는 직장 동료가 다들 놀랐다네요."

"사인이 뭐래?"

"가족이 연락했을 때는 심장마비라고 했답니다. 하지만 회사에서 확인한 것도 아니고 해서 확실하다고 보기는 힘들 것 같습니다. 빈소를 차리거나 장례를 치르지도 않았나 봅니다."

"가족이라면 동생 신고겠지. 천애 고아의 몸이 되고 말았으니 제대로 장례를 치를 경황이 없었다는 건 알겠는데……."

마미야가 뭔가 석연치 않다는 듯한 표정을 지었다.

"아무래도 이상하단 말이야. 이십 대 여자가 심장마비로 돌연사라니……."

"사망 시기가 알려져 있으니 그 무렵의 구급차 출동 기록을 조사해 볼까요? 심장마비라면 그녀를 발견한 사람이 구급차를 불렀을 테니까요."

"그렇게 해. 검찰 의무원 쪽도 알아보고. 병원이 아닌 곳에서 급사했다면 부검의가 불려 갔을 가능성이 있어."

"알겠습니다."

"그런데 이번 피해자와 관련이 있어 보여? 두 사람이 서로 안면이 있었을까?"

마미야의 물음에 우쓰미 가오루가 미간을 찡그리며 고개를 저었다.

"아쉽지만 아직 거기까지는 확인하지 못했습니다. 생전에 고시바 아키호 씨의 입에서 나가오카 오사무라는 이름이 나오는 걸 들었다는 사람은 없었습니다. 다만 현재 오가 의원의 담당 기자에 따르면 나가오카 씨가 자신에게 접촉을 시도한 일이 있다고 하니까, 아키호 씨도 그런 정도의 접촉은 있었을지도 모릅니다."

"그 담당 기자는 나가오카 씨가 어떤 식으로 접촉을 시도했다고 하던가?"

"오가 의원이 요즘 드나드는 클럽은 어디냐, 마음에 둔 여자가 있느냐, 그런 걸 물었나 봅니다."

"또 그런 얘기야?"

마미야는 벌레라도 씹은 듯한 표정을 지었다.

"역시 피해자는 오가 의원의 사생활을 폭로하는 데 주력했던 모양이군. 상부에서 그쪽은 건드리지 말라고 지시한 게 불과 얼마 전인데……."

"슈퍼 테크노폴리스의 몇 군데 시설은 이미 공사가 시작되었습니다."

구사나기가 말했다.

"이제 와서 계획을 백지화하는 건 현실적으로 불가능하겠죠. 그래서 추진파 수장의 스캔들을 폭로해서 계획을 조금이라도 늦추거나 규모를 축소하려고 했던 것 아닐까요?"

"그랬을 수도 있겠지."

마미야는 고개를 끄덕이고 나서 우쓰미 가오루를 향해 턱을 쳐들었다.

"동생 쪽은? 고시바 신고에 관해 뭔가 알아냈어?"

"그쪽은 거의 아무것도……. 고시바 아키호 씨가 동생의 데이토 대학 합격을 진심으로 기뻐했다, 그 정도 얘기를 들은 게 전붑니다."

"알았어. 수고했어."

그러고서 마미야는 구사나기를 올려다보며 "자, 어떻게 할까?"라고 물었다.

"고시바 신고에 관해 조사해야겠죠."

"그건 나도 알아. 누구를 시킬 거냔 말이야. 과장이나 이사관 체면도 있으니 오가 의원과 관련된 수사는 최대한 조용히 진행하고 싶은데……."

"제가 하겠습니다. 일단 내일, 구라사카 기계 공업에 가 보죠."

"그게 좋겠어. 나는 관리관과 의논해서, 고시바 신고의 집을 수색하는 방향으로 진행해 보겠네."

"알겠습니다."

이제야 수사가 시작될 모양이군. 마미야의 등을 바라보며 구사나기는 생각했다.

15

구라사카 기계 공업은 아다치구 우메지마에 있었다. 조그만 공장으로, 벽이 원래 초록색이었다는 것도 겨우 알 수 있을 만큼 칠이 벗겨져 있었다. 공장 바로 옆 2층짜리 건물이 사무실인 듯했다. '금속 가공품 제조 판매 구라사카 기계 공업'이라고 쓰인 간판만은 그래도 꽤 새것이었다.

사무실 응접 공간에서 구사나기는 사장 구라사카 다쓰오와 마주 앉았다. 구라사카는 체구는 자그마해도 가슴이 실팍하고, 현장 경험이 풍부해 보였다.

　"좋은 아이였어요. 착실하게 일도 열심히 하고, 무엇보다 머리가 좋았죠. 조금만 가르쳐 줘도 금방 이해했습니다. 거기서 그치는 게 아니라 응용까지 하지 뭡니까. 전기나 기계에 관한 지식도 풍부했고요. 머리가 그렇게 좋은데 대학에 가지 않은 게 아까워서 야간 대학에라도 가는 게 어떻겠느냐고 몇 번이나 권했습니다. 본인은 그럴 마음이 전혀 없는 것 같았지만 말입니다."

　구라사카의 말에 과장하는 기색은 없어 보였다.

　"구인 광고를 보고 찾아왔다면서요?"

　"그렇습니다. 종업원들이 나이가 많아지다 보니, 지금 이대로는 안 되겠다 싶어서 모집하게 되었죠. 4월에 고졸이 하나 들어왔지만 일이 생각보다 힘들었는지 금방 그만둬서, 어쩌나 하며 다시 한 번 모집했는데, 그때 찾아온 사람이 고시바 신고 군이었습니다. 하도 과묵해서 처음에는 도대체 무슨 생각을 하는지 알 수 없는 녀석이라고 생각했는데, 방금 말씀드렸다시피 일을 가르쳐 보니 뛰어난 인재였어요. 이 녀석 월척이라며 다들 기뻐했는데……."

구라사카는 살짝 벗어진 머리를 긁적였다.

"그런데 도대체 무슨 일입니까? 나쁜 일에 휘말린 게 아니면 좋겠는데요."

"어디로 갔는지는, 짐작 가는 곳이 없으십니까?"

"없습니다. 있었으면 가만히 있지 않았겠죠."

"회사를 쉬고 싶다면서 처음으로 전화한 사람이 틀림없이 본인이었습니까?"

"그럴 거예요. 이봐, 도모 짱, 맞지?"

구라사카가 바로 옆 책상에서 사무를 보고 있는 몸집이 큰 여자에게 물었다. 나이가 사십 대 중반쯤 되어 보이는 여자다.

지금까지 두 사람의 대화를 귀담아듣고 있었는지 "고시바 군 목소리였던 것 같은데요." 하고 이내 대답이 돌아왔다.

"몸이 안 좋다고 하던가요?"

구사나기가 물었다.

"네. 컨디션이 안 좋아서 쉬고 싶다고요. 그리고 그다음 날도 연락이 왔어요. 아무래도 오늘도 쉬어야겠다고 하더라고요. 괜찮냐고 물었더니 괜찮다고, 걱정 끼쳐서 죄송하다면서 전화를 끊었어요."

"그 후로는요?"

"전화는 그게 마지막이었어요."

구사나기는 다시 구라사카에게 눈길을 돌렸다.

"그리고 그다음 날도 나오지 않았다는 얘기군요."

"그렇죠. 전화를 걸어 봤지만 연결되지 않았어요. 아무래도 이상하다 싶어서 집으로 사람을 보냈는데 집이 비어 있다고 하더라고요. 대체 어떻게 된 일인가 하고 걱정하던 참에 팩스가 왔습니다."

구라사카가 반으로 접힌 종이 한 장을 내밀었다.

"이겁니다."

잠깐 보겠습니다, 하고 구사나기는 종이를 펼쳤다.

'사정이 있어서 퇴직하겠습니다. 폐를 끼쳐서 죄송합니다. 지금까지 고마웠습니다. 고시바 신고.'

손으로 쓴 편지였다.

"본인의 필적이 틀림없습니까?"

"그럴 겁니다. 고시바 군을 지도했던 사원이 그렇다고 했으니까요."

구사나기는 고개를 끄덕였다. 지금까지 들은 얘기로는 어느 모로 보나 의도적인 실종이었다. 그는 양복 안주머니에서 사진을 한 장 꺼냈다. 나가오카 오사무의 사진이다. 그 사진을 구라사카 앞에 놓았다.

"저희 서의 기시타니라는 형사가 이 사진을 보여 드린 적이 있을 텐데, 그때 일을 기억하십니까?"

"네, 기억합니다. 이 사람이 우리 공장으로 전화를 걸었다면서요."

"그렇습니다."

"그런데 종업원 모두에게 확인해 봤지만 아는 사람이 없었어요."

"고시바 군에게도 확인하셨습니까?"

"네, 확인했습니다만……."

"그때 고시바 군이 뭔가 이상한 반응을 보이지는 않던가요? 불안해 보였다거나, 생각에 잠겼다거나."

구라사카가 당황스러운 표정으로 눈을 깜박거렸다.

"별다른 반응은 없었던 것 같은데, 왜 그런 걸 물으시죠? 그 아이가 거짓말을 했다는 말씀인가요?"

"아니요, 그렇게 단정적으로 드리는 말씀은 아닙니다."

구사나기가 간살맞은 미소를 지으며 손을 내젓자 "형사님." 하고 구라사카가 진지한 표정으로 그를 바라봤다.

"지금 뭘 수사하고 계신지는 모르겠지만, 고시바 군은 나쁜 짓을 저지를 사람이 아닙니다. 만약 사건에 연루되었다면 가해자가 아니라 피해자 쪽일 거예요. 그거 하나만은 분명하게 말씀드릴 수 있습니다."

그 강경한 말투에 눌린 구사나기는 "기억해 두겠습니다."
라고 조그만 목소리로 대답했다.

공장을 돌아보고 싶다는 구사나기의 부탁에 사장 구라사
카가 직접 안내를 해 주었다. 공장 입구에 포크리프트가 세워
져 있었다.

"고시바 군이 이런 것도 운전했습니까?"

구사나기가 물었다.

"그럼요. 우리 공장에 들어오자마자 보통 면허를 땄고, 그
후 포크리프트 강습소에 다녔습니다. 아마 닷새 정도 연습하
고 면허를 땄을 겁니다."

"운전면허가 있었군요."

"네. 작년 가을에는 차도 샀는걸요."

"차를요? 어떤 차였습니까?"

"중고 승합차였습니다. 친구와 캠핑을 가기도 하니까 그런
차가 좋다고 하더군요. 간혹 회사 주차장에 세워 두는 걸 봤
습니다. 흰색이었죠."

차에 관해서는 확인된 바가 없었다. 고시바 신고가 그 차로
이동하고 있다면 단서가 될 수 있을 터였다.

"친구라면 어떤 친구였을까요, 혹시 사내 동료였나요?"

아니라며 구라사카가 손을 저었다.

"아까도 말씀드렸다시피, 종업원들이 모두 나이가 많아지는 바람에 뽑은 친굽니다. 그러니까 고시바 군이 같이 놀러 다닐 만큼 젊은 사람이 없습니다. 학창 시절 친구가 아닐까요?"

고개를 끄덕이면서 구사나기는 고시바 신고가 졸업한 고등학교에 가서 얘기를 들어 봐야겠다고 생각했다. 그러면서 왠지 모르게 유가와의 얼굴이 머릿속에 떠올랐다.

공작 기계가 즐비한 공장 안에서는 종업원이 열 명 정도 작업 중이었다. 각자 다른 일을 하고 있는 듯했다.

"우리 공장에서 하는 작업은 대부분 단품 가공입니다. 생산 라인에서 사용하는 부품과 지그를 주로 제작하죠."

기계음과 금속을 절단하는 소리로 소란스러운 가운데 구라사카가 큰 소리로 말했다.

"지그요?"

"부품이나 제품을 가공할 때는 단단히 고정할 필요가 있거든요. 거기에 사용되는 받침대라고 할지, 아니면 도구라고 할지, 아무튼 그런 겁니다."

구라사카가 근처에 있던 도면을 집어 보여 주었다. 'Jig'라는 문자가 쓰여 있었다.

과학 기술이나 제조 현장에 관한 한 자신은 문외한에 가깝다고 구사나기는 새삼 생각했다.

"고시바 군은 주로 어떤 일을 했습니까?"

구사나기가 큰 소리로 물었다.

"무슨 일이든 다 했습니다. 손재주가 좋아서 연마 같은 것도 금세 터득했거든요. 아무튼 열심이어서 일이 끝난 후에도 혼자 남아 기계 사용법을 연습하곤 했습니다. 저 역시 그 친구가 하루빨리 어엿한 일꾼이 되기를 바랐기 때문에 늦게까지 남아 있는 걸 허용했고요. 저희 집이 여기서 5백 미터쯤 떨어져 있는데, 밤 11시가 거의 다 돼서 사무실 열쇠를 전해 주러 온 적도 있습니다. 여태 일했느냐고 물었더니 시간 가는 줄 몰랐다고 하더라니까요."

구라사카의 얘기를 종합해 보면 고시바 신고는 일단 일을 정말 열심히 했던 것 같다. 대학을 그만둔 이유도 하루빨리 일하고 싶어서였을까.

두 사람이 공장을 나서는데 아까 그 도모라는 여자가 종종걸음으로 쫓아왔다.

"사장님, 전화 왔어요."

"아, 그래? 그럼 형사님, 저는 이만 들어가 보겠습니다."

"아, 네. 여러모로 감사했습니다."

구사나기는 고개를 숙여 인사했다.

사무실로 향하는 구라사카의 뒷모습을 잠시 바라보던 구

사나기도 걸음을 내디디려 했을 때였다. 저, 하고 도모가 그를 올려다보며 조심스럽게 말을 건넸다.

"왜 그러시죠?"

"아까 사진 속 그 사람, 저희 회사로 전화한 사람이죠? 두 달쯤 전에요."

"그렇습니다. 기록에 그렇게 남아 있어서요. 그런데 왜 그러시죠?"

"지난번에 찾아온 형사님께는 얘기하지 않았는데……."

그녀가 난처한 표정을 지으며 말했다.

"그 전화, 아마 제가 받았을 거예요."

"뭔가 기억이 떠올랐습니까?"

"아니, 상대방 이름은 기억하지 못합니다. 그래서 지난번에 형사님이 찾아왔을 때는 모른다고 대답할 수밖에 없었어요. 그런데 고시바 군과 관련된 일이라니 혹시 그때 그 전화가 아니었을까 싶어서요."

"좀 더 자세히 말씀해 주시겠어요?"

"고시바 군에 관해서 물었어요. 그 회사에 고시바 신고라는 사람이 있느냐고요. 남자 목소리였어요. 그래서 있다고 대답했더니……."

구사나기는 도모에게 한 걸음 다가섰다.

"그랬더니, 상대가 뭐라고 하던가요?"

"고맙다고 인사한 후에, 단순히 확인해 본 것뿐이니까 신경 쓰지 말라는 식으로 말하고 전화를 끊었어요. 이름은 밝히지 않았던 것 같아요. 무슨 일인지 궁금했지만, 신경 쓰지 말라고 해서 그런가 보다 했죠."

"고시바 군 본인에게 그 얘기를 하셨습니까?"

"아니요. 괜히 신경 쓸까 봐……. 얘기하는 편이 나았을까요?"

"아니, 그건 제가 뭐라고……."

그 전화를 걸었던 사람이 나가오카 오사무였다면 무슨 목적이었을까. 고시바 신고가 그곳에 있다는 걸 확인해서 뭘 하려던 것이었을까.

"실은,"

도모가 다시 말했다.

"얼마 전에도 전화가 왔어요."

"얼마 전이라면……?"

"고시바 군이 무단으로 결근한 지 이틀째 되는 날이었을 거예요. 고시바 군이 있느냐고 물어서 결근했다고 대답했더니 그렇습니까, 하고는 바로 전화를 끊었어요. 이름을 물어볼 새도 없어요."

"남자 목소리였습니까?"

"네. 어른 남자였을 거예요."

"그 전화번호가 착신 기록에 남아 있습니까?"

"그게, 공중전화였어요. 다음에 또 걸려 오면 이름이라도 물어봐야겠다고 생각했지만 그 후로는 오지 않았고요."

"공중전화요……."

요즘 세상에 어지간한 일이 아닌 한 공중전화를 사용하지 않는다. 착신 번호를 남기고 싶지 않지만 발신 번호 표시 제한으로 걸면 받지 않을 가능성이 있어서 공중전화를 사용한 것 아닐까.

구사나기가 생각에 잠겨 있는데 "어머, 유리 짱!" 하고 도모가 불쑥 소리를 지르더니 문 쪽을 향해 손을 흔든다. 돌아보니 베이지색 코트를 입은 소녀가 공장 앞을 지나가는 참이었다. 소녀는 걸으면서 이쪽을 향해 꾸벅, 고개를 숙였다. 커다란 눈이 인상적이다.

"사장님 따님이에요. 유리나라고 하는데, 착한 아이죠, 상냥하고."

중년 여성인 도모가 환하게 웃고 나서 "아, 맞다." 하고 뭔가 생각났다는 듯한 표정을 짓더니 "유리 짱이 고시바 군을 만나러 종종 왔었어요."라고 소리를 낮추어 말했다. 흘려들을 수 없는 얘기였다.

"어느 때 왔죠?"

"휴식 시간 같은 때요. 수학이나 과학 같은 걸 배우러 왔어
요. 고시바 군이 가르치는 데도 소질이 있었나 봐요. 하지만
아마 그게 전부는 아니었을 거예요. 유리 짱이 고시바 군을
좋아하는 것 같다고 다들 쑤군덕거렸거든요. 아니, 이건 사장
님께는 비밀입니다."

도모가 입술에 집게손가락을 갖다 대고는 그럼 이만, 하더
니 사무실로 돌아갔다.

그녀 모습이 사무실 안으로 사라지기 전에 구사나기는 뛰
기 시작했다. 정문을 나선 그는 몇십 미터 앞에 보이는 구라
사카의 딸을 뒤쫓았다.

7번 순환 도로 변에 패밀리 레스토랑이 있었다. 뭘 마시겠
느냐고 묻자 구라사카 유리나는 뭐든 상관없다고 대답했다.
구사나기는 드링크 바(원하는 음료를 무제한으로 마실 수 있는 메
뉴-옮긴이)를 주문했다. 하지만 유리나는 스스로 음료를 가지
러 갈 마음은 없어 보였다. 하는 수 없이 구사나기는 커피를
가져와 유리나 앞에 놓았다. 감사합니다, 라고 기어 들어가는
목소리로 말했지만, 고개를 숙인 채 커피에는 손도 대려고 하

지 않았다.

기분이 좋지 않아서가 아니라 긴장한 탓일 거라고 구사나기는 받아들였다. 그럴 만도 한 것이, 귀가하던 중에 느닷없이 낯선 남자가 말을 걸어온 데다 심지어 형사라고 하니 긴장하지 않을 수 있겠는가. 이렇게 마주 앉아 준 것만 해도 고마워해야 할 것이다.

"사정이 있어서 고시바 신고 군을 찾고 있어. 구라사카 사장님, 그러니까 네 아빠도 걱정하고 계시더구나. 너도 그렇지 않니?"

구라사카 유리나가 뭐라고 중얼거렸지만 목소리가 너무 작아서 알아들을 수 없었다.

"뭐라고?"

구사나기가 재차 묻자 유리나는 가볍게 헛기침을 하고 나서 "별로 친하지 않아서요."라고 대답했다.

"하지만 수학이나 과학을 가르쳐 줬다고 들었는데."

"그건…… 한 번인가 두 번뿐이었어요."

"사무실에 근무하시는 분 얘기는 조금 다르던데."

"정말이에요. 그분이 뭔가 착각하는 거예요."

구라사카 유리나는 여전히 고개 숙인 채 강한 어조로 말했다.

"그래? 뭐, 그렇다면 할 수 없지. 그런데 그가 어디로 갔는지

154

혹시 짚이는 데는 없니? 공부하면서 잡담도 하고 그랬을 거 아니야. 그럴 때 고시바 군이 다른 지역 얘기를 한 적 없어? 전에 살았던 곳이라든지 앞으로 살고 싶은 곳에 관해서 말이야."

구라사카 유리나의 앞머리가 찰랑거렸다.

"그런 얘기는 안 했어요."

"그럼 친구 얘기는? 아니면 친하게 지내는 사람이라든가 ……."

"안 했다고요!"

유리나가 벌떡 일어섰다.

"저는 정말 아무것도 몰라요. 그래서 드릴 말씀이 없어요. 죄송합니다."

그녀는 단숨에 거기까지 내뱉은 후 가방을 끌어안고 레스토랑을 뛰쳐나갔다. 끝까지 코트를 벗지도, 구사나기 얼굴을 쳐다보지도 않은 채.

주위 손님들이 이쪽을 힐끔거렸다. 구사나기는 커피를 마셨다.

이 같은 반응을 어떻게 받아들여야 할지, 쉽게 판단이 서지 않았다. 알지도 못하는 남자가 좋아하는 사람에 관해 시시콜콜 캐물으니 기분이 좋을 리 없다. 극히 정상적인 반응이 아닐까. 그런 생각을 하고 있는데 휴대 전화가 울렸다. 마미야였다.

네, 하고 전화를 받았다.

"고시바에 관해서 뭐 좀 알아냈어?"

"그게……, 우수한 종업원이었다는 사실을 알았습니다."

"뭐야, 그게."

"그리고, 나가오카 씨의 목적이 고시바 신고였다는 것도 알아냈습니다."

구사나기는 도모에게 들은 내용을 보고했다.

"그렇다면 피해자가 고시바 신고와 접촉했을 가능성이 크겠군."

"맞습니다."

"좋아, 알았어. 그런데 자네, 지금 우쓰미와 합류해야겠어. 고시바 아키호 씨의 사인이 판명됐어."

"뭐랍니까?"

"아마 상상 밖일걸. 난관 파열에 의한 쇼크사야. 고시바 아키호 씨는 임신 중이었어. 그것도 자궁 외 임신."

"그건……, 아닌 게 아니라 전혀 상상 밖이군요."

"상상 밖의 일을 하나 더 가르쳐 줄까? 사망한 장소 말인데,"

"장소요? 어딘데요?"

마미야는 으스대기라도 하듯이 잠시 뜸을 들이다가 "도쿄에 있는 호텔이야."라고 대답했다.

"일류 호텔의 스위트룸에서 사망했다는군."

16

문제의 호텔은 롯폰기에 있었다.

로비에서 우쓰미 가오루와 합류한 구사나기는 당시 상황을 자세히 아는 종업원 두 명과 호텔 사무실에서 마주 앉았다. 고시바 아키호가 체크인했을 때 응대한 프런트 직원과, 사체를 발견한 벨보이다.

요시오카라는 이름의 분위기가 차분한 프런트 직원에 따르면, 고시바 아키호가 체크인한 것은 작년 4월 20일 밤 11시가 넘어서였다. 객실은 1박에 10만 엔이나 하는 스위트룸으로, 그녀는 보증금 13만 엔을 현금으로 지불했다고 한다. 동행은 없었다.

"본명으로 체크인했습니까?"

구사나기가 묻자 요시오카는 고개를 살래살래 젓더니 A4 용지를 한 장 꺼냈다. 숙박 카드 복사본인 듯했다.

"이런 이름이었습니다."

거기에는 '야마모토 하루코'라는 이름과 지요다구의 주소가 적혀 있었다. 고시바 아키호는 지요다구에 산 적이 없다. 구사나기는 그녀가 근무했던 '명성 신문' 본사가 지요다구에 있으니 어쩌면 그 주소를 약간 고쳐서 쓰지 않았을까 생각했다.

"이 호텔을 이용한 건 그때가 처음이었습니까?"

"이 이름으로 이용하신 건 처음이었습니다. 데이터베이스에 이름이 남아 있지 않았으니까요. 하지만 그 전에도 오신 적이 있습니다. 그때도 우연히 제가 체크인 수속을 진행했기 때문에 기억합니다. 그녀를 본 적이 있다는 직원이 저 말고도 몇 명 있습니다."

직업상 손님의 얼굴을 기억하는 데 능숙할 것이다.

"그렇다면 고시바 아키호 씨가 이 호텔에 상당히 자주 왔었다는 얘기군요. 다만 그때마다 다른 이름으로 묵었고요."

"저희는 그러지 않았을까 하고 생각합니다."

구사나기는 고개를 끄덕였다. 사정이 이해되었다.

"체크인할 때 뭔가 이상한 점은 없었습니까?"

그게, 하고 대답하는 요시오카의 표정이 어두워졌다.

"어딘가 상태가 안 좋아 보였어요. 안색도 좋지 않아서 괜찮으시냐고 물었던 기억이 납니다. 괜찮다고 대답하셨지만, 그때 이미 문제가 일어나고 있었는지도 모르죠."

구사나기는 고개를 끄덕이고 나서 시선을 벨보이에게로 옮겼다. 나이가 이십 대 전반으로 보이는 벨보이는 마쓰시타라고 자신을 소개했다.

"그 방에는 몇 시쯤 가셨습니까?"

"체크인하신 다음 날 오후 1시경입니다. 체크아웃 시간이 정오인데 전화를 해도 받지 않으니 가 보라고 프런트에서 연락이 와서……."

"그래서 가 보니 그 여자분이 죽어 있었군요?"

마쓰시타는 긴장한 표정으로 턱을 살짝 끌어당겼다.

"침대에 누워 있었어요. 침대 커버가 피로 뻘겋게 물들어 있더라고요. 그래서 허겁지겁 프런트에 연락했습니다."

얼마나 놀랐을까 싶어 구사나기는 젊은 벨보이가 안쓰러웠다.

"그때 전화로 손님이 살해당했다고 말했어요. 틀림없이 칼 같은 것에 찔렸다고 생각했거든요. 그래서 경찰차가 출동하고 큰 소동이……. 나중에 상사에게 호되게 꾸중을 들었습니다."

마쓰시타가 면목 없다는 듯이 어깨를 움츠렸다.

무리도 아니라고 구사나기는 생각했다. 경험이 적은 형사 중에도 다량의 피를 보고 평정심을 잃는 사람이 적지 않았다.

그 후의 일은 우쓰미 가오루가 자료를 보여 줘서 대충 알고 있었다. 구급대원이 사망을 확인하자 시신은 병원이 아닌 관할 경찰서로 이송되었다. 그런데 타살도 자살도 아닌, 난관 파열로 인한 과다 출혈로 쇼크사했다고 결론이 나서 사건성은 없다는 판단이 내려졌다.

"그런 방을 여성이 혼자 사용하는 일은 흔하지 않을 것 같은데, 어떻습니까?"

구사나기가 요시오카와 마쓰시타를 번갈아 바라보며 물었다.

"맞는 말씀입니다."

요시오카가 대답했다.

"아마도 동행이 있었을 거라고 짐작합니다. 하지만 그 점에 관해서는 모른다고 말씀드릴 수밖에 없습니다. 숨긴다기보다, 호텔이란 곳의 특성상 그럴 수밖에 없습니다."

"알겠습니다. 그럼 마지막으로 하나만 더 묻겠습니다."

그러고서 구사나기는 옆에 있는 우쓰미 가오루를 바라보았다.

"혹시 이 사람이 이 호텔에 온 적이 있습니까?"

우쓰미 가오루가 사진을 두 사람 앞에 놓았다. 나가오카 오사무의 사진이다.

마쓰시타가 고개를 갸웃거리고 있는데 옆에서 요시오카가

아아, 하면서 고개를 끄덕였다.

"이 남자 말이군요."

"기억나십니까?"

구사나기가 물었다.

"지난달 말에 왔었습니다. 작년 4월에 발생한 여성 사망 사고에 관해 취재하고 있다면서 자세한 상황을 얘기해 달라고 하더군요. 인터넷을 통해서 사건을 알게 된 것 같았어요."

"그래서 뭐라고 하셨습니까?"

"프라이버시와 관련된 일이니 유족이 아닌 분께는 말씀드릴 수 없다고 했습니다. 단, 사망 사고가 아니라 병사라는 점만은 분명히 밝혔습니다."

"그렇군요."

호텔 입장에서 사망 사고와 병사는 큰 차이가 있다. 그러니 그 점만은 명확히 해 두고 싶었을 것이다.

아무튼 이로써 나가오카 오사무와 고시바 신고의 연결 고리는 완성되었다. 그 계기는 고시바 아키호의 죽음이다.

"유족이라는 말이 나와서 그러는데, 혹시 사망한 여성의 유족을 만난 적이 있으신가요?"

우쓰미 가오루가 물었다.

"아니요, 저는 만난 적이 없는데……."

그러면서 요시오카는 마쓰시타를 보았다.

"저는 동생을 만났습니다."

마쓰시타가 대답했다.

"그게 언제 일입니까?"

구사나기가 물었다.

마쓰시타가 고개를 갸웃하며 "작년 5월쯤이었을 거예요."
라고 대답했다.

"프런트에서 연락이 왔어요. 누나가 죽었을 때의 상황을
알고 싶어 하신다고 하기에 이 방에서 얘기를 나눴습니다."

"어떤 얘기가 오갔습니까?"

"별다른 내용은 없었어요. 객실 내부의 상황이라든가 객실
번호라든가……. 죄송합니다. 너무 오래된 일이라서 자세한
건 기억나지 않습니다."

"이 사람인가요?"

구사나기가 고시바 신고의 얼굴 사진을 내보였다. 이력서
에 붙어 있던 사진이다.

맞습니다, 하며 마쓰시타가 고개를 끄덕였다.

구사나기와 우쓰미는 두 사람에게 고맙다고 인사하고 사
무실을 나왔다.

"문제는 상대 남자네요."

걸으면서 우쓰미 가오루가 말했다.

"고시바 아키호 씨는 누구와 밀회를 했을까요?"

밀회, 라고 단정적으로 말했지만, 구사나기도 크게 이의는 없었다.

"여자에게 가명으로 체크인하도록 한 후 자신은 나중에 방으로 직접 간다……, 상당히 용의주도하군. 아마 가정이 있는 남자일 거야. 불륜 말이야."

그때 우쓰미 가오루가 갑자기 걸음을 멈추고 엘리베이터를 가리켰다.

왜, 하고 구사나기가 물었다.

"아까 선배를 기다리다가 알았는데요, 저 엘리베이터를 타면 지하 주차장에서 객실로 곧바로 갈 수 있어요."

"아하, 그렇군."

구사나기는 그녀가 무슨 말을 하고 싶어 하는지 알아챘다.

즉, 하고 우쓰미 가오루가 말을 이었다.

"다른 이용객이나 호텔 종업원과 마주치고 싶지 않은 사람에게는 아주 안성맞춤인 호텔이라고 할 수 있겠죠."

"고시바 아키호 씨가 이 호텔을 이용한 이유도 거기에 있다는 얘기군. 그러니까 상대는 얼굴이 많이 알려진 인물이라는 말이고?"

"맞아요. 그리고 나가오카 씨는 작년 가을 무렵부터 오가 의원의 여자관계나 스캔들을 추적하고 있었어요."

구사나기가 얼굴을 찡그리며 엄지손가락으로 코끝을 톡 퉁겼다.

"본부로 돌아가지. 이 선물을 높으신 분들이 고마워할 것 같지는 않지만."

"그러기 전에 먼저 지하 주차장에 가 보죠."

우쓰미 가오루는 가방에서 디지털 카메라를 꺼내 들고 엘 리베이터를 향해 걸어갔다.

약 한 시간 후, 구사나기와 우쓰미 가오루는 마미야와 함께 경찰서 소회의실에 있었다. 책상을 사이에 두고 마주 앉은 상 대는 이번 사건의 실질적 책임자인 관리관 다타라였다. 다른 수사관들에게는 알리지 않는 편이 낫겠다는 마미야의 판단 에 따라 그들은 이 방을 사용하게 되었다.

책상 위에는 사진 두 장이 놓여 있었다. 한 장은 나가오카 오사무의 컴퓨터에서 발견된 것으로, 주차장으로 보이는 장 소에서 촬영되었는데, 아마도 오가 진사쿠의 차를 미행하면 서 찍은 것인 듯했다. 다른 한 장은 고시바 아키호가 사망한 호텔의 주차장에서 우쓰미 가오루가 찍은 것이었다. 한눈에 봐도 두 사진은 같은 장소에서 찍힌 것이었다.

나가오카의 사진이 찍힌 날짜는 재작년 11월로 되어 있었다. 아직 고시바 아키호가 살아 있었을 무렵이다.

백발에 금테 안경을 쓰고, 고상한 지식인처럼 보이는 다타라는 구사나기와 우쓰미의 보고를 듣고서 "사망한 여성의 상대가 오가 의원일지도 모른단 말이지…… 놀랍군. 만일 그게 사실이라면 일이 골치 아프겠어."라고 어두운 목소리로 중얼거렸다.

"체크인 절차를 모두 여성에게 맡기고, 게다가 가명을 사용하게 한 점이라든가, 매번 값비싼 스위트룸을 이용한 점 등도 상대가 오가 의원이라면 납득이 갑니다. 정치인을 담당하는 기자는 해외 시찰 등에 동행하기도 한다고 하니까 특별한 관계로 발전할 가능성이 없잖아 있겠죠."

마미야의 설명에 다타라가 씁쓸한 표정으로 고개를 끄덕였다.

"그래, 상대가 오가 의원이라 치고, 이번 사건과는 무슨 관련이 있다는 거지?"

마미야가 구사나기를 바라보았다. 자네가 설명하게, 라는 의미였다.

"피해자 나가오카 씨는 슈퍼 테크노폴리스 프로젝트에 관한 취재를 진행하는 동시에 오가 의원의 사생활도 조사한 듯합니다. 미행하면서 찍은 것으로 추정되는 사진이 나온 것이 그 증거입니다. 그 과정에서 오가 의원의 부자연스러운 행동이 눈에 들어오지 않았을까요? 동행도 없이 손수 벤츠를 운전해서 호텔 지하 주차장으로 들어갔다든지 말입니다. 누구라도 여성과 밀회하는 것이 아닐까 하는 의심을 품을 테죠. 문제는 상대가 누구냐 하는 점인데, 아마 좀처럼 파악하기가 힘들었을 겁니다. 그러다가 최근 들어, 오가 의원을 담당했던 여기자가 작년 4월에 그 호텔에서 사망했다는 사실을 알고서 그녀가 오가 의원의 애인이 아니었을까 추리했고, 자세한 내용을 알아내려고 여성의 동생과 접촉했다, 그런 얘기입니다."

손가락으로 책상을 톡톡 두드리며 얘기를 듣고 있던 다타라가 날카로운 눈길로 구사나기의 얼굴을 바라보았다.

"그래서? 동생에게 캐물었든 어떻게 했든 담당 여기자가 오가 의원의 불륜 상대라는 것을 알아냈다고 치자고. 그런데 왜 살해당했냔 말이야."

"그건……, 거기까지는 아직……."

구사나기가 말끝을 흐렸다.

"저, 제가 말씀드려도 될까요?"

우쓰미 가오루가 조심스럽게 입을 열었다.

해 봐, 라고 하듯이 다타라가 턱을 치켜들었다.

"호텔에서 종업원 얘기를 듣는 동안 의문이 생겼는데요, 고시바 아키호 씨는 왜 혼자였을까요?"

"그야 상대가, 그러니까 오가 의원이 먼저 돌아갔으니까 그랬겠지."

다타라가 뻔한 것을 왜 묻느냐는 듯이 대답했다.

"그럼 오가 의원은 언제 돌아갔을까요. 그러니까⋯⋯."

우쓰미 가오루가 수첩을 펼쳤다.

"관할 경찰서에서 받은 자료에 따르면 고시바 아키호 씨의 사체는 발견된 시점에 이미 사후 열 시간 이상 경과된 것으로 보였다고 합니다. 발견된 시각이 오후 1시니까 사망 시각은 늦어도 새벽 3시라는 얘기죠. 그럼 그때 이미 오가 의원은 돌아가고 없었는데⋯⋯."

"이상할 것 없잖아, 오가 의원은 가정이 있는 사람이니까. 스위트룸을 예약했다고 해서 반드시 거기 묵으라는 법은 없잖아. 애인과의 볼일이 끝나면 미련 없이 돌아가는 게 오히려 자연스럽지."

"그건 그런데요,"

우쓰미 가오루가 잠시 입을 다물었다가 다시 열었다.

"옷을 입은 상태였어요."

"뭐라고?"

"옷이요. 고시바 아키호 씨는 옷을 입은 상태로 사망했답니다. 한번 상상해 보세요. 밀회를 즐기고 난 여성이 한밤중에 옷을 입고 있을까요?"

다타라는 마미야와 얼굴을 마주 본 후 구사나기에게 시선을 돌렸다. 어떻게 생각해, 라고 묻는 듯한 눈이었다.

"부자연스럽군요."

구사나기가 대답했다.

"옷을 입은 상태였다면 미처 정사를 치르지 않았을 가능성도 있습니다. 즉 고시바 아키호 씨가 난관 파열을 일으켰을 때 오가 의원이 함께 있었을지도 모릅니다."

"이봐, 이봐, 위험한 발언을 하는군."

다타라가 구사나기를 손가락으로 가리켰다.

"그랬다면 왜 구급차를 부르지 않았겠어?"

"제가 드리고 싶은 말씀이 바로 그겁니다."

우쓰미 가오루가 말했다.

"불륜이 발각될 것을 우려한 오가 의원은 아무 데도 연락하지 않은 채 그대로 내빼 버렸고, 그 결과 상대 여성이 사망했다……. 만약 그런 거라면 이건 엄청난 스캔들이에요. 저는 정치에 대해서는 잘 모르지만, 경우에 따라서는 정치가의 생명을 좌우할 수도 있는 일이 아닐까요?"

"경우에 따라서가 아니라 확실히 치명상을 입히겠지."

그렇게 말한 사람은 마미야다.

"그렇다면……."

우쓰미 가오루가 다시 입을 여는데 그만, 하고 다타라가 젊은 여형사를 제지했다.

"자네가 무슨 말을 하고 싶은지는 알겠어. 피해자 나가오카 오사무 씨 역시 그런 결론에 도달했고, 그런 내용이 기사화되면 곤란해질 누군가가 그의 목숨을 노렸다, 그런 얘기겠지."

"맞습니다."

"그런대로 일리가 있는 얘기야. 하지만 자네는 중요한 점을 간과했어. 무슨 일에든 증거가 필요하다는 걸 말이야. 그 여성과는 그런 관계가 아니었다고 오가 의원이 시치미를 떼면 그만이잖아. 설사 관계를 암시하는 증거가 나온다고 해도, 그때는 함께 있지 않았다고 주장하면 어쩔 도리가 없어. 그 여성이 옷을 입은 상태였다는 건 단순한 상황 증거에 불과하단 말이야. 내 말이 틀렸나?"

"아니, 그건…… 그렇습니다."

우쓰미 가오루의 목소리가 한 톤 낮아졌다.

그러나, 하며 다타라가 팔짱을 끼고 부하들을 둘러봤다.

"우리가 아직 파악하지 못한 뭔가가 얽혀 있다면 얘기가 다르지. 아무튼 그 일이 이번 사건과 무관하다고 생각되지는 않아. 과장이나 이사관과 의논해서 수사 진행 방향을 재검토 해 봐. 방침이 명확해질 때까지 이 일은 함부로 발설하지 말고. 다른 수사관들에게도 말이야. 알겠나?"

오가 의원이 연루되었을 가능성이 불거지니 다타라도 신중해지는 듯했다. 구사나기를 비롯한 부하 수사관들은 알겠다고 대답하는 수밖에 없었다.

17

문 앞에 서서 학교 이름을 새삼스레 바라보았다. 그 남자의 출신 학교라는 사실만으로도 '도와 고등학교'라고 새겨진 글자에서마저 품격이 배어 나오는 듯이 느껴졌다. 실제로도 역사가 깊고 대학 진학률이 높기로 유명한 학교다.

이곳은 그 남자, 즉 유가와 마나부의 출신 학교이기도 하지만 고시바 신고가 졸업한 학교이기도 하다. 그의 행방에 관해 실마리를 얻을 수 있지 않을까 하는 희미한 기대를 품고 찾아왔다. 고시바 신고의 3학년 때 담임이었던 다니야마라는 선생에게는 미리 연락을 해 두었다.

구사나기가 도착했을 때는 학생들이 수업을 마치고 귀가하려는 참이었다.

다니야마와 학교 내빈실에서 마주 앉았다. 그는 아담한 몸집에 피부가 가무잡잡한 남자로, 국어 선생이라고 했다. 파일한 권과 졸업 앨범으로 보이는 것을 옆구리에 끼고 있었다.

"며칠 전에 경찰에서 연락을 받고서야 그 녀석이 대학을 그만뒀다는 걸 알았습니다. 전혀 몰랐어요."

"졸업 후 고시바 군에게 연락이 온 적은요?"

다니야마가 고개를 저었다.

"한 번도 없었습니다. 졸업생이 대체로 그렇긴 하지만요."

"대학을 그만둔 데 대해서는 어떻게 생각하십니까? 고시바 군이 그런 타입이었습니까? 이를테면, 무리를 해서까지 대학에 다닐 필요는 없다고 여기는……."

아니요, 하고 다니야마가 고개를 갸우뚱했다.

"전혀 그렇지 않았습니다. 진학 지도 때도, 아무리 힘들더라도 대학은 졸업하고 싶다고 했으니까요. 누나에게 신세를 지겠지만 자기도 가능한 한 아르바이트를 하겠다고 했습니다. 다행히 장학금을 받게 돼서 한시름 놓았다고 했지만 말입니다."

"전화로도 말씀드렸지만, 현재 고시바 군은 연락이 안되는 상태입니다. 그가 갈 만한 곳에 대해 혹시 짚이시는 바가 있습니까?"

"아니요, 없습니다."

"고등학교 시절에 그가 자주 다녔던 장소는요? 오락실이라든가 패스트푸드점이라든가……."

글쎄요, 하고 국어 교사는 얼굴을 찡그렸다.

"학생들의 행동거지를 속속들이 파악하고 있지는 않아서요."

이 선생에게는 유익한 정보를 얻을 것 같지 않다고 구사나기는 판단했다.

"고시바 군이 친하게 지내던 사람들은 없었나요? 반 친구라든지."

"흠, 그게……."

다니야마가 테이블 위에 파일을 펼쳐 놓았다.

'3학년 1반'이라고 적힌 명부에는 30여 명의 이름과 연락처가 열거되어 있었다.

"친하게 지내던 친구라……, 이 녀석들이려나."

그가 몇 명의 이름을 가리켰다.

별로 믿음이 가지 않는 말투였지만, 구사나기는 일단 그 이름들을 수첩에 메모했다.

"고시바 군이 동아리 활동도 했습니까? 운동부라든가……."

"글쎄요, 운동부 이미지는 아니었는데……."

그러면서 다니야마는 졸업 앨범을 펼쳤다. 뒤쪽에 체육제
와 문화제 때 찍은 사진이 있고, 각 클럽과 동아리의 기념사
진이 이어졌다.

아, 여기 있네, 하며 다니야마가 사진 한 장을 가리켰다.

"그래요, 물리 연구회였어요. 자기소개를 할 때, 부원이 딱
한 명뿐이라며 존폐 위기에 놓였다고 했던 기억이 있습니다."

그 사진에는 고시바 신고와, 그보다 다소 어려 보이는 학생
두 명이 찍혀 있었다. 흰 가운 차림의 고시바 신고는 새치름
한 얼굴을 하고 있었다.

"부원이 한 명이라고요? 그러니까 3학년이 고시바 군 한
명이라는 얘기였군요."

"네. 다행히 1학년이 들어왔었나 봅니다."

사진을 보며 다니야마가 말했다. 지금까지 몰랐던 걸 보면
관심이 없었던 모양이다.

같은 학년에 부원이 없었다면 동아리 활동을 통해 친해진
친구도 없었다는 뜻이다.

"지도 교사가 누구였습니까?"

"물리 연구회 말인가요? 흠, 누구였더라……. 한번 물어보죠."

다니야마는 잠시 실례하겠다고 말하고 휴대 전화 버튼을 눌렀다. 그리고 누군가와 소곤소곤 얘기를 나눈 후 끊었다.

"알아냈습니다. 아마노 씨라는 물리 선생이었군요. 지금 이리로 온답니다."

고맙습니다, 하고 구사나기는 인사했다. 다니야마는 믿음은 가지 않지만 친절한 사람인 듯하다.

잠시 후 아마노가 나타났다. 벗어진 앞머리를 보충이라도 하려는 듯 뒷머리를 어깨까지 기른 남자였다. 나이는 사십 대 중반쯤일까. 다니야마와는 대조적으로 호리호리하고 키가 크다.

"지도 교사라고는 해도 딱히 하는 일은 없었습니다. 계측기나 기자재의 관리 책임자였을 뿐이죠. 부원도 적어서 고시바 군 때는 급기야 한 명이 전부였습니다."

아마노가 면목 없다는 듯이 말했다.

"그런데 고시바 군이 3학년일 때 신입생 환영회에서 그가 엄청난 퍼포먼스를 보여 준 결과 신입생 두 명이 새로 들어왔지 뭡니까. 저로서도 그 퍼포먼스는 놀라웠습니다. 물리 연구회 졸업생 선배의 도움을 받았다고 하는데, 그런 걸 만들 줄은 꿈에도 몰랐어요. 과연 데이토 대학에서 가르칠 만하다며 감탄했죠."

구사나기는 메모하던 손을 멈추고 물리 선생의 얼굴을 바라보았다.

"데이토 대학이라고요?"

"퍼포먼스를 도와줬다는 졸업생 선배 말입니다. 데이토 대학에서 학생들을 가르친다고 하더군요."

"이름은요?"

"이름은, 그러니까, 뭐라고 했더라……. 저는 한 번밖에 만나지 못해서요."

아마노가 변명하듯 중얼거리며 벗어진 앞머리를 긁적거렸다.

"아아, 맞다! 유가와 씨. 그래요, 유가와 씨였습니다. 노벨상 수상자와 성이 같아서 기억합니다."

구사나기는 숨을 크게 들이쉬었다가 천천히 내쉬었다. 낭패한 기색을 얼굴에 드러내지 않으려는 것이다. 눈앞에 있는 상대는 구사나기와 유가와의 관계를 알지 못했다.

"그 선배라는 사람이 고시바 군에게 도움을 준 게 언제 일입니까? 어림잡아 말씀하셔도 괜찮습니다."

"그게, 고시바 군이 3학년이 되기 직전이니까 2년 전 3월이군요. 2, 3주 정도 걸렸을 겁니다. 유가와 씨가 거의 매일 학교에 왔다더군요. 크게 도움을 받았다고 고시바 군이 무척 고마워했습니다."

구사나기가 경악하고 있다는 걸 전혀 눈치채지 못한 채 벙글거리며 얘기하던 아마노가 문득 의아하다는 듯이 "왜요, 그 일이 뭔가 잘못되었습니까?"라고 물었다.

"아, 그런 건 아닙니다. 그런데 최근에 혹시 고시바 군에게서 연락이 오지는 않았습니까?"

"아니요. 다니야마 선생에게 듣자 하니 행방불명이라면서요? 무슨 사고라도 당한 걸까요?"

구사나기는 글쎄요, 하고 질문을 그냥 넘겼다. 무의미한 질문에 대답할 여유는 없었다.

더는 이 선생에게도 들을 말이 없을 듯했다.

"지금은 부원이 몇 명입니까?"

"그러니까……, 지금은 세 명입니다. 방금 말씀드린 1학년생 두 명이 2학년이 되었고, 작년에 새로 1학년생이 들어왔거든요."

"그 학생들에게 얘기를 들어 볼 수 있을까요?"

"그야 어렵지 않지만, 오늘 왔는지 모르겠네……."

아마노가 중얼거리며 휴대 전화를 꺼냈다. 학생에게 전화

할 생각인 모양이었다. 교내에서 연락하는데 휴대 전화를 사용하다니, 시대가 변하긴 했다고 구사나기는 생각했다.

"학생과 연락이 닿았습니다. 2학년생이 둘 다 있군요. 지금 만나 보시겠습니까?"

부탁드립니다, 하면서 구사나기는 자리에서 일어섰다.

아마노가 안내해 준 곳은 이과 제1실험실이라는 팻말이 붙어 있는 방이었다. 넓은 작업대 여덟 개가 놓여 있는 이 방은 주로 물리 실험을 하는 곳이고, 화학 실험을 할 때는 이과 제2실험실을 사용한다고 한다.

실험실에서 기다리고 있던 학생은 이시즈카와 모리노라는 두 남학생이었다. 둘 다 얼굴색이 희고 깡마른 체형이었다. 이시즈카는 안경을 쓰고 있었다.

그들이 앉아 있는 작업대에는 태블릿과 만화 잡지가 놓여 있었다. 물리 실험을 한 것 같지는 않았다.

아마노가 두 사람에게 구사나기를 소개했다. 고시바 신고가 행방불명되어 조사하고 있다는 설명까지 해 주어 고마웠다. 아마노 자신이 그렇게 믿고 있는 듯했다.

"고시바 군과는 지금도 연락을 주고받나?"

구사나기가 질문을 시작했다.

"졸업한 후로는 연락한 적이 거의 없었지?"

모리노가 이시즈카에게 동의를 구했다.

응, 하며 이시즈카가 고개를 끄덕였다.

"작년 그때가 마지막인가?"

말 끄트머리를 길게 올리는 폼이, 수재형으로 보이는 것과
는 달리 영락없이 요즘 애들이다.

"그때라니?"

구사나기가 물었다.

"작년…… 10월쯤이었나?"

이시즈카의 물음에 모리노가 고개를 끄덕인다.

"그럴 거야."

"연락이 왔어?"

"그게 아니라, 여기 왔어요."

이시즈카가 대답했다.

"왔어, 고시바 군이?"

"네, 개인 물건을 가지러 왔다고 했어요."

"개인 물건?"

"선배가 만든 장치예요. 분해해서 창고에 보관해 두었었
는데, 거치적거릴 거라면서요. 상당히 큰 물건이라서 차까지
옮기는 걸 도왔어요."

"차라면, 혹시 흰색 승합차?"

이시즈카가 잠시 생각하는 얼굴이더니 "그런 느낌의 차였던 것 같아요."라고 대답했다.

"그럼 그 후로는 고시바 군이 여기 오지 않았단 말이지?"

아마도요, 하고 이번에도 이시즈카가 대답했다. 그러자 모리노가 "엊그제도 그렇게 대답했는데."라고 조금 주저하는 목소리로 덧붙였다.

"엊그제? 누구에게?"

모리노와 이시즈카는 서로 얼굴을 마주 보았다. 둘 다 당황한 표정이다.

대답해 봐, 라고 옆에서 듣고 있던 아마노가 두 사람에게 말했다.

모리노가 머리를 긁적이더니 입술을 살짝 내밀며 대답했다.

"선배가 찾아왔었어요."

"선배라면?"

"동아리 선배요. 그분도 고시바 선배에 대해 물어서……."

"그 선배, 어떤 사람이지?"

구사나기가 물었다. 그러나 고등학생들이 대답하기 전에 그는 이미 인물 하나를 떠올리고 있었다.

　행선지 표시판의 '재실' 난에 빨간 자석이 붙어 있었다. 그
걸 확인한 구사나기는 노크를 한 뒤 대답을 기다리지 않고 문
을 열었다. 그리고 성큼성큼 들어가서 실내를 둘러봤다. 유가
와가 다리를 꼰 채 자기 자리에 앉아 있었다. 평소 입던 하얀
가운 차림은 아니었다.

　유가와가 천천히 의자를 돌려 구사나기 쪽으로 향했다.

　"평소와 다르게 난폭하게 등장하는군. 올 거면 전화 한 통
정도는 미리 하는 게 예의 아닌가?"

　"일부러 안 받는 꼴을 당하고 싶지 않아서."

　"일부러 안 받는다고? 내가 왜?"

　구사나기는 대뜸 유가와 곁으로 다가갔다.

　"자네 모교에 다녀왔어. 도와 고등학교."

　유가와가 턱을 치켜들었다.

　"아, 거기. 상당히 좋은 학교지? 조금 있으면 벚꽃이 만개할
거야. 가을에 벌레가 우글거리는 데는 질색이지만 말이야."

　그의 가벼운 농담을 무시한 채 구사나기는 유가와의 정면
에 서서 그를 내려다보았다.

　"왜 숨겼어? 자네, 고시바 신고를 알았을 텐데."

유가와가 못마땅한 표정으로 절레절레 고개를 저었다.

"물리 연구회의 이름뿐인 지도 교사에게 들었나? 그 아무 짝에도 쓸모없는 사오정한테?"

"신입 부원 유치를 위한 퍼포먼스 제작을 도와주었다고 하던데. 그것도 3주일씩이나 말이야."

"정확하게는 18일이야."

"그게 중요한 게 아니잖아. 내가 고시바 신고 이름을 꺼냈을 때 왜 모른다고 했지?"

"모른다고 하지는 않았어. 할 말이 없다고 했을 뿐이지."

구사나기도 기억이 되살아났다. 아닌 게 아니라 그렇게 말했던 것 같다.

"이봐 유가와, 그러지 말고 속 시원히 털어놔 봐."

구사나기가 작업대에 걸터앉으며 말했다.

"지난번에 내가 이번 사건은 이상하게 자네와 묘하게 인연이 있는 것 같다고 했지? 하지만 이제는 그런 애매한 말로 끝낼 수 없을 것 같은 느낌이야. 나로서는 이렇게 말할 수밖에 없어. 우연이 너무 많다고."

유가와는 잠자코 일어나 싱크대로 갔다. 그리고 구사나기가 이곳에 올 때마다 그랬듯이 머그잔에 인스턴트커피 가루를 쏟아 넣었다.

"자네는 진실을 말하지 않았어."

친구의 뒷모습을 바라보며 구사나기가 말했다.

"숨기지 말고 솔직히 말해 줘."

인스턴트커피가 담긴 머그잔 두 개를 들고 돌아온 유가와가 잔 하나를 구사나기 앞에 내려놓았다.

"이런 식의 전개는 피하고 싶었지만, 아무래도 그렇게는 안 될 것 같군."

유가와는 머그잔을 손에 쥔 채 의자에 앉았다.

"지금 자네 질문에 대답한다면 그건 고시바 신고에 관한 모든 것이라고 할 수 있어."

"내가 고시바 신고라는 이름을 말한 건 지난번에 왔을 때가 처음이었어. 그런데 사실은 그 전부터 이번 사건에 고시바가 관련되었다는 걸 알고 있었던 거야?"

유가와가 어깨를 으쓱했다.

"뭐, 그렇다고 할 수 있지."

"언제부터?"

"처음부터."

"처음이 언제야?"

"이번 사건 수사로 자네가 처음 나를 찾아왔을 때."

"아니, 잠깐. 내가 처음 여기 온 건, 피해자의 휴대 전화 발신 기록에 데이토 대학 번호가 있었던 데다 명함 홀더에 자네 명함까지 있었기 때문이야. 자네는 나가오카 씨가 예의 벽에 구멍이 뚫리는 영상을 보여 주고 조언을 청했을 뿐이라고 했는데, 그게 아니란 말이야?"

"모조리 거짓말은 아니지만, 설명을 덜 한 부분이 있었다는 건 인정하지."

유가와가 머그잔 속을 물끄러미 들여다보며 말했다.

"대체 어떻게 된 일이야, 나가오카 씨가 왜 자네를 찾아왔지? 솔직하게 말해 봐."

그러자 유가와는 그답지 않게 괴로운 듯이 눈썹을 찡그리며 무언가를 떨쳐내기라도 하려는 것처럼 숨을 내쉬었다.

"나가오카 씨가 찾아와서 창고 벽에 구멍이 뚫리는 영상을 보여 준 건 사실이야. 하지만 그러기 전에 그가 한 말이 있어. 이건 어떤 장치로 인한 현상이며 그 장치를 만든 청년은 당신의 지도를 받은 듯하다. 그런 사실에 입각해서 영상을 봐 줬으면 좋겠다……."

"영상을 보자마자 자네는 알았어. 그 어떤 장치라는 게 뭔지, 그리고 그걸 만든 청년이 누군지도. 맞지?"

유가와는 대답이 없었다. 구사나기는 그걸 긍정의 의미라고 받아들였다.

그는 들고 온 가방에서 DVD 한 장을 꺼낸 후 유가와의 책상에 놓인 컴퓨터를 바라보았다.

"이 컴퓨터, DVD도 재생되지? 잠깐 사용할 수 있을까?"

"왜, 재미있는 영상이라도 보여 주려고?"

"일단 보자고."

유가와가 컴퓨터의 트레이를 열어 구사나기에게 건네받은 DVD를 세팅했다. 잠시 후 화면에 영상이 나타났다.

장소는 예의 도와 고등학교 이과 제1실험실이다. 작업대 위에 기다란 금속판 두 개를 짜 맞춰 놓은 듯한 장치가 놓여 있다. 그리고 구사나기는 그 명칭이나 용도조차 알 수 없는 기구가 그 장치에 연결되어 있다.

이윽고 소년 하나가 작업대 앞에 섰다. 고시바 신고다. 그는 감색 트레이너 차림에 고무장갑을 낀 모습이다.

"그럼 지금부터 발사 실험을 하겠습니다. 하루에 단 한 번만 할 수 있으니 아무쪼록 놓치지 말고 보시기 바랍니다. 그리고 만에 하나 있을지 모르는 사고에 대비해 나누어 드린 보안경을 꼭 쓰시기 바랍니다."

그는 자신도 보안경을 쓴 후 장치에서 멀어졌다.

"자, 그럼 카운트다운을 시작합니다."

고시바 신고의 모습이 화면에서 사라지고 목소리만 들렸다.

쓰리, 투, 원, 하는 외침이 들린 직후 장치의 끝 쪽에서 엄청난 불꽃이 크게 일고 동시에 격렬한 파열음이 울렸다. 예상하지 않았다면 심장이 충격을 받을 만큼 큰 소리다. 웅성거리는 소리는 견학하는 학생들의 목소리인 듯했다.

화면에 다시 고시바 신고가 나타났다. 불꽃이 흩날리던 곳까지 간 그는 그곳에 놓아 두었던 프라이팬을 집어 들었다.

"네, 이렇게 멋지게 관통했습니다!"

이번에는 프라이팬이 화면에 크게 확대되었다. 한가운데 지름 3센티미터 정도의 구멍이 뚫려 있었다.

영상은 이렇게 끝났다. 물리 연구회의 컴퓨터에 보존되어 있던 영상을 복사한 것이다.

"어떻게 생각해?"

구사나기가 유가와에게 물었다.

물리학자는 콧잔등에 얹힌 안경을 손가락으로 천천히 밀어 올렸다.

"처음 봤어. 멋지군. 실험이 완벽하게 성공했어. 신입 부원 모집을 위한 퍼포먼스가 잘 끝난 모양이야."

그렇게 말한 후 그는 컴퓨터의 트레이에서 DVD를 꺼내 구사나기에게 내밀었다.

"레일 건이라고 부른다던데."

DVD를 건네받으면서 구사나기가 말했다.

"맞아. 물리 연구회 학생들에게 원리에 관해 들었어?"

"그래, 어느 정도는."

구사나기가 입 끝을 실쭉했다.

"플레밍의 왼손 법칙이잖아."

명칭은 알고 있어서 그렇게 말해 보았다.

"그래, 로렌츠 힘이라고도 하지. 금속제인 두 레일 사이에 전도체를 끼우고 순간적으로 다량의 전류를 흘려보내면 거기서 발생하는 자기장과의 상호 작용으로 전도체에 큰 힘이 실리게 돼. 원리는 지극히 간단하지."

"그 레일 건을 고시바 신고가 물리 연구회 창고에서 꺼내 갔어. 작년 가을에 말이야. 거기에 대해서 어떻게 생각해?"

그러나 유가와는 구사나기의 물음에 대답하지 않았다.

"나가오카 씨가 영상을 보여 주고 나서 뭐라고 했지?"

유가와가 허공의 한 점을 응시한 채 대답했다.

"이 장치로 사람을 죽일 수 있느냐고 묻더군."

구사나기는 침을 꿀꺽 삼켰다.

"그래서 뭐라고 대답했어?"

"레일 건은 살인 도구가 아니라고 했어."

"그랬더니 나가오카 씨가 뭐래?"

"사람을 향해 발사하면 어떻게 되느냐고 물었어. 이 벽처럼 구멍이 뚫리지 않겠느냐고 말이야."

"자네 대답은?"

"해 보지 않고서는 알 수 없지만, 그런 짓이 무슨 의미가 있는지 모르겠다고 했어."

"그게 무슨 뜻이야?"

유가와는 구사나기가 가져온 DVD를 가리켰다.

"방금 본 영상으로도 알 수 있듯이, 레일 건은 상당히 큰 장치야. 권총이나 소총처럼 가볍게 들고 다닐 만한 게 아니라고. 사람에게 발사하려면 상대를 어디엔가 묶어 놓지 않는 한 명중시키기 어렵지. 그런 짓을 할 바에야 칼 같은 걸로 죽이는 게 나아. 굳이 레일 건을 힘들게 옮기느니 말이야. 내가 그렇게 말하자 나가오카 씨는 '다른 방법은 없느냐, 당신이라면 어떻게 하겠느냐' 하고 물었어."

"그래서, 자네는 뭐라고 대답했어?"

"움직이는 사람을 레일 건으로 쏘는 건 불가능하다고 했지. 나라면 애초에 그런 생각조차 안 할 거라고. 그리고……."

유가와는 다시 안경을 손가락으로 밀어 올린 후 구사나기의 얼굴을 똑바로 바라보았다.

"그 레일 건을 만든 사람이 내가 아는 청년이라면, 그 친구

역시 그런 어리석은 짓은 하지 않을 거라고 덧붙였어."

"나가오카 씨의 반응은?"

"알겠다고만 하더군."

"나가오카 씨 입에서 고시바 신고라는 이름은 나오지 않았어?"

"안 나왔어. 다만 이런 말을 하더군. 이 영상은 몰래 찍은 것이고 레일 건 제작자는 촬영한 사실을 알지 못한다, 그러니 본인에게 확인하지 않았으면 한다, 자신이 여기 왔다는 것도 말하지 않았으면 한다, 그 대신 그가 어리석은 행동을 하는 건 자신이 책임지고 저지하겠다, 그렇게 말이야."

"나가오카 씨는 자네에 관해 고시바 신고에게 들었다고 하던가?"

"확인하지는 않았지만, 아마 그렇겠지."

유가와는 머그잔을 들어 커피를 한 모금 마시고 나서 구사나기에게 "자네도 식기 전에 마시지 그래."라고 말했다.

"이번 건으로 처음 내가 여기 왔을 때 왜 그런 얘기를 하지 않았어? 말해 줬으면 좀 더 빨리 고시바 신고에게 주목했을 텐데."

"고시바 신고는 살인 사건과 무관해. 그런 확신이 있었기 때문에 괜한 말을 하지 않는 게 좋겠다고 생각한 거야."

"그럼 구라사카 기계 공업에는 왜 전화했지?"

구사나기의 물음에 유가와의 눈썹이 꿈틀했다. 그 모습을 보며 구사나기는 자신의 직감이 맞았다고 확신했다.

"사건 발생 며칠 후 누군가가 구라사카 기계 공업에 전화를 했어. 공중전화에서 말이야. 고시바 신고 있느냐고 물었다던데, 그거 자네지?"

유가와는 체념한 듯이 고개를 끄덕이며 머그잔을 내려놓았다.

"고시바 군이 살인 사건에 관련되었을 거라고는 생각하지 않았지만, 어쩐지 자꾸만 신경이 쓰여서 그 친구 휴대 전화로 연락해 봤는데 연결되지 않았어. 그래서 구라사카 기계 공업으로 전화한 거야."

"고시바가 구라사카 기계 공업에 취직했다는 사실도 알고 있었어?"

"우리 대학에 입학한 직후 인사하러 왔을 때를 마지막으로 아무 연락이 없어서 전화해 봤더니 누나가 죽는 바람에 대학을 중퇴하고 취직했다고 하더군. 그때 회사 이름도 들었어."

"그랬군. 구라사카 기계 공업에 전화해서 고시바 신고가 결근했다는 말을 들은 자네는 무엇보다 레일 건이 마음에 걸렸어. 2년 전에 둘이서 만든 레일 건 말이야. 그래서 모교를 찾

189

아가 레일 건이 아직도 보관되어 있는지 확인했어……. 일이 그렇게 된 거군."

유가와가 한숨을 폭 내쉬었다.

"자네 말이 대체로 맞아."

"창고 벽에 돌연 구멍이 뚫린 일, 오토바이가 갑자기 불타오른 일, 놀잇배 유리창이 깨진 일에 모두 레일 건이 사용되었다고 생각하면 설명이 되는군."

"레일 건일 가능성도 있다고만 대답해 두지. 단, 고시바 신고 군이 살인 사건에 관련되었을 가능성은 제로라는 생각에는 변함이 없어. 그를 추적해 봐야 헛수고라고."

"그럼 왜 고시바는 학교에서 레일 건을 가져갔지? 그리고 한밤중에 그렇게 여러 번 사용한 이유는 뭘까?"

"그 일들이 모두 그 친구가 한 짓이라고 밝혀진 것도 아니잖아. 설사 그가 했다 해도 그에게 물어보지 않고서는 목적을 알 수 없고."

구사나기가 유가와를 물끄러미 바라보았다. 잠시 망설이던 그는 할 수 없이 이 남자에게 얘기해야겠다고 마음먹었다.

"한시 빨리 고시바 신고를 찾아야 할 이유가 있어. 그가 자취를 감춘 이유는 복수하기 위해서야."

"뭐라고?"

유가와가 미간을 찌푸렸다.

구사나기는 고시바 아키호가 불륜 상대였던 오가 진사쿠의 면전에서 죽었을 가능성이 있다는 얘기를 들려 주었다.

"나가오카 씨가 고시바 신고에게 접근한 경위는 아직 밝혀지지 않았지만, 그가 고시바 아키호 씨의 죽음에 대해 의문을 품었다는 것만은 명백해. 그가 조사차 호텔에 갔던 일이 그 사실을 뒷받침하지. 그런 나가오카 씨가 왜 레일 건의 위력을 보여 주는 영상을 촬영했을까. 이건 내 추측일 뿐이지만, 나가오카 씨가 고시바 신고의 목적을 간파했을 거라고 봐. 그 목적이란 두말할 필요 없이 복수고. 전화 한 번만 했어도 살 수 있었는데 그러지 않고 누나를 죽게 내버려 둔 오가 진사쿠를 레일 건으로 쏘아 죽이려는 거라고."

유가와가 안경을 벗어 책상에 내려놓았다. 그의 매서운 눈빛이 구사나기를 향했다.

"그런 일은 절대 없어."

"어떻게 단언하지? 고시바 신고가 착실한 청년이라서? 레일 건을 꺼내 간 이유가 뭐겠어, 창고 벽에 레일 건을 발사한 이유는 뭐고. 레일 건의 위력을 시험하려는 거 아니겠어?"

그리고 구사나기는 일어나서 친구의 가슴을 손가락으로 가리켰다.

"경시청 수사 1과 주임으로 데이토 대학 부교수에게 의뢰하겠어. 지금 나와 함께 수사본부로 가서 레일 건에 관해 설명해 줘. 자네가 고시바 신고에게 만들어 준 무기에 관해서 말이야."

"거절하겠어. 그리고 레일 건은 무기가 아니야. 실험 장치일 뿐이지."

"사람을 죽이는 데 사용하면 그게 무기 아닌가?"

"그는 절대 그런 짓을 하지 않는다니까."

두 사람이 서로를 노려봤다. 침묵 속에서 두 시선이 맞부딪쳤다.

먼저 눈길을 돌린 사람은 구사나기였다.

"자네가 협조해 주지 않는다면 어쩔 수 없지. 레일 건에 관한 설명은 과학 수사 연구소에 부탁하겠어. 영상이 있으니까 어떻게든 되겠지. 다만……."

심호흡을 한 번 한 다음 구사나기는 말을 이었다.

"이번 사건이 해결될 때까지 친구로서는 자네를 만나지 않겠어. 여기 다시 온다면 그건 형사로서야."

유가와가 천천히 고개를 끄덕였다.

"기억해 두지."

구사나기는 몸을 돌려 문을 향해 걸어갔다. 그런 그에게 유가와는 아무 말도 하지 않았다.

19

노트북 화면으로 고시바 신고의 레일 건 실험 영상을 본 마미야는 얼굴을 찡그렸다.

"젊은 놈들은 참 골치란 말이야. 멍청하면 멍청한 대로 문제고, 너무 우수하면 우수한 대로 문제야. 이런 걸 다 만들어 내다니 원. 유가와 선생에게 뭐라고 할 생각은 없지만, 참으로 맹랑한 제자를 키웠어. 게다가 그 제자를 숨기기까지 하다니……."

"과학 수사 연구소 사람에게 보여 줬더니 이 상태에서도 충분히 살상 능력이 있다고 하더군요. 더구나 지금은 더 개량되어 위력이 커졌을 가능성도 있습니다."

구사나기가 예의 세 가지 괴현상이 찍힌 사진들을 마미야 앞에 늘어놓으며 말했다.

"고시바 신고는 구라사카 기계 공업에 입사해서 금속을 가공하는 고도의 기술을 터득했습니다. 어쩌면 처음부터 레일 건을 개량할 목적으로 취직했는지도 모릅니다."

"대학을 그만둔 것도 그래서였나?"

"아마도요."

마미야가 책상에 턱을 괴고 한숨을 내쉬었다.

"그렇다면 거의 1년 전부터 복수를 계획했다는 말이잖아. 무서운 집념이군."

"아버지가 사망한 이래 고시바 신고에게 누나 아키호 씨는 유일한 혈육인 동시에 부모님 대신이었습니다. 호텔에서 사망한 상황을 생각하면 오가 의원을 죽이고 싶을 만큼 증오했다 해도 이상할 게 없습니다."

"그 오가 의원 말인데……,"

마미야는 주위를 둘러본 후 구사나기에게 슬쩍 손짓을 했다. 다른 사람이 들어서는 안 되는 말인 듯했다. 사건에 오가 진사쿠가 관련되었을 가능성이 있다는 사실은 마미야의 직속 부하 등 극히 일부 수사관만 알고 있었다.

구사나기가 마미야에게 얼굴을 바짝 들이댔다.

"뭔가 밝혀진 거라도 있습니까?"

"고시바 아키호 씨와 특별한 관계가 아닐까 하는 소문이 일부에서 돌았던 모양이야. 최근에는 아무도 언급하지 않게 됐지만 말이지. 아키호 씨가 사망함으로써 소문도 자연히 잦아들었겠지."

"나가오카 씨가 그 소문을 접했을 가능성이 있겠군요."

"그래, 충분히 있지."

마미야가 고개를 끄덕였다.

"그래서 여기저기 들쑤시던 중에 고시바 아키호 씨가 예의 호텔에서 급사했다는 걸 알고 자세한 얘기를 들으려고 고시바 신고를 만나러 갔다, 그런 걸까요?"

"그렇지 않겠어? 실은 탐문 수사 팀이 고시바 신고가 예전에 살았던 아파트에서 아주 흥미로운 정보를 물어 왔어."

"예전에 살았던 아파트라면 아키호 씨와 함께 살았던 곳이겠군요."

고시바 신고는 작년 5월 구라사카 기계 공업 근처 아파트로 이사했다. 그때까지 누나와 함께 살았던 곳은 혼자 살기에는 너무 넓었을 것이다.

"두 달쯤 전에 그 아파트로 찾아와서 고시바 신고가 이사 간 곳을 아느냐고 묻고 돌아다닌 사람이 있었나 봐. 나이로 보나 인상착의로 보나 나가오카 씨일 가능성이 높아."

"그렇군요. 가르쳐 준 사람이 있답니까?"

마미야가 고개를 저었다.

"아직까지는 확인되지 않았어. 제일 친하게 지냈던 사람이 옆집 주인인데, 고시바 신고는 그 사람에게도 이사한 곳을 알리지 않았대. 다만, 아다치구에 있는 부품 공장에 취직했다는 말은 했다는군. 그래서 나가오카 씨가 고시바 신고가 이사한 곳을 물었을 때, 그 얘기를 한 모양이야."

구사나기가 아아, 하며 손가락을 탁 튕겼다.

"그래서 나가오카 씨는 아다치구에 있는 부품 공장에 일일이 전화해 봤고, 마침내 구라사카 기계 공업에 고시바 신고가 있다는 사실을 알아냈군요!"

"그랬을 거야."

"이제야 연결이 되는군요. 이제 오가 의원이 고시바 아키호 씨와의 관계만 인정하면 거의 완벽한데 말입니다."

"목소리가 너무 커."

마미야가 인상을 썼다.

"그래서 말인데, 형사부장이 비공식으로 문의했다나 봐. 그쪽 사무실에서 돌아온 회답은, 고시바라는 기자가 있었던 건 기억하지만 개인적인 관계는 없다, 였다는군. 뭔가 증거가 있는 것도 아니니 그런 식으로 딱 잡아떼면 어쩔 도리가 없지. 되도록 오가 의원 이름이 등장하지 않도록 수사를 진행하라고 형사부장이 과장에게 지시했대."

"말이 됩니까? 그럼 어쩌라는 거예요?"

"우리가 맡은 사건은 나가오카 오사무 씨 살인 사건이야. 앞으로 일어날 사건을 조사하는 게 아니라고."

"그야 그렇지만, 의원의 목숨이 걸린 일인걸요."

마미야가 등을 곧게 펴고 구사나기를 똑바로 바라보았다.

"고시바 신고가 복수를 계획하고 있다고 한들, 그 일이 이번 사건과 무슨 관련이 있다는 거지?"

구사나기는 책상에 놓인 사진들을 내려다봤다.

"우쓰미의 말에 따르면, 레일 건에 의해 창고 벽이 뚫리는 영상을 찍기 직전에 나가오카 씨가 연인인 와타나베 하루미 씨에게 젊음이란 참 무섭다고 말했답니다. 그리고 나가오카 씨는 유가와에게 레일 건으로 살인도 가능한지 물었습니다. 즉 나가오카 씨는 고시바 신고의 계획을 눈치챘던 겁니다. 게다가 나가오카 씨는 유가와에게 고시바 신고가 어리석은 행동을 하는 건 자신이 책임지고 저지하겠다고 단언하기까지 했답니다."

"흠, 지금 단계라면 저지하기 어렵지 않겠지. 경찰에 신고하든가 오가 의원 관계자에게 알리면 그만이잖아."

그리고 마미야는 고개를 끄덕거리며 계속 말했다.

"고시바 신고로서는 그렇게 되면 지금까지의 고생이 전부 물거품이 되니까 그런 상황을 최대한 피하고 싶었을 거야. 복수 계획이 드러났다는 걸 아는 시점에 나가오카 씨를 죽일 동기가 생기는 셈이지."

"정황은 그렇습니다만, 아직 의문점이 많습니다."

"이를테면?"

"나가오카 씨가 고시바의 계획을 어떻게 눈치챘느냐 하는 점도 그렇습니다. 고시바 자신이 털어놨을 리는 없을 테니까요."

"그렇겠지."

"그리고 레일 건을 언제 어디서 어떤 방법으로 사용할지도 의문입니다. 움직이는 사람을 쏘는 건 불가능하다는 유가와의 말에 설득력이 있어요."

입술을 여덟팔자로 꾹 다물고 몇 번이나 고개를 끄덕이던 마미야가 "좋아." 하며 자리에서 일어섰다.

"그런 점들을 감안해서 수사 방향을 재검토하겠다고 관리관에게 제안해 보겠네."

자료를 챙겨 든 마미야가 잰걸음으로 방을 나갔다. 그 뒷모습을 바라보던 구사나기는 입안에 씁쓸함이 감도는 것을 느꼈다.

형사는 사건 해결을 위해 온갖 것을 의심해야 한다. 따라서 고시바 신고가 범인일 가능성에 관해 상사에게 얘기한 것을 후회하지 않는다. 실제로도 현시점에서는 가장 혐의가 짙은

용의자다. 그런데도 역시 뒷맛이 씁쓸한 것은 유가와의 말이 머릿속에 남아 있기 때문이다.

고시바 신고 군이 살인 사건에 관련되었을 가능성은 제로라는 생각에는 변함이 없다던 유가와 말이 뇌리에 되살아났다.

고시바 신고가 어떤 인간인지, 만난 적이 없으니 구사나기는 알 길이 없다. 그러나 천하의 유가와가 그렇게까지 말하는 걸 보면 상당히 착실한 청년일 것이다. 그런 사람이 과연 살인이라는 잔혹한 범죄에 손을 댈까.

구사나기는 이 물음에 주저하지 않고 대답할 수 있다. 그럴 수도 있다. 실제로 그런 사람을 몇 번이나 봤다. 그 자신이 수갑을 채운 적도 있다.

그러나.

유가와는 특별하다. 사람을 보는 그의 안목은 신뢰할 만하지 않을까.

구사나기는 고개를 저었다. 쓸데없는 생각은 하지 말자고 스스로를 타일렀다. 감정에 흔들려서는 안 된다. 사실을 쌓아가는 것이 수사의 기본이다.

다만 유가와는 역시 마음에 걸렸다. 그 물리학자는 앞으로 어떡할 작정인가.

우쓰미 가오루의 모습이 눈에 들어왔다. 그녀는 컴퓨터 앞에 앉아 뭔가를 하고 있었다.

"뭘 조사하는 거야?"

다가가서 말을 걸었다.

"인터넷 기사요. 호텔 직원이 그랬잖아요, 나가오카 씨는 고시바 아키호 씨가 그 호텔에서 사망했다는 걸 인터넷 기사를 통해 안 듯하다고요. 그런데 아무리 검색해 봐도 그런 기사가 보이지 않는 거예요. 신문 기사도 검색해 봤지만 없었어요. 생각해 보니까 당연하더라고요. 사고도 사건도 아닌 병사니까요. 사생활 보호 문제도 있고 하니까 그런 정보가 인터넷에 떠돌 리 없어요. 얘기를 들었을 때부터 계속 이상했어요."

그러고 보니 그녀의 말대로였다. 구사나기는 그 점에 대해 전혀 의문을 품지 않은 자신의 어리석음이 부끄러웠다.

"인터넷이 아니라면 어떻게 알았을까?"

"혹시 그 얘기 들으셨어요?"

우쓰미 가오루가 목소리를 낮춰 말했다.

"오가 의원과 고시바 아키호 씨가 특별한 관계였다는 소문이 있었다는 얘기요."

"아까 계장에게 들었어."

"그 소문을 접한 나가오카 씨가 고시바 아키호 씨에 관해 조사했을 가능성이 높다고 봐요. 작년 4월에 사망했다는 사실도 금방 알았겠죠. 하지만 그것만으로 그녀의 사인이 오가 의원과 관계가 있을 거라고 짐작하기는 어려웠을 거예요."

"맞는 말이야."

"나가오카 씨가 호텔을 찾아간 건 아키호 씨의 죽음이 오가 의원과 관련이 있다는 말을 누군가에게 듣고 그걸 확인하려고 했던 것 아닐까요?"

"그 누군가가 누구냔 말이지."

"저는 한 사람밖에 없다고 생각하는데요."

"고시바 신고?"

네, 하고 젊은 여형사가 고개를 끄덕였다.

"아닐까요?"

"복수를 계획한 인간이 그렇게 쉽게 동기를 남에게 흘릴까? 창고 벽이 뚫리는 예의 영상도 은밀히 촬영한 거라던데."

"은밀히 찍었다고요?"

우쓰미 가오루가 눈을 동그랗게 떴다.

"그랬어요? 어떻게 아셨어요?"

"자네도 익히 아는 인물이 중대한 사실을 숨기고 있었어."

구사나기는 헛기침을 한 번 한 후 후배 여형사를 내려다보았다.

"우쓰미 가오루 경장, 자네에게 중대한 임무를 맡기려고 해."

20

운동장에서는 축구 시합이 한창이었다. 그러나 공식적인 경기는 아닌 듯했다. 아니, 연습 게임으로조차 보이지 않았다. 그 증거로, 패스를 가로채인 선수가 피식 웃으며 뛰어간다. 그저 축구를 좋아하는 사람들의 동네 축구라는 게 정답일 것이다. 당연히 응원하는 사람도 없다.

그러나 관객은 한 명 있었다. 그는 흰 가운 차림으로 벤치에 앉아 공 차는 사람들을 바라보고 있다. 진지하게 관전하는 모습은 아니다. 그저 멍하니 눈으로 공을 쫓고 있는 것처럼 보인다.

가오루가 그에게 다가가 말을 걸었다.

"축구, 해 보신 적 있으세요?"

유가와가 힐끔 그녀를 올려다봤다. 하지만 표정은 달라지지 않는다.

"고등학교 체육 시간에 해 본 게 마지막이었을걸. 공 차는 감촉마저 잊은 지 오래야."

"도와 고등학교가 스포츠도 강세였나요?"

물리학자가 후후, 하고 웃는다.

"아니, 전혀. 다만 배드민턴부는 예외였지."

"유가와 교수님이 계셔서요?"

"글쎄……."

"옆에 앉아도 될까요?"

"그러시든지. 내 벤치도 아닌데, 뭐."

그럼 실례하겠습니다, 하고 가오루가 앉았다. 나무 벤치가 선뜩할 만큼 차가웠다.

"구사나기가 보냈나?"

"네. 유가와 교수님의 동향을 살피라고 하셨어요."

유가와가 고개를 갸우뚱하더니 어깨를 으쓱해 보였다.

"거참, 이상한 말을 하는군. 경찰이 물리학자의 동향을 살펴서 어쩌겠다는 건데?"

"유가와 교수님은 손 놓고 계실 생각인가요? 제자가 살인 혐의를 받고 있는데……."

유가와의 얼굴이 굳어졌다. 그는 그대로 시선을 운동장으로 돌렸다.

"그 친구는 살인을 저지르지 않았어. 그런 짓을 할 위인이 아니야."

"그러니까 이렇게 가만 앉아 계셔도 된다는 말씀인가요?"

유가와는 대답하지 않았다. 그러나 그 옆얼굴로 보건대 가오루의 말을 긍정해서는 아닌 듯했다.

"고시바 신고 군이 구라사카 기계 공업에 취직한 이유는 고등학생 시절에 만든 레일 건의 위력을 강화하기 위해서였다고 봅니다. 실제로 그는 기술 습득을 빙자해서 혼자 밤늦게까지 공장에 남아 갖가지 공작 기계를 사용했다고 해요. 구라사카 기계 공업에는 쓸모없어진 기계 등이 놓여 있는 낡은 작업장이 있는데, 거기서 레일 건을 실험한 흔적도 있고요."

유가와는 여전히 말이 없었다. 가오루의 말을 무시해서가 아니라, 그녀의 말을 머릿속에서 되새기고 있는 것이다.

"레일 건에 관해서 조금 조사해 봤어요. 총기법에는 저촉되지 않더군요."

"법률에서 정의하는 총기는,"

마침내 유가와가 입을 열었다.

"가스체의 팽창을 이용한 것이어야 하지. 전자 에너지만 사용하는 레일 건은 위법이 아니야."

"그렇더군요. 그러면 최근에 발생한 괴현상들은 레일 건으로 설명이 가능한가요?"

유가와는 잠시 머뭇거리다 입을 열었다.

"가능하기는 하지. 탄환을 못 찾았다고 하던데, 그건 통상의 총기 탄환을 찾으려고 했기 때문일 거야. 다른 걸 목표로 했다면 찾았을지도 모르지."

"다른 거라니요?"

"레일 건의 발사체를 프로젝타일이라고 해. 대개 몇 그램짜리 비전도체 물질이 사용되지. 전자 에너지를 직접 받는 것은 그 뒤에 놓인 전도체인데, 에너지가 너무 커서 전도체는 플라스마화하고, 그 플라스마에 밀리는 방식으로 프로젝타일이 초속 몇 킬로미터의 속도로 발사되는 거야. 표적에 명중한 순간 팽창한 운동 에너지가 열로 변환되면서 프로젝타일은 소멸하지. 어쩌다 흔적 정도는 남을지 모르지만, 탄환을 찾아서는 아무것도 발견할 수 없어."

유가와의 매끄러운 말투는 가오루가 익히 아는 과학자의 말투, 바로 그것이었다. 어쩌면 유가와 자신도 괴현상들이 레일 건에 의한 것이라고 확신하는지도 몰랐다.

가오루는 숄더백을 열어 접혀 있는 종이를 한 장 꺼냈다.

"뭐야, 그건?"

유가와가 미심쩍은 눈빛으로 물었다.

"오늘 아침 일찍 고시바 신고 군의 집을 수색했어요. 거기서 나온 겁니다."

유가와가 종이를 받아 펼쳤다. B4 사이즈의 도면이었다. 거기에는 부품으로 보이는 공 모양의 물체가 그려져 있었다.

귤껍질이군, 하고 그가 중얼거렸다.

"귤껍질이요?"

"아니야, 아무것도. 이게 방금 말한 프로젝타일이야."

도면을 들여다보며 그렇게 말한 유가와가 고개를 끄덕였다.

"유리와 수지를 조합했군. 역시……. 좋은 아이디어야. 공부한 흔적이 보여."

"도면이 이거 말고도 많았어요. 저는 잘 모르겠지만, 치수와 사양이 조금씩 다르다고 하던데요. 고시바 군이 오다구에 있는 어느 회사에 제조해 달라고 발주했어요. 작년 여름부터 도합 일곱 번이나요. 주문받은 회사에서는 발주한 사람이 설마 개인일 줄은 상상도 못 했다고 해요."

"레일 건에서 프로젝타일의 재질이나 형상은 중요한 요소야. 일곱 번 정도의 시행착오는 당연하지."

유가와는 도면을 접어 가오루에게 돌려주었다.

"레일 건이 제대로 만들어지면 상당한 위력을 발휘하겠군요. 하지만 무기로 실용화하기는 어렵다던데요."

가오루가 인터넷에서 얻은 지식을 바탕으로 말했다.

"어려운 정도가 아니라 거의 꿈같은 얘기야."

유가와가 대뜸 그렇게 대답했다.

"고시바 군의 영상을 봤으면 알겠지만, 장치를 설치하려면 1.5제곱미터가 넘는 공간이 필요해. 총 중량은 100킬로그램에 가깝고. 기동성이 제로라고 할 수 있지. 게다가 거대한 콘덴서를 충전하려면 엄청난 전력이 필요해. 그렇게 준비를 하고서도 발사는 단 한 번만 할 수 있지."

"단 한 번……, 그러고 보니 영상에서도 그런 말이 나와요."

"단 한 번의 발사로 레일 표면이 갈기갈기 찢기거든. 다음에 또 발사하려면 그걸 미크론 단위의 정확도로 재정비해서 다시 조립해야 하지. 무기로는 도저히 사용할 수 없어."

"그래도 한 사람만 죽이는 거라면 단 한 번의 발사로도 충분하지 않을까요?"

유가와가 가오루 쪽으로 힐끗 시선을 보냈다.

"무슨 수를 써서라도 그를 살인범으로 만들고 싶은 모양이군."

"그러고 싶지 않아서 이러는 거예요. 살인범은 물론이고, 살인 미수범으로도 만들고 싶지 않아서요. 그가 단념하도록 해 주세요. 그럴 수 있는 사람은 교수님뿐이라고 생각해요."

"내가 할 수 있는 일은 아무것도 없어."

"그럼 경찰도 못 해요. 체포할 수는 있어도 고시바 군을 구제할 수는 없어요. 그래도 괜찮으신가요?"

유가와의 눈이 애처롭게 흔들리는 걸 가오루는 보았다. 그가 안경을 벗고 손가락으로 미간을 문질렀다. 그리고 고여 있던 숨을 후, 내뱉고는 다시 안경을 썼다.

"작년 여름, 고시바 신고 군을 만나러 구라사카 기계 공업에 갔었어. 그 전에 전화로 얘기는 나눴지만 아무래도 걱정이 돼서 말이야."

"만나셨나요?"

응, 하면서 유가와가 고개를 살짝 끄덕였다.

"조금 야위어 보이기는 했지만 건강 상태가 나쁜 것 같지는 않아서 일단 안심했어. 금속 가공 일에 관해서 이런저런 얘기도 나누고, 나름 즐거웠지. 대학 얘기도 나왔는데, 중퇴한 걸 후회하는 눈치는 아니었어. 자신의 처지를 비관하는 것 같지도 않았고."

"딱히 마음에 걸리는 점이 없었다는 말씀인가요?"

가오루의 질문에 유가와는 잠시 침묵하다가 "전혀 없었다고 하면 거짓말이겠지."라고 대답했다.

"무슨 일이 있었나요?"

"그건 아니야. 다만 그가 한 말이 마음에 걸리더군. 누나 얘기를 할 때였어."

"고시바 군이 뭐라고 했는데요?"

유가와가 머뭇거리는 기색을 보이다가 무겁게 입을 열었다.

"그는 이렇게 말했어. 누나가 죽어서 슬프지만, 슬픔을 큰 힘으로 바꿀 수도 있다고. 과학을 발전시킨 가장 큰 원동력은 죽음, 즉 전쟁이 아니겠느냐고."

"그 말에 교수님은 뭐라고 하셨어요?"

"물론 과학 기술의 발전에는 늘 그런 측면이 있다, 과학이 좋은 일에만 사용되는 것은 아니다, 요는 그것을 다루는 인간의 마음에 달렸다, 사악한 인간의 손에 주어지면 과학은 금단의 마술이 된다, 과학자는 그 점을 잊어서는 안 된다, 그렇게 말했어."

"고시바 군이 수긍하는 눈치던가요?"

"흠, 뭔가 깊이 생각하는 것처럼 보였어. 그래서 신경이 좀 쓰였지만 캐묻지는 않았어. 그때는 누나의 죽음에 그런 사정이 있는 줄 몰랐고, 따라서 그가 복수를 생각하고 있는 줄은 꿈에도 몰랐거든."

가오루는 물리학자의 이지적인 옆얼굴을 바라보았다.

"교수님도 고시바 군이 복수를 생각하고 있다는 점은 인정하시는군요."

유가와가 한스럽다는 듯이 입술을 깨물고 나서 입을 열었다.

"딱 한 번, 고시바 군의 누나를 만난 적이 있어. 레일 건이 완성되던 날 나를 집으로 초대했거든. 잠시 얘기를 나눴을 뿐인데도 참으로 훌륭한 여성이라는 걸 알 수 있었지. 고시바 군에게 누나는 하나뿐인 혈육이고 은인이었어. 그토록 소중한 사람을 그런 식으로 잃었으니 그 분노가 어떻겠어. 그는 순수하고 착실한 사람이지만, 그래서 더욱이 한번 결심하면 물러서지 않는 면이 있어. 만약 그가 오가 의원을 살해하겠다고 마음먹었다면 그건 복수하고 싶은 마음에서가 아니라 누나를 위해 복수해야 한다는 의무감 때문일 거야. 그럴 경우그를 막아서기란 지극히 어려워. 자신은 어떻게 되어도 상관없다고 여길 것이 틀림없으니까."

"막아야 해요, 어떻게든."

가오루가 힘주어 말했다.

"그게 고시바 군을 구하는 길이에요."

유가와는 하늘을 올려다보면서 후, 숨을 토했다. 그리고 천천히 가오루를 돌아봤다.

"자네는 군을 붙여 부르는군."

"네?"

"고시바라고 함부로 부르지 않고 고시바 군이라고 부른다는 말이야."

"그건……,"

가오루가 혀로 입술을 축인 후 말을 이었다.

"아직 용의자가 아니니까요."

"복수를 계획하는 것만으로는 죄가 성립하지 않나?"

"성립하죠. 살인 예비죄요. 하지만 증거가 없어요. 나가오카 오사무 씨 살인 사건도 마찬가지고요."

"구사나기는 나가오카 씨가 고시바 군의 복수 계획을 눈치챘기 때문에 죽였다고 생각하는 모양이던데."

"수사가 그쪽 방향으로 진행되고 있는 건 사실입니다."

"흥, 어리석은 짓이야."

"제 생각도 그래요."

유가와가 의외라는 듯이 가오루를 보자 가오루는 이렇게 설명했다.

"범인은 피해자의 수첩과 휴대 전화, 태블릿 등을 가져갔어요. 그런데 컴퓨터 옆에 놓여 있던 메모리 카드는 그대로 남아 있었죠. 창고 벽에 구멍이 뚫리는 영상은 그 메모리 카드에 담겨 있었던 거예요. 만약 고시바 군이 범인이라면 그걸 남겨 뒀을 리 없죠."

"맞는 말이야. 게다가 만약 복수 계획을 숨기려고 살인을 저질렀다면 갑자기 자취를 감추거나 하지 않았을 거야. 그러면 오히려 경찰이 그에게 의심의 눈길을 보낼 테니까."

"구사나기 선배도 그 정도는 알 거예요. 하지만 수사에 관한 한 모든 걸 의심해야 하니까요."

"나도 알아. 그 친구도 바보는 아니야."

유가와가 앞머리를 쓸어 올렸다.

"그래서 경찰의 방침은? 아까 자네가 고시바 군을 체포할 수는 있다고 했잖아. 어쩔 생각이지?"

가오루가 살며시 미소를 지었다.

"일반인에게 수사 내용을 말하라고요?"

그 말에 물리학자의 눈과 콧구멍이 동시에 커졌다.

"이제 와서 자네한테 그런 말을 듣게 될 줄이야."

"농담입니다. 지금 수사관들이 도쿄와 그 인근의 숙박 시설을 중심으로 고시바 군이 숨어 있을 만한 곳을 뒤지고 있어요. 만일 찾아내면 잠복 작전을 펼칠 거예요."

"잠복 작전이라니?"

"슈퍼 테크노폴리스 프로젝트의 일환으로 다음 주부터 새로운 공사가 시작돼요. 그래서 이번 주말에 기공식이 거행되는데, 거기에 오가 의원이 참석할 예정이랍니다."

유가와의 예리한 눈빛이 가오루를 향했다.

"그래서?"

"레일 건은 기동성이 없다고 하셨죠? 차에 실어서 이동해야 하고, 단 한 번의 발사로 끝이고요. 하지만 사정거리는 총보다 훨씬 길죠. 기공식 현장은 주위가 허허벌판이에요. 멀리서 쏘기에는 안성맞춤인 곳이죠. 행사가 상당히 오래 걸릴 테니 조준할 시간이 얼마든지 있지 않을까요?"

"즉 기공식 도중에 고시바 군이 오가 의원을 쏘아 죽일 작정이라고 얘기하고 싶은 모양이군."

"말도 안 되는 가설인가요? 물리적으로 불가능한가요?"

유가와가 가오루를 노려보며 고개를 저었다.

"아니, 물리적으로는 가능하지."

"고시바 군이 레일 건을 사용해서 오가 의원을 살해할 생각이라면 기회는 그때밖에 없다는 게 수사본부의 결론이에요. 바꾸어 말하자면 그의 신변을 확보할 절호의 기회인 셈이죠."

물리학자의 눈가에 어두운 그늘이 드리웠다. 애제자가 체포되는 장면을 떠올렸는지도 모른다.

"그는,"

유가와가 불쑥 말했다.

"왜 자취를 감췄을까?"

"네?"

"아까도 말했지만, 자취를 감추지 않았다면 경찰이 그를 주목하는 일도 없었을 거야. 그런데 왜 그런 짓을 했느냔 말이야."

"나가오카 씨 사건을 조사하면 어차피 자신이 수사선상에 오를 거라고 생각하지 않았을까요?"

"그랬겠지. 하지만 실제로는 어땠어? 고시바 군이 실종된 일을 계기로 그의 주변을 조사하게 되었고, 고시바 군 누나가 오가 의원을 담당했었다는 사실도 드러났어. 고시바 군이 그런 행동을 하지 않았다면 그 접점은 아직 드러나지 않았을 텐데 말이야."

"그건……, 그렇죠."

"고시바 군이 실수를 했을 리 없어. 다시 말해서 그가 모습을 감춘 것은 위험 부담을 저울질한 결과야. 그 위험 부담이란, 나가오카 씨의 신변을 조사한 경찰이 고시바 군에게 화살을 돌릴 가능성이지. 그는 그럴 가능성이 전혀 없을 거라고는 생각하지 않았어. 왜일까?"

"나가오카 씨가 그의 복수 계획을 눈치챘기 때문 아닐까요?"

"그 점이 불가사의란 말이지. 그렇게 중요한 일을 고시바 군이 함부로 발설했겠느냐고. 하물며 상대는 르포라이터잖아. 그렇게 생각하면……."

유가와가 주먹을 이마에 댔다.

"나가오카 씨가 나를 찾아온 것 자체가 이상하다니까. 고시바 군에게 들었을 거라고 짐작했는데, 그렇지 않을지도 몰라."

그러고 보니, 하고 가오루가 말했다.

"구사나기 선배도 똑같은 말을 했어요."

"뭐라고?"

"나가오카 씨가 아키호 씨의 죽음에 주목하게 된 계기 말이에요."

가오루는 유가와에게, 고시바 아키호의 죽음에 관한 기사를 인터넷에서 찾을 수 없었고, 그럼에도 나가오카가 호텔로 확인하러 간 이유가 무엇인지 불분명하다고 얘기했다.

"그래서 나가오카 씨가 고시바 군에게 듣지 않았을까 하고 생각했는데, 구사나기 선배는 복수를 계획하는 사람이 그 동기를 그렇게 함부로 남에게 발설하겠느냐고……."

"나도 그렇게 생각해. 고시바 군이 그 얘기를 했을 리 없다고. 그렇다면……."

순간 유가와가 뭔가 떠올랐다는 듯이 등을 곧추세웠다.

"또 한 사람이 있어."

"또 한 사람이요?"

"고시바 군이 레일 건을 사용해 복수할 계획이라는 것, 그리고 고시바 아키호 씨의 죽음에 관한 수수께끼, 이 두 가지를 아는 사람이 또 있어. 그 인물이 나가오카 씨에게 정보를 흘렸을 거야. 그렇게 생각할 수밖에 없어."

"그 인물이……."

"고시바 군이 구라사카 기계 공업에서 은밀히 레일 건을 실험했다고 했지? 때로는 밤늦게까지 말이야."

"네. 그런데 그게 무슨……?"

"남몰래 그런 작업을 계속하려면 협력자가 필요했을 거야."

유가와는 손목시계를 흘끗 내려다본 후 벤치에서 일어났다.

"마침 적당한 시간이군. 같이 가지."

21

벨 소리를 듣고 얼른 스마트폰을 꺼냈다. 그러나 화면을 보니 학교 친구 이름이 표시되어 있었다. 일단 전화를 받았다. 시시껄렁한 질문에 대답을 하고, 잠시 잡담을 나눴다. 시무룩하다고 여겨지지 않도록 애써 밝은 목소리로 얘기를 나누다가 내일 또 보자고 말한 뒤 전화를 끊었다.

그리고 유리나는 한숨을 내쉬며 스마트폰 화면을 바라보

왔다.

또 연락하겠다더니…….

고시바 신고의 연락을 마지막으로 받은 것은 그가 자취를 감추고 열흘쯤 지나서다. 공중전화에서 걸려 왔다. 그가 별일 없느냐고 물었다.

"회사로 형사가 찾아왔어. 패밀리 레스토랑으로 데려가더니 신고 오빠에 관해서 얘기해 달라고 하더라고."

"그래서 뭐라고 했어?"

"나는 아무것도 모른다고 했지, 뭐."

"그랬구나. 고맙다."

어두운 말투로 대답하는 신고는 금방이라도 전화를 끊어버릴 것만 같았다. 초조해진 유리나가 "있잖아, 정말 할 생각이야?"라고 서둘러 묻자 그는 잠시 말이 없더니 "할 거야."라고 대답했다.

"그러려고 살아 있는 거니까."

그 말에 유리나는 가슴이 철렁했다.

"그러려고 살아 있다니……, 그럼 그 일이 끝나면 죽을 거야? 그런 건 아니지? 지난번에는 자수한다고 했잖아."

"……모르겠어."

"싫어, 그런 말 하지 마."

"또 연락할게."

그러고서 그는 전화를 끊었다.

그때의 대화를 떠올릴 때마다 유리나는 가슴이 저려 왔다. 그는 어떻게 되는 것일까.

무거운 걸음으로 집으로 향했다. 구라사카 기계 공업 앞을 지나는데 앞쪽에 사람 그림자가 비쳤다. 고개를 들어 보니 남자 하나 여자 하나, 두 사람이다. 안경을 쓴 남자는 낯이 익은데 어디서 봤는지는 기억나지 않는다. 바지 정장 차림의 젊은 여자는 처음 보는 듯하다.

그들은 유리나를 기다리고 있었던 듯, 눈이 마주치자 고개를 까딱했다. 유리나는 걸음을 멈췄다.

두 사람이 다가왔다. 여자 쪽이 미소를 지으며 가방에서 뭔가를 꺼냈다.

"구라사카 유리나 씨죠?"

그것이 경찰 배지라는 걸 알아본 순간 긴장감이 밀려왔다. 온몸이 굳는 느낌이었다. 네, 하고 겨우 대답했다.

"잠깐 시간 좀 내 줄 수 있을까요? 묻고 싶은 게 있어서요."

"뭔데요?"

"여러 가지가 있지만, 한마디로 고시바 군에 관해서, 라고 해 두죠."

유리나는 시선을 떨구며 고개를 저었다.

"전 아무것도 몰라요."

"글쎄, 그럴까."

남자가 말했다.

"그렇지 않을 것 같은데."

유리나는 고개를 들었다. 남자와 눈이 마주쳤다. 오랜만이야, 라고 그의 웃는 얼굴에 쓰여 있었다.

기억이 떠올랐다. 작년 여름에 신고를 만나러 왔던 사람이다.

유가와 교수.

왜 금방 떠오르지 않았는지 스스로도 의아했다. 신고가 존경하는 유가와 교수님 얘기를 몇 번이나 했는데…….

"고시바 군에 관해서 유리나 양만 아는 일이 있을 텐데."

유가와 교수가 말했다.

"그가 잘못을 저지르지 않기를 바란다면 유리나 양이 알고 있는 일을 얘기해 줬으면 해요. 고시바 군을 구할 수 있는 사람은 유리나 양뿐이에요. 그렇지 않나요?"

유리나는 침을 삼켰다. 이 사람들은 이미 모든 걸 알고 온 것일까.

"나가오카 오사무라는 사람을 알죠? 그에게 고시바 군의 계획을 말해 준 사람은 유리나 양이에요."

역시. 결국 모든 게 탄로 났다.

"유리나 양."

형사가 다정하게 불렀다.

"경찰이 이미 고시바 군을 추적하고 있어요. 그가 어떤 일을 벌이려고 하는지도 대충 짐작하고 있고요. 그러니까 그의 계획은 반드시 실패해요. 그리고 그는 범죄자로 남을 거예요. 그렇게 되지 않으려면 그가 스스로 계획을 포기해야만 해요. 유리나 양이 알고 있는 걸 모두 얘기해 줘요. 그러면 그를 막을 수도 있어요. 아니면 그가 범죄자로 남기를 바라나요? 교도소에 보내고 싶어요?"

유리나는 고개를 저었다. 나가오카에게 털어놓은 이유도 그러지 않기를 바라서였다.

가슴속에서 뭔가가 치밀어 올랐다. 참으려 했지만 눈물이 넘쳐흐르고 말았다.

유가와가 좋아요, 하고 고개를 끄덕인 뒤 "어디 따뜻한 곳으로 갑시다."라고 말했다.

세 사람은 옆에 세워져 있던 차에 올랐다.

유리나는 손수건을 꺼냈다.

모든 일의 시작은 그 밤이었다.

신고가 밤늦게까지 금속 가공을 연습한다는 걸 알고 간식 거리를 사 들고 갔다. 그런데 공장에는 그의 모습이 보이지 않고 거의 사용하지 않는 낡은 작업장에서 불빛이 새어 나왔다.

문틈으로 슬쩍 들여다보니 신고가 있었다. 그는 낯선 장치 앞에서 뭔가 작업을 하고 있었다.

뭘 하는 거지, 하고 생각한 순간 그 일이 일어났다.

파열음이 울리고 섬광이 번쩍한 것이다. 유리나는 소스라치게 놀라 들고 있던 비닐봉지를 떨어뜨렸다.

그 소리를 듣고 신고가 뒤를 돌아봤다. 유리나는 도망치려 했지만 발이 굳어 버린 것처럼 움직이지 않았다. 간신히 비닐봉지를 주워 들었을 때 작업장 문이 열렸다.

놀라기는 신고도 마찬가지였다. 둘은 몇 초 동안 멍하니 서로를 바라보았다.

"아니, 저, 나는……."

유리나는 어물거리다가 비닐봉지를 내밀었다.

"이거, 간식거리."

신고가 그 손을 잡았다. 그는 유리나를 작업장 안으로 끌어당긴 후 주위를 살피며 문을 닫았다. 그리고 고개를 푹 숙였다.

"신고 오빠……."

그 무렵에는 그를 오빠라고 부르게 되었다.

"부탁이 있어."

신고가 고개를 들고 그녀의 눈을 바라보았다.

"방금 본 거, 아무에게도 말하지 않았으면 해. 사장님께도, 직원들에게도, 가족에게도, 친구에게도."

유리나는 간신히 숨을 고른 후 "여기서 뭘 하는 건데?"라고 물었다.

"그건……, 말할 수 없어."

신고는 그렇게 말하고 유리나의 시선을 외면했다.

"왜?"

"너는 모르는 게 좋아."

"알면 어때서. 말해 봐."

유리나가 신고 앞으로 바짝 다가섰다.

"이 기계는 뭐야? 왜 이런 걸 만들었어?"

"……실험이야."

"실험? 무슨 실험? 왜 사람들에게 말하면 안 되는데?"

유리나의 물음에 신고는 괴로운 듯한 기색을 보였다. 그 순간 유리나는 확신했다. 그에게는 비밀이 있다. 신고처럼 빼어난 사람이 이렇게 조그만 공장에 온 것은 그 비밀 때문이다.

"말해 봐, 나한테만."

"모르는 게 나아."

"왜?"

"아무튼. 만일 네가 다른 사람에게 얘기하면 나는 이곳을 떠날 수밖에 없어."

유리나는 혼란스러웠다. 그가 떠나는 것은 싫다.

알았어, 라고 대답했다.

"아무에게도 말하지 않을게. 하지만 언젠가는 말해 줄 거지?"

신고는 미간을 찡그리며 잠시 생각에 잠겼다가 응, 하며 고개를 끄덕였다.

"가끔 보러 와도 돼?"

"집안사람들에게 들키면 곤란해."

"창문으로 빠져나오면 염려 없어. 오늘도 그렇게 나왔는걸."

그렇게 말하고 다시 비닐봉지를 내밀었다.

신고는 어렴풋이 미소를 지으며 그걸 받아 들었다.

그 후 몇 번인가 그의 '실험'을 구경했다. 그리고 시간과 품이 엄청 많이 드는 작업이라는 걸 알았다. 그는 복잡한 장치를 분해해서 자신의 차에 숨겨 두었다. 그리고 그걸 다시 조립하는 데만도 한 시간 이상 걸렸다. 몇 가지 부품은 정밀한 가공이 필요해서 금속 부분의 연마에 몇 시간이 걸리는 경우도 있었다. 게다가 '실험'은 하룻밤에 한 번만 가능했다. 실패하면 그날 밤은 거기서 끝이었다.

그가 마침내 장치 이름을 가르쳐 준 건 12월 들어서였다. 레일 건이라고 했다. 긴 금속제 레일에서 탄환처럼 생긴 게 발사되는 모습이 그 이름에 걸맞았다.

"고등학생 때 처음 만들었어. 그분에게 배워서 만들었지. 유리나도 만난 적이 있는 분이야."

레일 건 앞에서 편의점 주먹밥을 먹으며 신고가 말했다.

"혹시, 여름에 왔던 분?"

"맞아, 맞아."

이름이 유가와라고 가르쳐 주었다. 데이토 대학 부교수라고 했다. 유가와 교수가 얼마나 훌륭한 연구자인지를 신고는 입이 닳도록 칭찬했다. 그 순간만큼은 신고의 표정이 반짝반짝 빛났다.

신고는 자신이 실은 올봄에 데이토 대학에 입학했었다는 사실도 털어놓았다. 그런데 누나가 죽는 바람에 중퇴했다는 얘기도 했다.

"꼭 그만뒀어야 했어? 다른 방법은 없었어?"

유리나의 물음에 신고의 표정이 갑자기 어두워졌다. 그러더니 "그 대학에 그대로 다닐 수는 없었어."라고 중얼거리듯이 말했다.

유리나는 그동안 줄곧 궁금했던 점을 묻지 않을 수 없었다.

레일 건을 바라보며 그녀가 물었다.

"이건 어디에 쓰려고?"

신고는 말없이 시선을 바닥으로 떨궜다.

"혹시…… 누군가를 쏘려는 거야?"

신고는 역시 대답하지 않았다. 그러나 대답한 것이나 다름
없었다.

"그런 거지?"

그녀가 재차 물었다.

그래, 하고 그는 대답했다.

"복수할 거야."

"복수?"

"누나를 죽인 놈."

"누나는 병으로 죽었다고 했잖아."

신고가 고개를 저었다.

"살해당했어. 아니, 살해당한 거나 마찬가지야."

그는 누나 고시바 아키호가 죽었을 때의 상황을 자세히 설
명해 주었다.

"경찰서의 시신 안치실에서 누나를 봤을 때를 아마 평생
잊지 못할 거야. 얼굴이 하얗다 못해 잿빛에 가까웠어. 눈은
퀭하고, 뺨은 움푹 패고. 건강하던 얼굴이 하룻밤 사이에 이

렇게 변할 수 있나 싶더라."

신고의 말에 의하면 처음 경찰에 불려 갔을 때는 누나 아키호가 무슨 사건에 휘말려서 죽은 줄 알았다고 한다. 하지만 그 후 형사에게 들은 얘기는 그가 상상도 못했던 내용이었다.

"자궁 외 임신에 의한 난관 파열, 그리고 그에 따른 다량의 출혈로 인한 쇼크사로 보인다는 거야. 대체 무슨 얘긴지 알아들을 수가 없었어. 임신이라니, 누나가? 어이가 없더라. 나는 누나에게 사귀는 남자가 있다는 것조차 몰랐으니까. 게다가 발견된 장소가 의문이었어. 호텔이라는 거야, 롯폰기에 있는 호텔. 그것도 스위트룸이래. 그런 곳에 혼자 묵다니, 그럴 리 없잖아."

그의 목소리는 분노로 가득 차 있었다.

"그럼 누나는 혼자서 죽은 거야?"

그렇다면 이상하다고 유리나는 생각했다.

"그럴 리 있겠어? 분명 누군가 함께 있었을 거야. 남자겠지. 그런데 그 인간이 대체 누구냐고. 누나가 위험에 빠졌을 때 대체 뭘 한 거지? 그리고 어디로 사라진 걸까."

"하지만 그런 일이라면 경찰이 조사하지 않았을까?"

"조사한다고는 했어. 같이 있었던 남자를 찾아본다고. 빈사 상태에 빠진 사람을 내버려 두고 갔다면 보호 책임자 유기

치사죄에 해당한다면서 말이야. 그 말을 듣고 내심 기대했지. 경찰이 남자를 찾아 줄 거라고. 그런데 얼마 후 담당 형사가 누나 소지품을 돌려주면서, 사건성이 없는 관계로 수사가 종결되었다는 거야."

"아니, 어떻게 그런……."

"설사 남자를 찾는다 해도, 누나가 쓰러지기 전에 호텔에서 나갔다고 주장하면 그만이니까 굳이 수사하는 의미가 없대. 형사도 면목 없다는 표정이었어. 그 말을 듣고 내가 납득할 수 있었겠어? 그렇다면 내 힘으로 그 남자를 찾아내겠다고 마음먹었지. 그래서 우선 호텔에 찾아갔어. 누나가 죽은 호텔에. 호텔 직원이 친절하게도, 죽은 누나를 최초로 발견한 사람을 만나게 해 줬어. 벨보이였지. 손님의 짐을 가져다주거나 손님을 객실까지 안내해 주는 사람. 덕분에 몇 가지 알게 된 사실이 있었어."

신고가 집게손가락을 세웠다.

"첫째, 테이블 위에 맥주병과 잔 두 개가 놓여 있었고 두 잔에 모두 맥주가 남아 있었다는 것."

"그 말은 역시 다른 사람이 있었다는 뜻이네."

신고는 고개를 끄덕이고 나서 손가락을 하나 더 세웠다.

"둘째, 누나가 옷을 입은 채였다는 것. 스타킹도 벗지 않은 상태였대. 세 번째는 그것과 관련이 있는데, 방을 사용한 흔적이 거의 없었다는 것. 수건 한 장 사용하지 않았더래. 침대도 커버가 씌워져 있었고."

"그러니까……."

"아직 섹스를 하지 않았다는 뜻이지."

신고가 직설적으로 말했다.

"이해가 돼? 남녀가 호텔에서 만나는 건 그게 목적이잖아. 맥주만 마시고 말겠어? 누나의 상태를 눈치챈 남자가 혼자 내빼 버린 거야. 그렇게 생각할 수밖에 없어. 벨보이 말이 출혈이 엄청났대. 남자는 그걸 보고서도 구급차를 부르지 않고 도망쳤어. 그게 인간이 할 짓이냐고."

억눌려 있던 감정을 토해 내듯이 털어놓은 후 신고는 남은 숨을 길게 내쉬었다.

그가 네 번째 손가락을 마저 세웠다.

"넷째, 이게 가장 중요한데, 방 번호가 1820이었어."

"방 번호가 왜 중요한데?"

그러자 신고는 옆에 놓여 있던 가방에서 스마트폰을 꺼냈다. 그가 늘 사용하던 전화기는 아니었다.

"이건 누나 거야."

그는 익숙한 손놀림으로 버튼을 몇 개 누른 후 화면을 유리나에게 보여 주었다. 거기에는 문자 발신 기록이 표시되어 있었다. 날짜는 작년 4월, 보낸 시각은 밤 11시가 넘어서였다. 제목은 '1820입니다'였으나 본문은 없었다.

"이건…….."

"누나가 먼저 체크인한 후 상대 남자에게 방 번호를 알려 준 거지. 남자는 나중에 방으로 찾아가고. 즉, 이 메시지를 받은 인물이 문제의 남자야."

"이름도 알아?"

"이 스마트폰에는 'J'라는 이니셜로만 등록되어 있어서 이름은 몰라. 하지만 주고받은 메시지가 몇 개 남아 있어서 거기서 힌트를 얻었어. 우선 누나는 그 남자를 선생님이라고 불렀어. 때로 여행도 같이 간 듯한데 단둘이 간 것 같지는 않아. 그리고 미쓰하라초와 관련이 깊은 인물이야."

"미쓰하라초?"

"메일에 자주 등장하거든. '미쓰하라초에는 언제 가시나요?'라든가, '미쓰하라초의 상황은 어때요?'라는 문장이 말이야. 누나 일에 관해서 깊숙이 알지는 못하지만, 이 정도 정보만 가지고도 'J'가 누구인지는 짐작이 가."

중의원 의원 오가 진사쿠, 라고 신고는 말했다. 정치에 관심이 없는 유리나가 고개를 갸웃하자 그는 오가 진사쿠에 관해 이런저런 얘기를 들려주었다. 전 문부과학 대신이었다는 것, 최근에는 슈퍼 테크노폴리스 프로젝트를 주도하고 있다는 것 등이다. 그리고 그의 누나가 오가 의원의 담당 기자였다는 것도.

"정말 믿기지 않았어. 아니, 믿고 싶지 않았어. 어떻게 그 뱃속이 검은 노인네와 그런 사이가 될 수 있는지. 게다가 불륜이라니. 태어나서 처음으로 누나가 바보 천치 같다고 생각됐어."

내뱉듯이 말한 후 신고는 가방에서 태블릿을 꺼냈다.

"아무래도 뭔가 착오가 있는 거다, 그렇게 생각하고 싶어서 고민 끝에 직접 확인해 보기로 했어."

"확인을 어떻게 해?"

"누나 스마트폰에 'J'의 전화번호가 등록되어 있잖아. 그 번호로 전화를 걸어 보자 생각한 거지."

그 대담한 발상에 유리나는 숨을 삼켰다.

"그래서, 걸었어?"

응, 하며 고개를 끄덕이고서 신고는 태블릿을 조작했다. 그러자 곧 소리가 흘러나왔다.

전화벨 소리였다.

"어쩌면 전화를 해지했을지도 모르겠다고 생각했는데 다행히 연결되었어. 기다리는 동안 얼마나 가슴이 두근거리던지."

아주 잠깐 신고의 입가에 웃음기가 어렸지만, 그는 이내 경직된 표정으로 돌아갔다.

이윽고 벨 소리가 멈췄다. 이어서 "네, 누구시죠?" 하는 위압감 있는 굵은 목소리가 들렸다.

그리고 흘러나온 신고의 목소리는 유리나의 의표를 찔렀다.

"경시청 사람입니다."

유리나가 놀라서 뭔가 말하려 하자 신고는 조용히 하라는 듯이 집게손가락을 입술에 댔다.

"경시청? 내게 무슨 볼일이……?"

남자가 말했다. 침착한 말투는 그대로였다. 경찰이라는 말을 듣고도 전혀 당황하는 기색이 없었다.

"실은 여쭤보고 싶은 일이 있어서요. 고시바 아키호 씨를 아시죠? 그분 휴대 전화에 이 번호가 남아 있었습니다."

오히려 신고의 목소리가 상기되어 있었다.

"이봐, 당신 누구야?"

상대 남자가 물었다.

"경시청 사람이라고 했잖습니까."

"이름을 대란 말이야. 어느 경찰서야?"

"아자부 경찰서입니다."

"아자부? 부서는? 이름이 뭐야?"

죄송합니다, 하는 신고의 대답이 있은 후 더는 소리가 들리지 않았다. 전화가 끊긴 것이다.

신고가 분한 듯이 입술을 깨물었다.

"한심해 죽겠어. 경찰이라고 하면 상대가 조금은 움츠러들 줄 알았는데 전혀 그렇지 않았어. 오히려 내가 위축되고 말았지. 이걸 들을 때마다 내가 싫어져."

"이 전화, 누나 스마트폰으로 한 거야?"

"아니, 내 전화로 했어. 누나 번호가 뜨면 경계할 것 같았거든. 전화한 사람이 나라는 게 밝혀져도 상관없다고 생각했어. 그런데 그 후 저쪽에서 아무 반응이 없더라고. 그저 장난 전화라고 여겼겠지. 그건 그런데……."

신고가 고개를 돌려 유리나를 봤다.

"지금 이 남자 목소리, 어디서 들어 본 것 같지 않아? 정치에 관심이 없어서 모르려나……."

"들어 본 것 같기도 한데……."

거짓말이었다. 유리나는 전혀 짐작조차 할 수 없었다.

"오가 진사쿠야, 틀림없어. 알 만한 사람은 다 알아. 이 탁한 목소리, 사투리 섞인 말투……. 그 남자가 분명해. 의심의 여지가 없다고. 누나의 상대는 그 추잡한 정치가였어."

그리고 신고는 양손으로 머리카락을 쥐어뜯었다.

"누나의 삶에 관해서 이러쿵저러쿵할 생각은 없어. 처자식이 있는 사람을 좋아했대도 상관없어. 어디가 좋았는지는 모르겠지만 누나에게만 보이는 좋은 점이 있었겠지. 그렇다고 해서 이런 일이 있어도 되는 건 아니잖아. 그 정치가에게는 누나가 단순히 불륜 상대였는지도 몰라. 그게 세상에 알려지면 그는 이미지가 실추되겠지. 하지만 그렇다면 애초에 바람을 피우지 말았어야지. 누나는 진심이었을 거야. 가볍게 그런 일을 벌일 사람이 아니라고. 그리고 상대도 진심이라고 믿었을 거야. 자기가 갑자기 그런 상황에 빠졌을 때 상대가 내빼 버릴 줄은 꿈에도 몰랐을 거야."

신고의 눈에서 눈물이 뚝뚝 떨어졌다. 그 모습을 보는 유리나의 눈에서도 눈물이 흘렀다. 그의 괴로운 심정이 절절히 느껴졌다.

신고가 화장지로 코를 풀고는 "또 하나 짚이는 일이 있어." 라고 다소 냉정을 되찾은 말투로 말했다.

"누나 덕분에 조건이 아주 까다로운 장학금을 받았었거든. 그때 누나가 했던 말이 문득 떠올랐어. 대신 급에서 손을 써 줬으니 아무 문제 없을 거라고 했거든."

"대신 급……."

"오가를 말한 거겠지."

신고가 고개를 저으며 두 손 들었다는 듯한 자세를 취했다.

"눈앞이 캄캄했어. 세상에, 누나를 죽게 만든 남자 덕분에 내가 대학을 다니다니. 그 남자에게 고마워해야 하다니
……."

"그래서 대학을 그만둔 거야?"

응, 하고 신고가 고개를 끄덕였다.

"내가 뭘 해야 할지 생각했어. 아무것도 안 한다는 선택지는 없었지. 누나는 내게 은인이야. 이 세상에서 가장 소중한 사람이었어. 그런 누나를 그렇게 보내 놓고 아무것도 안 한다면 스스로를 용서할 수 없을 거라고 생각했어. 그리고 도달한 결론이 복수였지."

그는 그렇게 말하고 나서 레일 건으로 시선을 돌렸다.

"사실 나도 이렇게 귀찮은 짓은 하고 싶지 않아. 쉽게 접근할 수 있는 상대라면 흉기를 들고 달려갔겠지. 하지만 그러지 못하니까 이런 걸 사용할 수밖에 없어."

"……그래서 우리 회사에 취직한 거야?"

유리나의 물음에 신고는 겸연쩍은 표정으로 입을 다물었다. 그리고 잠시 시간이 흐른 후 응, 하고 대답했다.

"복수하려면 레일 건을 한층 정교하게 가다듬어야 하거든."

"그랬구나……."

"미안하다."

그 말에 유리나는 슬그머니 미소를 지으며 "사과를 왜 하는데?"라고 물었다.

신고는 잠자코 고개만 옆으로 갸웃했다. 왜 사과하는지 자기 자신도 잘 모르는 듯했다.

"이 공장이면 충분해?"

유리나가 또 물었다.

"응?"

"구라사카 기계 공업으로 충분하냔 뜻이야. 다른 공장에 갔으면 레일 건을 더 잘 만들 수 있었던 거 아니야?"

신고의 표정이 부드러워졌다.

"이보다 좋은 공장은 없어."

"정말? 그렇게 말해 주니 고맙긴 하지만……."

"원하는 대로 만들어졌어. 여기서 일하게 된 건 행운이야."

그는 레일 건을 한 번 바라보고 나서 다시 유리나에게 시선을 돌렸다.

"경찰에 신고할 거니?"

유리나는 고개를 저었다.

"내가 그럴 리 없잖아."

"왜?"

"왜라니……, 오빠가 잡혀가는 거 싫으니까 그렇지."

그러자 신고는 씁쓸한 미소를 지으며 말했다.

"목적을 달성하면 나는 자수할 거야."

"……그렇다 해도 난 경찰에 신고하지 않을 거야. 그러는 게 좋지?"

신고가 눈을 내리깔고 미안해, 하고 중얼거렸다.

유리나는 자기도 모르게 신고를 꼭 껴안았다.

"왜 자꾸 미안하다고 해? 사과하지 않아도 괜찮아."

그의 두 팔이 그녀를 감쌌다.

새해에 들어서자 신고는 발사 실험에 돌입했다. 옥외에서 발사해 그 위력과 조준 성능을 확인하려는 것이었다. 물론 간단한 일은 아니다. 사람이 없는 시간대, 즉 한밤중이 아니면 곤란했다.

부모님이 잠든 후 유리나는 공장 열쇠를 들고 집을 빠져나왔다. 차 안에서 기다리던 신고는 유리나가 건넨 열쇠를 받아 들고 공장에 들어가 레일 건을 조립한 다음 지게차로 승합차 화물칸에 실었다. 그리고 둘이서 밤길을 달렸다. 실험 장소는 낮 동안 신고가 봐 둔 곳. 거기에는 조건이 몇 가지 있었다. 표적까지 충분히 거리가 있을 것, 사람들 눈에 띄지 않을 것 등.

첫날 밤에는 이바라키까지 갔다. 주위가 논으로 둘러싸인

공터로, 별이 총총한 하늘이 아름다웠다.

실험 준비는 신고 혼자서 하고 유리나에게는 위험하니까 절대 손대지 말라고 했다. 하기는 준비라고 해 봤자, 대강의 세팅은 공장에서 마쳤으므로 발전기를 가동해서 콘덴서를 충전하는 것 정도였다. 발전기가 소형이라서 족히 몇십 분은 기다려야 했는데, 유리나는 그 시간이 즐거웠다. 신고와 여유롭게 얘기를 나눌 수 있었기 때문이었다. 그는 달변은 아니지만 상식이 풍부해서 다양한 것을 가르쳐 주었다. 특히 과학에 관해 얘기할 때면 열기를 띠었다. 그때만은 복수도 잊은 것처럼 보였다. 그러나 충전을 마치면 다시 굳은 표정으로 돌아왔다.

그때의 표적은 수백 미터 앞에 있는 간판이었다. 약 이름이 쓰여 있는 간판이었는데, 그중 한 글자가 표적이라고 신고는 말했다.

주위에 사람이 없는 걸 확인한 다음 간단히 스위치 하나를 눌렀다. 그러자 공장에서 실험했을 때처럼 레일 건에서 엄청난 불꽃이 튀고 굉음이 울렸다. 눈으로 쫓기에는 빛줄기가 뻗어 나가는 속도가 너무 빨라서 어디에 명중했는지 알기 힘들었다.

신고는 뒷정리를 마친 뒤 곧장 차를 출발시켰다. 어디에 맞았는지 확인하지 않아도 되냐고 묻자 내일 낮에 보러 올 거라고 대답했다. 그다음 날은 공장이 휴무였다.

다음 주에 만나자 신고는 쓴웃음을 지었다.

"어이없게 5미터나 빗나갔어."

"위력은?"

"그건 완벽했지."

그가 엄지손가락을 세웠다.

그 후에도 몇 번인가 발사 실험을 했다. 수정을 거듭할수록 레일 건의 명중률은 높아졌다. 같은 장소에서 실험을 반복하는 건 위험해서 실험할 때마다 장소를 변경했다.

"실제 발사 때도 이렇게 멀리서 쏠 거야?"

"응. 상대는 내가 쉽게 접근할 수 있는 인물이 아니니까."

"하지만 상대가 건물 안에 있으면 쏘기 어렵잖아."

"그야 그렇지. 그러니까 밖에 있을 때를 노려야 해."

"그럴 때가 있어?"

"응, 그놈이 가끔 널따란 곳에 혼자 서 있더라고. 홈페이지 정보에 따르면 말이야."

"홈페이지?"

응, 하고 고개를 끄덕이고 나서 그는 "유리나는 그런 것까지 신경 쓰지 않아도 돼."라며 웃었다.

때로는 예기치 않은 실수를 하기도 했다. 그날은 평소보다 이른 시간에 준비를 시작했다. 스미다강 기슭의 공터였다. 밤이 깊으면 발사 실험을 할 생각이었는데 신고의 실수로 엉뚱한 시각에 발사하고 말았다. 미처 11시도 되지 않았을 때였다.

하필이면 그때 표적 바로 앞을 놀잇배가 지나갔다. 레일 건의 성능으로 볼 때 프로젝타일이 표적에 명중했을 가능성이 컸다.

웬만한 일에는 눈 하나 깜짝하지 않는 신고도 그때만은 초조했던 듯하다. 차를 타고 현장에서 도주하면서, 혹시 부상자가 생기지 않았을지 내내 걱정했다.

걱정스럽기는 유리나도 마찬가지였다. 그러나 피해자가 생겼을까 봐서는 아니었다. 레일 건이 살상용 도구라는 사실을 새삼 깨달았기 때문이다. 그걸 실제로 사용하면 신고는 살인범이 된다.

제발 그만뒀으면, 하고 처음으로 생각했다. 복수 따위는 잊어버리고 평범하게 살아가기를 바랐다.

그렇다고 그 말을 입 밖에 낼 수는 없었다. 그런 말을 하면 더는 함께 있지 못할까 봐 두려웠다. 하지만 그가 살인범이 되지 않기를 바라는 마음은 점점 커져 갔다.

그렇게 고민의 나날을 보내고 있던 어느 날, 유리나가 길을 걷고 있는데 나가오카 오사무가 불쑥 말을 걸어왔다. 낯선 얼굴이라서 무시하려 했지만 그의 한마디가 유리나의 걸음을 멈추게 했다.

"한밤중에 고시바 군과 둘이서 뭘 하는 거지?"

대답할 말을 못 찾고 있는 그녀에게 나가오카는 웃으며 명함을 내밀었다. 그리고 미안하다고 사과했다.

"사정이 있어서 고시바 군을 지켜보고 있었어. 일이 끝나고 공장에서 나왔는데, 저녁을 먹고 얼마 후에 다시 공장으로 돌아가더라고. 그리고 조금 있다가 학생이 나타나더니 둘이서 어딘가로 가는 거야. 이상하다고 여기는 게 당연하지 않아?"

유리나가 눈을 치켜뜨고 상대를 봤다.

"사정이라는 게 뭔데요?"

그러자 나가오카는 진지한 표정을 짓더니 "어느 거물 정치가의 스캔들을 추적하고 있는데, 고시바 군의 누나가 관련되었을 가능성이 있어."라고 대답했다.

정치가라는 말에 유리나가 그만 반응하고 말았다.

"오가 진사쿠 말인가요?"

나가오카가 눈을 부릅떴다.

"뭐 아는 거 있어?"

"아, 아뇨……."

아차 싶었다. 쓸데없는 말을 내뱉고 만 것이다.

"알면 좀 가르쳐 줘. 괜찮아, 나 나쁜 사람 아니야."

그리고 나가오카는 덧붙였다.

"너희가 밤중에 벌이는 일에 관해서는 입을 다물 테니까."

당황스러웠다. 무슨 일이 있어도 신고의 실험은 비밀로 해야 한다.

그녀가 잠자코 있자 그는 "어디 조용한 데로 가서 얘기하지."라며 앞장을 섰다.

찻집에서 마주 앉자 나가오카는 여러 가지 얘기를 털어놓았다. 오가 진사쿠가 관여한 공공사업에 의혹을 품고 있다는 것, 그와 관련된 부정을 고발하려 한다는 것, 그 시작으로 오가의 여성 스캔들을 폭로할 생각이라는 것 등등.

"오가 진사쿠의 불륜 상대가 고시바 군의 죽은 누나였다는 건 학생도 알지? 고시바 군에게 들었을 텐데."

유리나는 고개를 끄덕였다.

"뭐라고 했지?"

"자세한 건 잘……, 저는 정치에 관해서는 아무것도 몰라요."

고개 숙인 채 조그만 소리로 대답했다.

"그래? 실은 한 달쯤 전에 고시바 군을 직접 만났어. 누나와 오가 의원의 관계에 대해서 알고 있느냐고 물었더니 전혀 모른다고 대답하더군. 그리고 그 일에 관해 함부로 들쑤시고 다니지 말라더라고. 매서운 눈으로 나를 노려보면서 말이야. 그 표정을 본 순간, 그가 뭔가 숨기고 있다는 확신이 들었어. 하지만 캐물어 봤자 대답은 듣지 못할 게 뻔했지. 그래서 다른 방법으로 이리저리 조사해 봤지만 역시 소득이 없어서 다시 이곳으로 온 거야. 일단 고시바 군이 일을 마칠 때까지 기다릴 생각이었지. 그런데 공장 밖에서 상황을 살피다가 두 사람을 목격한 거야. 아무래도 이상해서 며칠간 지켜보았어. 매일은 아니지만 자주 둘이서 어디론가 가더군."

나가오카는 유리나 쪽으로 몸을 기울였다.

"두 사람, 한밤중에 대체 뭘 하는 거야?"

"그건, 저, 관계없어요."

"관계없다고? 뭐가?"

"그러니까, 그, 고시바 군 누나가 죽은 일이요."

"뭐? 갑자기 그게 무슨 말이지?"

나가오카가 미간을 찡그렸다.

"죽은 일이라니? 난 그런 얘기 안 했는데. 누나가 죽었다는 얘기가 왜 나오지?"

유리나는 또 아차 싶었다. 여기 더 있다가는 쓸데없는 말까지 술술 털어놓고 말 것 같았다. 유리나는 "죄송합니다, 이만 가 볼게요." 하고 자리를 뜨려고 했다.

"학생이 말해 주지 않으면, 고시바 군에게 묻는 수밖에 없지."

나가오카가 말했다.

"아니면 구라사카 기계 공업 사장님께 물어봐야 하나……? 고시바 군과 댁의 따님이 밤마다 뭘 하느냐고 말이야."

엉거주춤 일어서던 유리나가 도로 의자에 앉았다.

"꼭 그렇게까지 하셔야 하나요?"

"그러니까 직접 말해 주면 되잖아."

"흥밋거리나 찾는 분에게 들려드릴 얘기는 아니에요."

"흥밋거리라고? 똑똑히 들어."

나가오카의 눈초리가 험악해졌다.

"난 말이야, 가십거리나 추적하고 있는 게 아니야. 오가 진사쿠라는 정치인의 숨겨진 얼굴을 파헤치려고 움직이는 거라고. 그의 가면을 벗기고 싶단 말이야. 그러니까 내게 힘을 좀 보태 주면 안 되겠어?"

그의 말이 거짓말이나 되는대로 둘러대는 말처럼 들리지는 않았다. 신고가 그토록 증오하는 오가 진사쿠를 그도 적대시한다는 걸 알자 유리나의 경계심이 조금은 풀렸다.

"가면이 벗겨지면 오가라는 사람은 어떻게 되는데요?"

"그건 학생이 무슨 얘기를 하느냐에 달렸지. 별 내용이 아니라면 이렇다 할 타격은 없을 거야. 하지만 내 직감으로는 그렇지 않아. 학생은 엄청난 사실을 알고 있다고. 그렇지? 고시바 군 누나의 죽음과 관련해서 어쩌면 오가를 파멸시킬 수도 있는 내용을 알고 있어. 그런데 왜 숨기지? 혹시 오가 편인가?"

"아니에요."

유리나가 반사적으로 대답했다.

"그 사람 편은 아니에요."

"그럼 가르쳐 줘. 펜은 검보다 강하다는 말도 있잖아. 나쁜 일은 반드시 밝혀야 해."

돌이켜 보면 나가오카의 화술은 참으로 교묘했다. 얘기를 나누면 나눌수록 유리나는 마음이 흔들렸다.

어쩌면 이건 기회일지도 모른다는 생각이 들었다. 신고를 단념시킬 수 있지 않을까. 오가 진사쿠의 악행이 밝혀지면 신고의 분노가 어느 정도 가라앉을 수도 있다. 그리고 만일 오가가 체포되면 그를 죽일 기회도 사라진다.

"언제 기사로 쓰실 거죠?"

나가오카의 표정이 삽시간에 누그러졌다. 열심히 회유한 보람을 느꼈을지도 모른다.

"그것도 학생이 무슨 얘기를 하느냐에 달렸지."

"당장 써 주셔야 해요. 시간이 얼마 없으니까요."

"왜지? 시간이 얼마 없다는 건 무슨 뜻이야?"

유리나가 입을 다물었다. 이 남자에게 어디까지 얘기해도 될까.

"이건 내 일이야. 기사를 대충 쓸 수는 없다고. 확실한 증거가 뒷받침이 되어야 해."

"증거는 있어요. 신고 오빠에게요."

나가오카가 유리나의 눈을 뚫어져라 바라보았다. 그 강한 시선을 유리나는 입술을 깨물며 받았다.

"그 말을 믿지. 약속할게. 증거가 확보되면 최대한 빨리 기사를 쓰겠어. 그러니까 얘기해 줘."

유리나가 고개를 끄덕이자 나가오카는 배낭에서 막대 모양의 기기를 꺼냈다.

"녹음해도 될까?"

보이스 리코더인 듯했다. 자신의 목소리가 기록된다고 생각하자 긴장되었지만, 기사를 써 준다니 거부할 수 없었다. 유리나는 좋다고 대답했다.

나가오카가 보이스 리코더의 스위치를 누른 후 재킷 주머니에서 굵은 볼펜과 수첩을 꺼냈다. 그리고 재촉하듯 자, 하고 말했다.

심호흡을 한 번 하고서 유리나는 입을 열었다.

"신고 오빠 누나는 오가라는 사람에게 살해당한 거나 마찬 가지예요."

눈을 부릅뜨는 나가오카에게 유리나는 신고한테 들었던 얘기를 풀어 놓았다. 신고만큼 정연하게 말할 수는 없었지만, 기억나는 대로 세세한 부분까지 말했다. 나가오카는 가끔 질문을 하거나 메모를 해 가며 유리나의 얘기를 들었다. 그 눈에는 사냥감을 보기 좋게 포획한 사냥꾼의 흥분감이 배어 있었다.

"엄청난 특종이야."

자신이 적은 메모를 보며 나가오카가 말했다.

"역시 오가는 인간쓰레기야. 이걸 당장 공표해야겠어. 문제는 증거인데, 그 누나의 문자 메시지와 오가와의 통화 녹음 자료를 확보할 수 있을까?"

"가능할 거예요. 그런데 기사는 언제 쓰실 거죠? 되도록 빨리 써 주셨으면 좋겠는데요."

"아까도 똑같은 걸 묻던데, 뭐가 그렇게 급하지?"

유리나는 심호흡을 했다. 이제는 이 나가오카라는 사람을 믿는 수밖에 없다. 그녀는 마침내 신고의 복수 계획을 털어놓았다.

나가오카는 충격을 받은 듯했다.

"그가 그런 계획을……. 뭐, 심정은 충분히 이해하겠어. 그 레일 건이라는 물건을 볼 수 있을까? 물론 고시바 군에게는 비밀로 하고 말이야."

유리나는 다음번 발사 실험에 관해 이야기해 주었다. 날짜는 이틀 후. 표적도 정해져 있었다. 도쿄만 매립지에 있는 창고 벽이다.

그리고 실험 다음 날 두 사람은 지난번 그 찻집에서 다시 만났다. 유리나가 나가오카에게 USB 메모리를 건넸다. 그 안에는 신고의 태블릿에서 몰래 복사한 오가와의 통화 녹음 자료와, 고시바 아키호의 문자 메시지를 찍은 사진이 들어 있었다.

"수고했어, 잘 받을게."

그렇게 말하고 나가오카는 USB 메모리를 집어넣었다.

"어젯밤 실험, 잘 봤어."

"어땠어요?"

"와……, 굉장하던걸."

나가오카의 감상은 그 한마디뿐이었다. 그 외의 다른 말은 떠오르지 않는다는 듯한 느낌이었다.

전날 밤의 발사 실험은 멋지게 성공했다. 표적이었던 창고 벽을 1킬로미터 이상 떨어진 건너편 제방에서 쏘아 명중시켰다. 나가오카는 창고 옆에 서서 그 장면을 촬영했다고 한다.

"그런 걸로 한 방 맞으면 재도 안 남겠어."

"무슨 수를 써서라도 막고 싶어요."

유리나의 말을 들은 나가오카는 진지한 표정으로 말했다.

"레일 건에 관해서 좀 더 자세히 알았으면 해. 고시바 군을 지도한 사람이 있다고 했지? 그게 누군지 알 수 있을까?"

"데이토 대학의 유가와 교수님이에요. 하지만 그분에게는 이 일을 비밀로 했으면 해요."

"물론 그래야지. 다음 일은 내게 맡겨."

"잘 부탁합니다."

유리나는 고개를 숙였다. 의지할 사람은 그밖에 없었다.

그런데 생각지도 못했던 일이 일어났다. 나가오카가 죽은 것이다. 유리나는 두려웠다. 그에게 건넨 증거 자료 때문이라는 생각을 지울 수 없었다.

의논할 수 있는 사람은 한 사람밖에 없었다. 질책을 감수하고 신고에게 모든 걸 털어놓았다.

"신고 오빠를 살인범으로 만들고 싶지 않았어."

그는 화를 내기는커녕, 너를 힘들게 해서 미안하다, 네가 그렇게 고민하는 줄은 몰랐다, 며 사과했다.

"나가오카 씨는 이미 내게서 누나에 관해 알아내려고 시도한 적이 있어. 그런데 내가 아무것도 말해 주지 않자 유리나에게 접근한 거야. 미행하고 있을 줄은 몰랐어. 내 불찰이야."

그리고 가만있으면 안 되겠다고 했다.

"경찰이 언젠가는 나를 주목할지도 몰라. 내 행동을 감시하게 되면 계획은 물거품이 되겠지. 무슨 수를 써야 해."

"어떻게 하려고?"

잠시 생각에 잠겼던 그는 모습을 감추겠다고 말했다.

"오늘 밤, 마지막 발사 실험을 할 거야. 그리고 내일 아침까지 레일 건을 재정비한 후 사라질 거야. 회사에는 일단 병가를 내야겠어."

"갈 데는 있어?"

"찾아보면 있겠지. 나, 돈은 제법 있어. 누나가 생명 보험을 들어 놓았었거든."

유리나는 무엇보다 걱정되는 일을 물었다.

"이제 우리, 못 만나는 거야?"

"글쎄."

신고는 고개를 갸웃했다.

"어떨지 모르겠어."

그날 밤에 있었던 마지막 발사 실험은 실패로 끝났다. 아니, 성능 확인이라는 의미에서는 성공이었지만, 절대로 사람 눈에 띄어서는 안 된다는 대전제를 지키지 못했다. 강 건너편 제방에 놓여 있는 종이 상자를 조준했는데, 주변 조명이 너무 어두워서 실제로 발사할 무렵에는 거의 아무것도 보이지 않았다. 그래도 그곳은 출입 금지 구역이라 아무도 없겠지 생각하고 발사했는데 갑자기 불길이 치솟은 것이다. 거리가 너무 멀어서 정확히 무슨 일이 벌어졌는지는 알 수 없었다. 실은 그곳에 세워진 오토바이에 명중시켰다는 걸 다음 날 저녁 신문을 보고서야 알았다. 부상자는 없는 듯해서 유리나는 일단 안도했다. 그러나 그 안도감을 신고와 공유할 수는 없었다. 그날 아침부터 그가 회사에 나오지 않았기 때문이다.

마지막 발사 실험을 마치고 공장으로 돌아왔을 때 신고가 처음으로 키스해 주었다.

"여러 가지로 고마웠어."

그가 유리나의 눈을 보며 말했다.

"다시 만날 수 있는 거지?"

"응, 그랬으면 좋겠어."

신고는 약속은 하지 않았다. 쓸쓸한 미소를 지었을 뿐.

22

구사나기가 쇼핑백에서 꺼낸 고구마소주를 본 유가와는

호오, 하며 흐뭇한 미소를 지었다.

"'모리이조'라니 놀랍군. 이걸 어떻게 구했지? 제비뽑기에 당첨되지 않으면 살 수도 없을 텐데. 경찰 특권이라도 이용한 건가?"

"그런 건 아니지만, 인맥을 활용한 건 사실이야. 불법으로 입수한 건 아니니까 사양 말고 받아."

"물론이지. 사양할 리가."

유가와가 소주병을 책상 밑에 넣어 두었다.

"그런데 감사의 뜻을 전하기에는 좀 이르지 않아? 사건이 아직 해결되지 않았잖아. 나가오카 씨를 살해한 범인도 밝혀지지 않았을 텐데."

"그건 사실이지만, 앞으로의 일을 생각해서 자네 비위를 맞춰 둘 필요가 있다고 판단했거든. 그리고, 역시 구라사카 유리나 양에게 진술을 끌어낸 건 대박이었어. 나도 그 친구를 만난 적이 있지만 어리석게도 그 친구가 이번 사건과 그렇게 깊은 관계가 있을 줄은 몰랐지 뭐야. 솔직히, 정말 고마워. 크게 도움이 됐어."

구사나기가 진심으로 고마워하자 평소와 다른 그의 태도에 당황했는지 유가와는 겸연쩍은 표정으로 콧등을 긁적거렸다.

"구라사카 유리나 양의 얘기를 들어 보니 고시바 신고 군을 나가오카 씨 살인범으로 의심하는 건 옳지 않더군. 자네 주장대로 말이야. 그러니 오늘은 고시바 군 얘기는 하지 않겠어. 그 얘기는 나중에 다시 하지."

유가와의 얼굴에 언뜻 그림자가 비쳤다. 고시바 신고의 고뇌와 결단에 생각이 미쳤는지도 몰랐다. 그러나 이내 무언가를 떨쳐내려는 듯이 그는 입가에 미소를 머금었다.

"유리나 양의 진술이 나가오카 씨 살인 사건을 해결하는 데 도움이 될까?"

"물론이지."

구사나기가 작업대에 팔꿈치를 얹으며 말했다.

"중요한 건 구라사카 유리나 양이 나가오카 씨에게 준 증거물 두 가지야. 하나는 고시바 신고 군과 오가 진사쿠가 전화로 주고받은 대화를 녹음한 자료, 또 하나는 고시바 아키호 씨가 오가에게 보낸 문자 메시지를 찍은 사진. 이 두 가지는 틀림없이 사건과 관련이 있어."

"나가오카 씨는 고시바 군의 이름을 거론하지는 않았지만, 레일 건 제작자가 어리석게 행동하지 않도록 책임지고 저지하겠다고 단언했어. 그 두 가지 증거를 어떻게 사용할 작정이었을까?"

"문제는 바로 그 점이야. 단순하게 생각하자면 주간지 같은 곳에 기사를 실으려고 했을 수도 있겠지만, 그러려고 했던 흔적이 없어. 어쩌면 이제부터 움직일 생각이었는지도 모르지. 어느 쪽이든, 그 증거들이 공개되면 곤란해지는 인간이 나가오카 씨를 살해했겠지."

"그렇다면 누구보다 의심되는 사람이 하나 있잖아."

"오가 진사쿠 말이지? 하지만 아쉽게도 그건 아니야."

구사나기가 손을 저었다.

"나가오카 씨가 살해되었을 것으로 추정되는 날 오가 진사쿠는 도쿄에 없었어."

"알리바이가 있다는 말이군. 하지만 본인이 직접 나서지 않아도 수족처럼 움직이는 사람들이 얼마든지 있을 텐데."

"물론 그랬을 가능성에 대해서도 수사하고 있어. 오가 측에서 눈치채지 못하도록 하려니 이만저만 힘든 게 아니지만 말이야. 그런데 문제는, 누가 범인이든, 나가오카 씨가 그런 증거물을 손에 쥐었다는 걸 어떻게 알았느냐는 점이야. 증거물 두 가지를 나가오카 씨도 신중히 다뤘을 텐데 말이지."

구사나기의 의문에 동의하는 듯 고개를 주억거리던 유가와가 문득 떠올랐다는 듯이 구사나기를 바라보았다.

"유리나 양의 고백은 어떻게 되었지?"

"무슨 고백?"

"나가오카 씨가 유리나 양의 얘기를 보이스 리코더로 녹음했다던데, 그건 어떻게 되었냔 말이야."

아아, 하면서 구사나기는 얼굴을 찡그렸다.

"유감스럽게도 그것 역시 발견되지 않았어. 태블릿이나 스마트폰에 입력되어 있는지도 모르겠지만, 둘 다 범인이 가져가서 말이지. 보이스 리코더도 사라졌고."

"흠, 그렇군."

유가와는 입가에 손을 대고 생각에 잠겼다.

"그것만 있어도 상당히 도움이 될 텐데 말이야."

"무슨 도움?"

"구라사카 유리나 양의 얘기를 뒷받침해 줄 수 있잖아."

"아니, 그녀가 거짓말이라도 했다는 거야?"

유가와가 어이없다는 듯한 표정을 지었다.

"일단 의심하는 게 우리의 일이야. 어떤 일에든 증거를 확보하는 게 철칙이라고. 유리나 양이 거짓말은 하지 않았더라도 잊어버렸거나 잘못 기억하고 있을 가능성은 있잖아. 그런데 그 녹음 자료가 있으면 그녀가 나가오카 씨에게 어떤 식으로 얘기했는지 정확하게 알 수 있지."

"하긴 그렇군. 그렇다면 내가 좋은 정보 하나 줄까?"

유가와가 의미심장하게 말하며 구사나기 쪽으로 몸을 기

울렸다.

"실은 유리나 양의 목소리를 녹음한 보이스 리코더가 하나 더 있을 거야."

"뭐라고?"

"그것도 펜 타입으로 말이야."

"펜 타입?"

"보이스 리코더는 종류가 다양해. 언뜻 보기에는 평범한 볼펜이고 실제로도 펜으로 사용할 수 있는데 사실은 보이스 리코더인 제품도 있지. 몰랐어? 상대에게 들키지 않고 녹음할 때 편리한데."

"나가오카 씨가 그런 걸 갖고 있었단 말이야?"

"갖고 있었지."

"그걸 어떻게 알아?"

그러자 유가와는 자세를 고쳐 앉은 후 가슴을 살짝 젖혔다.

"내가 봤으니까."

"봤다고? 어디서?"

"여기서."

유가와가 손가락으로 바닥을 가리켰다.

"나가오카 씨가 처음에는 일반적인 보이스 리코더를 꺼내 놓았어. 그리고 녹음해도 괜찮으냐고 묻더군. 나는 곤란하다고 대답했어. 인터뷰에 응한다고 약속한 기억이 없다고 말이야."

"그랬더니 나가오카 씨가 뭐래?"

"알겠다고 하면서 보이스 리코더를 집어넣더군. 하지만 녹음을 포기한 건 아니었어. 재킷 윗주머니에 꽂혀 있던 볼펜에 손을 대려고 했거든. 그래서 내가 말했지. 그것도 사용하면 안 된다고 말이야. 그는 당황해서 잠시 우물거리다가 이내 포기했어. 어떻게 알았느냐고 묻기에 인터넷에서 본 적이 있다고 대답했고."

"흠, 그런 일이 있었군."

나가오카는 유가와를 허투루 볼 수 없는 사람이라고 생각했을 것이다.

"르포라이터가 녹음기를 동시에 여러 대 사용하는 일은 드물지 않아. 만에 하나 고장 났을 때를 대비한 백업이지. 상대가 녹음을 허락해 줄지 어떨지 예상하기 힘든 경우에는 일부러 한 대를 숨겨 놓았다가 만일 상대가 녹음을 거절하면 그걸 사용하기도 하는 모양이야. 나가오카 씨도 그 방법을 사용하려고 했던 거지."

"하지만 구라사카 유리나 양은 녹음에 동의했잖아. 그런데도 펜 타입을 사용했을까?"

"그랬을 거야. 백업을 할 필요가 있었을 테니까."

듣고 보니 맞는 말이었다. 구사나기는 반박할 말이 없었다.

"나가오카 씨의 집을 다시 한 번 조사해 봐. 펜 타입의 보이스 리코더가 발견될지도 모르잖아. 범인이 이것저것 들고 간 모양이지만, 펜 타입 보이스 리코더는 보통의 펜과 구분이 안 가니 눈치채지 못했을 가능성이 다분히 있어. 수사관들도 놓쳤을 가능성이 있고."

"알았어. 곧바로 조사에 들어가도록 지시하지."

구사나기가 의자에서 일어났다.

"이건 뜻밖의 수확인걸."

"만일 보이스 리코더가 발견되면 다음번에는 오푸스 원이 좋겠군."

유가와가 최고급 와인을 들먹였다.

"생각해 볼게."

그리고 문으로 향하던 구사나기가 문득 걸음을 멈추고 뒤돌아봤다.

"고시바 신고 군에게 체포 영장이 발부되었어. 기물 손괴와 살인 예비 혐의야. 미성년자라서 지명 수배는 면했지만 말이지."

유가와의 눈초리가 사나워졌다.

"그래서?"

"그냥 그렇다고. 일단 알아 두라는 거야."

"그래? 알았어."

"조만간 또 연락할게. '모리이조'를 받았다는 거, 잊지 마."

그럼 또, 하고 구사나기는 제13연구실을 나왔다.

그로부터 약 두 시간 후, 나가오카의 집을 다시 조사한 기시타니에게서 볼펜형 보이스 리코더를 찾았다는 보고가 들어왔다. 책상 서랍에 다른 필기구들과 함께 있었던 모양이었다. 일반적인 볼펜과 다를 바가 없어서 한눈에 알아보지는 못했다고 한다.

"녹음된 내용은 들어 봤어?"

구사나기가 전화로 물었다.

"아니요. 그게, 배터리가 없어서 못 들었어요. 충전해야 할 것 같습니다."

"좋아. 일단 가져와."

잠시 후 기시타니가 돌아와서 내민 물건을 보고 구사나기는 쓴웃음을 지었다.

"이러니 알 수가 있나."

아무리 봐도 일반적인 검은 볼펜일 뿐이었다. 약간 고급스러워 보이지만 부자연스러울 정도는 아니었다. 사용 방법도 금세 알 수는 없었다.

컴퓨터에 녹음 데이터를 옮겨 들어 보기로 했다. 마미야와 우쓰미 가오루에게도 함께 들어 보자고 청했다. 모두가 주목하는 가운데 스피커에서 소곤거리는 목소리가 흘러나왔다. 구라사카 유리나의 목소리가 아닌 것은 분명했다. 하지만 내용을 알아들을 수 없었다. 음량을 키워도 마찬가지였다.

"뭐야, 이거. 왜 이렇게 안 들려."

마미야가 불만스러운 듯이 입을 비죽거렸다.

"얘기하는 사람이 멀리 있어서 그런지도 모르겠습니다."

구사나기가 말했다.

"어차피 유리나 양이 나가오카 씨에게 하는 말 같지는 않은데요. 이건 다른 취재의 녹음인 듯합니다."

"이렇게 안 들려서야 원."

그때 기시타니가 저, 하며 손을 살짝 들었다.

"서랍에 들어 있었기 때문 아닐까요?"

구사나기가 무슨 뜻인지 몰라 멀뚱멀뚱 바라보자 기시타니는 녹음기를 가리키며 설명했다.

"제가 발견했을 때 이 보이스 리코더는 스위치가 켜져 있었습니다. 배터리가 방전된 것도 그 때문이라고 생각합니다."

"스위치를 끄지 않고 서랍에 넣었다는 뜻이야?"

마미야가 물었다.

"그러니까, 이 음성이 의도적이 아니라 우연히 녹음된 거 난 말이야."

"아니요, 그런 뜻이 아닐 겁니다."

구사나기가 알겠다는 듯이 고개를 끄덕였다.

"나가오카 씨가 일부러 서랍에 숨겨 놓지 않았을까요. 집에 찾아온 누군가와 대화하는 내용을 녹음하려고요. 그리고 스위치를 끄지 않았다는 건……."

마미야가 눈을 부릅떴다.

"찾아온 사람이 나가오카 씨를 죽였다, 즉 이건 범인과 나가오카 씨의 대화 내용이다?"

"그렇지 않을까요."

마미야가 컴퓨터 스피커에 얼굴을 들이댔다. 어떻게든 대화 내용을 들으려는 것이다. 구사나기도 옆에서 귀를 기울였지만, 말하는 사람이 남자라는 것 외에는 알 수 없었다.

"젠장, 전혀 안 들려."

그리고 마미야가 혀를 찬 직후였다. 쫘당, 하고 뭔가 쓰러지는 소리가 났다. 그 후로는 말소리가 들리지 않았다.

구사나기는 침을 꿀꺽 삼킨 후 마미야와 얼굴을 마주 보았다. 방금 그 충격음은 뭘까. 나가오카 오사무는 목이 졸려 바닥에 쓰러진 채 발견되었다. 그 사건 당시의 소리가 아닐까.

그런 생각을 하는데 스피커에서 갑자기 요란한 소리가 났다. 구사나기는 저도 모르게 뒤로 물러섰다. 소리는 이내 그쳤다.

"뭐야, 방금 그 소리?"

마미야도 놀란 듯했다.

글쎄요, 하며 구사나기가 고개를 갸웃하는데 우쓰미 가오루가 "그 부분, 다시 한 번 들어 보죠."라고 말했다.

구사나기가 기시타니에게 눈짓하자 기시타니는 마우스를 움직여 해당 부분을 재생했다. 하지만 다시 들어도 구사나기는 그 요란한 소리의 정체를 알 수 없었다.

그런데 그때 우쓰미 가오루가 알겠다는 듯이 고개를 주억거렸다. 그녀가 마미야와 구사나기를 번갈아 보면서 말했다.

"아오모리 지방의 민요예요. 그 인물이 스마트폰 착신음으로 사용하고 있어요."

23

가쓰타 미키오에 대한 심문은 경시청 취조실에서 이루어졌다. 임의 출석을 요구했을 때부터 가쓰타는 얼굴이 창백했지만, 나가오카 오사무의 집에 갔던 일은 인정하려 들지 않았다.

"그럼 3월 5일의 행적을 자세하게 말씀해 보세요."

구사나기가 말했다.

"아, 그러니까 그날은 가게가 쉬는 날이어서 내내 집에 있었다고 하지 않았습니까."

"그걸 어떤 식으로든 증명해 보시라는 겁니다. 설령 혼자 산다 해도 불가능하지는 않을 겁니다. 근처에서 뭘 했다든가, 누가 찾아왔다든가 하는 걸 얘기해 주시면 됩니다. 잘 생각해 보세요. 그것만 증명되면 돌아가셔도 좋습니다."

가쓰타는 괴로운 표정을 지으며 입을 다물었다. 관자놀이에 흐르는 땀을 보며 구사나기는 자신의 생각이 맞는다고 다시 한 번 확신했다.

잠시 후, 가쓰타의 집을 수색하던 수사관에게서 연락이 왔다. 나가오카 오사무의 태블릿이 발견됐다는 것이었다. 거기에는 고시바 신고와 오가 진사쿠의 통화 내용을 녹음한 자료와 고시바 아키호의 문자 메시지를 찍은 사진, 그리고 구라사카 유리나와의 대화를 녹음한 자료가 들어 있었다.

구사나기는 그 사실을 가쓰타에게 말했다.

"어떻게 된 일입니까? 나가오카 씨와는 통화한 게 전부라고 하셨는데 왜 나가오카 씨의 태블릿이 당신 집에 있는 거죠? 우리가 이해할 수 있도록 제대로 설명해 보세요."

가쓰타는 고개를 푹 숙인 채 입을 열려고 하지 않았다. 결단을 내리지 못하는 것이라고 구사나기는 짐작했다.

"가쓰타 씨,"

구사나기가 부드럽게 이름을 불렀다.

"조금이라도 빨리 반성하는 태도를 보이는 것이 나중에 훨씬 유리합니다."

가쓰타가 천천히 고개를 들었다. 눈이 마주치자 구사나기는 고개를 끄덕했다.

"제가 뭐에 씌었었나 봅니다."

가쓰타가 말했다.

"네, 그러셨을 겁니다."

구사나기가 맞장구를 쳐 줬다.

"자세히 얘기해 주시겠습니까?"

가쓰타는 고개를 살살 끄덕인 후 "차 한잔 주실 수 있습니까?"라고 물었다.

"물론입니다."

그리고 구사나기는 뒤에서 두 사람의 대화를 기록하던 우쓰미 가오루에게 말했다.

"가쓰타 씨에게 차 한잔 새로 갖다드리지."

가쓰타의 진술은 슈퍼 테크노폴리스 프로젝트 반대 운동에 가담했을 당시의 일에서 시작되었다. 가담하게 된 계기는 늘 버섯을 채취하러 가던 산에서 조사 작업을 벌이던 사람들과 맞닥뜨린 일이었다. 버섯을 채취하는 장소에 들어가지 못하게 되자 화가 치밀었다.

때마침 반대 집회가 열린다기에 참석하러 갔다가 더욱 놀라운 사실을 알게 되었다. 그 산에 고준위 방사성 폐기물이 반입될 예정이라는 것이었다. 그렇게 되면 설사 방사능이 누출되지 않는다 해도 그 부근에서 채취한 버섯을 아무도 먹으려하지 않을 터였다. 어떻게든 중단시켜야겠다고 마음먹었다.

야외 활동을 즐기는 가쓰타는 다양한 자연보호 단체와도 연계되어 있었다. 그들과 연락해서 반대 운동을 확대해 가기로 했다. 그리고 시간이 흐르자 자신도 모르는 새 반대파의 중심에 서게 되었다. 가쓰타가 가세한 후로 결속력이 강해졌다는 얘기도 종종 듣게 되었다. 부담이 적지 않았지만, 사람들이 떠받드는 것이 싫지만은 않았다. 그는 점점 반대 운동에 열의를 불태우게 되었다.

그러던 중 뜻밖의 일이 생겼다.

작년 봄이었다. 가쓰타가 운영하는 레스토랑에 남자 하나가 찾아왔다. 남자는 코스 요리를 주문해서 먹더니 긴히 할 얘기가 있다면서 가쓰타를 테이블로 불렀다.

"맛있게 먹었습니다. 대단히 만족스럽군요."

남자가 종이 냅킨으로 입을 닦으며 말했다. 표정은 부드러웠지만, 눈동자에 산전수전 다 겪은 사람의 교활함이 깃들어 있었다. 콜리플라워마냥 뭉개진 귀도 어쩐지 기분이 나빴다.

감사합니다, 라고 가쓰타는 예를 갖췄다.

"이 훌륭한 요리 말인데요,"

남자가 의미심장한 눈길을 가쓰타에게 향했다.

"대체 언제까지 손님에게 낼 수 있을까요."

뜻밖의 말에 가쓰타는 의아한 표정으로 상대를 바라보았다.

"무슨 말씀이신지……."

그러자 남자가 입꼬리를 살짝 올리며 말했다.

"말씀드린 그대로입니다. 걱정스러워서 말이죠. 이렇게 맛있는 요리를 내는 곳이 어쩔 수 없이 문을 닫게 된다면 아쉬워서 어쩝니까."

가쓰타는 뺨이 파르르 떨리는 것을 느꼈다. 모욕적인 말을 되받아쳐야 마땅했지만 그러지 못하고 애써 미소를 지으며 "그렇게 되지 않도록 열심히 해야죠."라고만 대답했다.

"네, 꼭 그러셨으면 좋겠습니다. 하지만 노력에는 한계가 있는 법이죠. 때로는 큰 힘에 의지하는 것도 살아가는 지혜가 아닐까요."

그렇게 말하고 남자는 명함 한 장을 내밀었다. 남자의 이름은 야바, 직함은 건축 컨설턴트였다.

"무슨 말씀을 하시는지 잘 모르겠습니다."

가쓰타의 말에 야바는 불쾌감을 주는 미소를 지으며 얼굴을 들이댔다.

"이 레스토랑의 경영 상태는 이미 파악했습니다. 실례지만 그렇게 여유를 부릴 상황이 아닐 텐데요. 가게를 접겠다면 그 것도 방법이긴 합니다만, 어떻게든 살리고 싶다면 힘이 되어 드리겠다, 오늘은 그 말씀을 드리려고 찾아왔습니다."

가쓰타는 상대의 얼굴을 똑바로 바라보았다.

"당신, 대체 뭐 하는 사람이야?"

"자세한 얘기는 다음에 나누죠. 일단 댁한테 손해가 되는 존재는 아니라는 점만 말씀드리겠습니다."

그러고서 야바는 자리에서 일어섰다.

"조만간 다시 연락드리겠습니다. 잘 먹고 갑니다."

그날 이후 가쓰타의 머리에서 야바의 말이 떠나지 않았다.

그 남자는 가쓰타가 운영하는 레스토랑의 실상을 속속들이 꿰고 있었다.

한때는 요리사가 직접 채취해 온 버섯을 요리하는 것으로 화제가 되어 레스토랑에 손님이 몰려들기도 했다. 그럴 때 차분히 꾸려 갔더라면 좋았을 것을, 섣불리 욕심을 부려 건물을 증축하고 테이블 수를 늘린 것이 패착이었다. 붐은 언젠가는 수그러들게 마련이다. 빈자리가 많은 레스토랑 분위기는 손님의 발걸음을 멀어지게 했다. 증축으로 끌어안은 빚 때문에 합리적인 가격에 맛있는 요리를 낸다는 콘셉트를 유지하기도 힘들었다. 문득 정신을 차려 보니 빚이 산더미여서 하루빨리 방법을 찾지 않으면 문을 닫을 수밖에 없는 궁지에 몰려 있었다.

얼마 후 야바에게서 연락이 왔다. 조그만 요릿집 룸에서 얼굴을 마주했을 때 야바는 대뜸 자신의 정체를 밝혔다. 슈퍼 테크노폴리스 프로젝트 추진을 위한 섭외를 맡고 있다는 것이었다.

가쓰타가 당황스러워하자 야바는 기분 나쁜 웃음을 흘렸다.

"당황스러워하는 것도 무리는 아니지요. 하지만 당신이 반대파의 리더 격 인물이니만큼 좋은 제안을 하러 왔다고 받아들이면 됩니다. 당신에게는 아주 좋은 일이에요."

"뭐가 좋다는 겁니까?"

가쓰타가 방어적으로 물었다.

"다름 아니라 당신이 레스토랑을 다시 일으킬 수 있도록 돕겠다는 겁니다. 물론 조건이 전혀 없는 것은 아니지만 말이죠."

"조건이라면, 혹시 반대파를 배신하라는 겁니까?"

야바가 히죽 웃었다. 가쓰타는 그의 속셈을 눈치채고 엉덩이를 들었다.

"가 보겠습니다. 사람을 잘못 봤어요. 내가 돈에 흔들릴 것 같습니까?"

"그럼 뭐에 흔들리지요? 당신, 반대 운동을 왜 합니까? 버섯 요리의 인기가 떨어질까 봐 무서워서 시작한 거잖아요. 장사를 위해서요. 그건 돈 때문이 아닙니까? 그래서 이쪽도 나름대로 보상금을 제시하겠다는데 뭐가 문제입니까?"

"보상금이라고요?"

"그래요, 보상금입니다. 부정한 돈이 아니에요. 자, 앉아 봐요. 우리 찬찬히 얘기를 나눠 봅시다."

가쓰타가 도로 자리에 앉았다. 그 순간, 이미 승패는 갈렸는지도 모른다.

야바가 내건 조건은 단순히 반대파를 배신하라는 것이 아니었다. 오히려 지금까지 하던 대로 반대 운동을 계속해도 상관없다고 했다.

"단,"

야바가 가쓰타의 잔에 맥주를 따랐다.

"정보를 제공해 줘요."

"정보라면……."

"반대파에 관한 정보 말입니다. 예정된 활동 내용이라든가 참가하는 사람들의 면면 등을 알려 주기만 하면 됩니다. 그게 전부예요. 그것만 해 준다면 지금까지 하던 것처럼 반대파 사람들과 행동을 같이해도 상관없습니다. 그러면 배신자라고 욕을 먹을 이유도 없지 않겠습니까."

그리고 야바가 제시한 금액은 거절할 수 없을 만큼 매력적이었다. 그 돈만 있으면 일단 급한 불은 끌 수 있었다. 가쓰타는 마음이 흔들렸다.

그런 가쓰타에게 야바가 마지막 일격을 가했다.

"반대 운동? 아주 좋아요. 그런 게 있어야 충분한 논의 과정을 거쳤다는 인상을 줄 수 있단 말이죠. 문제는 적당한 때 물러나는 겁니다. 실은 가쓰타 씨도 알고 있지 않습니까? 어차피 승산이 없는 싸움이라는 걸 말입니다. 반대파로서도 언젠가는 칼을 거두어들여야 할 겁니다. 중요한 건 타이밍이에요. 때를 놓치면 아무것도 얻지 못합니다. 한 푼도 건지지 못한다는 얘기예요. 그래도 괜찮습니까?"

야바의 말 한마디 한마디가 가쓰타의 마음을 흔들었다.

야바는 가쓰타의 본질을 꿰뚫고 있었던 것이다. 반대파는 대부분 자연보호를 목적으로 활동에 참여하고 있다. 그러나 가쓰타는 달랐다. 그가 참여하게 된 동기는 야바가 지적했듯이 매상이 줄어들지 모른다는 위기감 때문이었다. 그래서 머릿속 한구석에는 보상금 얘기가 나오면 교섭에 나설 수도 있다는 생각이 자리 잡고 있었다.

"그럴싸한 정보가 없을 수도 있어요."

가쓰타의 말에 야바가 싱글거리며 말했다.

"그건 그거대로 좋아요. 그럴싸한 정보가 없다는 건 반대 운동의 기세가 꺾였다는 뜻이니까요. 자, 그럼 거래가 성립되었다고 봐도 좋겠죠? 야, 이거 잘됐습니다. 가쓰타 씨는 선견지명이 있는 사람이에요. 필시 이쪽의 제안을 받아들일 거라고 생각했습니다. 자, 자, 마십시다. 이 집에 좋은 술이 많아요. 마음껏 드세요."

이날을 기점으로 가쓰타의 입장은 백팔십도 바뀌었다. 추진파의 첩자로서 활동하게 된 것이다. 그러나 반대 운동의 실상을 파악하려면 그쪽의 중심에 남을 필요가 있었다. 가쓰타는 전보다 더 열심히 반대 운동에 참여했다.

이미 공사가 시작된 곳이지만 환경 보호 차원에서 차량 통행이 금지된 구역에 트럭이 지나다니고 있다는 정보가 들어

온 적이 있었다. 증거 사진을 찍으려고 반대 운동을 하는 동료들과 함께 현장으로 향했지만, 막상 도착해 보니 트럭이 지나가기는커녕 바퀴 자국조차 없었다. 물론 가쓰타가 야바에게 정보를 주었기 때문이었다. 풀을 없애는 데 금지된 약제가 사용되고 있다는 정보가 입수되었을 때도 긴급히 야바에게 전화했다.

활동에 관한 정보뿐 아니라 반대파 멤버들에 관한 정보도 야바에게 흘렸다. 그러자 강경하고 적극적으로 활동하던 멤버들이 하나둘 이탈하기 시작했다. 개인적으로 회유된 것이 분명했다.

올해 들어서는 반대 운동의 기세가 완전히 꺾인 느낌이었다. 이렇다 할 활동도 없을뿐더러 포기하려는 분위기마저 감돌았다.

한편 가쓰타는 초조감에 사로잡혀 있었다. 레스토랑 운영 상태가 여전히 좋지 못했던 것이다. 야바에게 받은 보수는 임시방편일 뿐이었다. 고민 끝에 야바에게 아쉬운 소리를 하기로 했다.

그러나 오랜만에 만난 야바는 냉담했다.

"정보도 가져오지 않으면서 돈을 달라니, 너무 염치가 없는 거 아닙니까?"

야바가 입술을 비틀며 말했다.

"그래도 제 덕분에 반대파가 얌전해지지 않았습니까. 그러니 조금만이라도……."

가쓰타 씨, 하면서 야바가 차가운 눈초리로 그를 노려보았다.

"계속 그런 식으로 성가시게 하면 당신이 첩자였다는 사실을 폭로할 거예요. 우리는 무서울 게 전혀 없어요."

가쓰타는 말문이 막혔다. 그러자 야바가 가쓰타의 어깨에 손을 얹으며 말했다.

"좋은 정보가 있으면 가져와요. 언제든지 사 줄 테니까."

그가 낮은 목소리로 말하는 걸 듣고서야 가쓰타는 자신이 버려졌다는 것을 깨달았다. 자신은 야바에게 이용당했을 뿐이었다.

나가오카 오사무에게서 연락이 온 것은 바로 그즈음이었다.

나가오카는 반대파이기는 하지만 주로 단독으로 행동해서 가쓰타가 대하기 힘든 사람이었다. 하지만 그는 슈퍼 테크노폴리스 프로젝트의 문제점을 누구보다 잘 알았다. 어떤 이권이 어떤 식으로 얽혀 있는지를 상세히 파악한 그는 이 프로젝트가 일부 세력에게 이득을 주려는 계획이 아닌지 의심하고 있었다. 특히 최근에는 오가 진사쿠 개인을 표적으로 삼은 듯했다. 하지만 나가오카가 어떤 카드를 쥐고 있는지는 가쓰타도 자세히 알지 못했다.

그런 나가오카가 전화로 이런 말을 했다.

"오가 진사쿠에 관해서 엄청난 사실을 알아냈어요. 활용하기에 따라서는 그를 현직에서 물러나게 할 수도 있을 겁니다."

흥분된 말투였다. 자세한 얘기를 하고 싶은데 만날 수 있겠느냐고 그가 물었다.

가쓰타로서는 거절할 이유가 없었다. 아니, 오히려 한시 빨리 얘기를 듣고 싶었다. 엄청난 사실이라는 게 대체 뭘까. 일개 르포라이터인 나가오카가 오가 같은 거물을 권좌에서 끌어내리는 것이 가능한 일이란 말인가.

나가오카는 혹시라도 말이 새어 나가면 곤란하다며 자기집으로 오라고 했다. 레스토랑 휴점일인 3월 5일에 가쓰타는 나가오카를 만나러 도쿄로 갔다.

그는 얼굴을 마주하자 인사도 나누는 둥 마는 둥 하고 대뜸태블릿부터 꺼냈다. 그리고 아무 설명도 없이 음성 파일을 재생했다. 태블릿에서 흘러나온 소리는 남자 둘의 대화였다. 전화 통화인 듯한데, 한쪽은 처음 듣는 젊은 남자 목소리였다. 그런데 다른 한쪽의 목소리를 들은 순간 가쓰타는 몸이 굳어졌다. 오가 진사쿠가 틀림없었다.

너무 놀라 대화의 내용은 머리에 들어오지도 않았다. 그의 그런 상태를 알아챘는지 나가오카는 녹음 파일을 다시 한 번 재생했다.

이번에는 제대로 들을 수 있었다. 경찰이라고 신분을 밝힌 젊은 남자가 고시바 아키호라는 여성에 관해 물었다. 그러자 나이 든 남자, 그러니까 아마도 오가 진사쿠일 그 인물이 경찰을 질책하는 것이었다.

"뭡니까, 이게?"

가쓰타가 나가오카에게 물었다. 나가오카는 빙그레 웃고 나서 경악할 만한 얘기를 들려줬다.

오가의 담당 기자였던 고시바 아키호라는 여성이 실은 오가의 애인이었다는 것이다. 그녀는 작년 4월에 도쿄의 어느 호텔에서 급사했는데, 충분히 살 수 있었음에도, 함께 있던 오가가 그녀를 내버려 두고 도망치는 바람에 목숨을 잃었을 가능성이 높다고 했다.

음성 파일은 사건의 진상을 알게 된 고시바 아키호의 동생이 오가에게 전화를 걸어 녹음한 것이라고 한다. 오가의 번호는 누나의 휴대 전화에서 알아낸 듯했다.

이런 자료를 어떻게 손에 넣었느냐고 가쓰타가 물었다. 그러자 나가오카는 '특별한 루트를 통해서'라고만 대답하고 말았다.

"날조된 자료는 아닙니다. 고시바 아키호 씨의 동생과 매우 가까운 사람에게 입수했어요. 아키호 씨 동생에게 직접 얘기를 들으면 좋겠지만, 지금은 그 나름의 사정이 있어서 그러기 어려워요. 하지만 걱정할 건 없습니다. 이것 말고도 증거가 또 있으니까요. 이를테면, 이런 겁니다."

나가오카가 보여 준 것은 사진 한 장이었다. 휴대 전화 화면을 찍은 듯한 그 사진에는 '1820입니다'라는 문자 메시지 제목이 쓰여 있었다. 나가오카에 따르면 그것은 고시바 아키호가 오가에게 보낸 메시지로, 1820은 고시바 아키호가 사망한 호텔 방 번호라고 했다.

"내게 이 모든 사실을 제보한 사람과의 대화 내용도 녹음해 두었습니다. 기사화해도 좋다는 허락도 얻었고요. 아니, 허락이 아니라 부디 기사화해 달라는 부탁을 받았습니다."

나가오카의 얘기를 듣고 있던 가쓰타는 몹시 혼란스러웠다. 돈에 얽힌 일인 줄 알았는데, 엄청난 사실이라는 게 여성 스캔들이었단 말인가. 완전히 예상 밖이었다.

언제 터뜨릴 생각이냐고 묻자 나가오카는 준비되는 대로, 라고 대답했다.

"상대가 상대인 만큼 일을 신중하게 처리할 필요가 있습니다. 지금 어느 언론사에 기사를 제공할지 검토하는 중이에요. 도중에 발뺌할 우려가 있는 곳에는 맡길 수 없으니까요."

이 건에 관해서는 아직 아무에게도 말하지 않았다고 나가
오카는 덧붙였다.

그야말로 대박 스캔들이었다. 이 정도면 야바가 돈을 후하
게 쳐 주지 않을까. 가쓰타는 이리저리 머리를 굴려 보았다.
오가의 실각은 슈퍼 테크노폴리스 프로젝트에 크나큰 영향
을 미칠 것이다.

그러나 이미 기사가 실린 후면 그때는 너무 늦다. 정보로서
의 가치가 사라지고 마는 것이다.

"기사화하는 걸 잠시 보류해 줄 수 있을까요? 동지들과 의
논하고 싶은데…….."

가쓰타의 말에 나가오카는 의외라는 듯이 눈을 껌벅거렸다.

"아니, 의논할 게 뭐가 있습니까? 이 스캔들이 세상에 알려
지면 당신네들에게는 큰 힘이 될 텐데요. 게다가 이건 슈퍼
테크노폴리스 프로젝트와 직접 관계된 일도 아닙니다. 어디
까지나 오가 개인의 스캔들이에요. 사실 당신과는 관계가 없
지만 선의로 얘기해 준 겁니다."

"하지만 이쪽은 이쪽 나름대로 사정이 있습니다. 반대 운
동은 동지들과 연대해서 진행한다는 철칙이 있단 말입니다.
멋대로 행동해서는 안 됩니다."

"멋대로라니, 무슨 말을 그렇게 합니까? 원, 별 얘기를 다 듣겠네."

그렇게 말하고 나서 나가오카가 가쓰타의 얼굴을 빤히 바라보았다.

"왜 그래요? 왜 그렇게 겁먹은 표정을 짓죠? 뭔가 불편한 이유라도 있는 겁니까? 그리고 보니 그 소문이 생각나는군요. 그 기묘한 소문이요."

"기묘한 소문이라니요?"

"현장에 갔다가 들었습니다. 가쓰타 미키오가 추진파 쪽으로 돌아선 게 아니냐고들 하더군요. 아니, 실은 애초에 추진파의 첩자였다는 소문도 있어요. 여태껏 적에게 정보를 흘려왔다나요."

가쓰타는 낭패한 기색을 드러내지 않으려고 안간힘을 썼다.

"그런 얼토당토않은 소문이…… 말도 안 되는 얘깁니다."

필사적으로 변명했지만 나가오카는 넘어가지 않았다.

"사실대로 말씀하시는 게 어떨까요. 그러면 제가 제안할 일도 있는데요."

"제안이라면……."

"본인이 첩자였다는 건 인정하시죠?"

"아니, 그건 도무지 무슨……."

홍, 하고 나가오카가 콧방귀를 뀌었다.

"아무튼 좋습니다. 일단 내 얘기를 들어 봐요. 지금 당장 오가의 스캔들을 기사화하는 건 어렵지 않습니다. 그러나 나로서는 조금 더 보완하고 싶은 마음이 있어요. 오가가 쉽게 발뺌할 수 없는 증거가 필요하단 말이죠. 그래서 제안하는 겁니다. 우선 당신이 이 정보를 저쪽에 흘리는 겁니다, 저쪽의 첩자 역할을 유지한 채로 말이죠."

"글쎄, 나는 첩자가 아니……."

"좀 더 들어 봐요. 단, 지금처럼 잔챙이들에게 흘려서는 안 됩니다. 지금은 사업자 쪽에서 고용한 교섭 담당자나 접촉할 거 아닙니까. 그러면 안 돼요. 가능하면 오가 본인, 아니면 적어도 비서 급과 접촉하세요. 그러면 저쪽은 몹시 당황하겠죠. 아마도 정보를 은폐하려고 안간힘을 쓸 겁니다. 당신의 진짜 역할은 거기서부터입니다. 저쪽에서 어떤 행동을 취하는지 파악해서 알려 줘요. 가능하면 증거까지 수집해서요. 그렇게 되면 기사가 완벽해질 겁니다. 다시 말해서 당신은 이중첩자 역할을 하는 것이고, 결과적으로는 반대파를 배신하지 않게 되는 겁니다. 영웅이 되는 거죠. 어떻습니까, 내 제안이?"

나가오카의 말에 가쓰타는 더 혼란스러워졌다. 이중첩자라니. 그리고 영웅이 된다……. 그래도 괜찮은 것일까.

아니, 괜찮지 않다.

가쓰타는 오가 진사쿠야 어떻게 되든 상관없었다. 슈퍼 테크노폴리스 프로젝트도 마찬가지다. 그에게 중요한 것은 가게고, 빚이다. 지금은 돈이 필요하다.

어차피 이대로는 돌아갈 수 없다고 생각했다. 무슨 수든 써야 한다. 나가오카가 가진 정보가 필요했다. 그러나 이 남자를 막지 않으면 의미가 없다.

고민하는 가쓰타의 눈에 넥타이가 들어왔다. 사무용 책상 앞에 있는 의자 등받이에 양복저고리, 와이셔츠와 함께 아무렇게나 걸쳐져 있는 넥타이.

"커피를 좀 더 가져올 테니 천천히 생각해 봐요. 시간은 얼마든지 있으니까."

나가오카가 일어서서 등을 돌렸다.

가쓰타는 지금이 기회라고 생각했다. 이 기회를 놓치면 자신은 파멸한다.

넥타이를 집어 들고 나가오카를 뒤에서 덮쳤다. 그의 목에 넥타이를 두르고 뒤에서 교차시킨 다음 있는 힘을 다해서 잡아당겼다. 나가오카가 신음하며 바닥에 주저앉았다. 가쓰타는 넥타이를 더욱 힘주어 잡아당기며 나가오카의 등에 올라탔다. 그리고 90킬로그램이 넘는 체중을 실었다.

나가오카 역시 있는 힘을 다해 저항했다. 몸을 뒤채며 가쓰타를 떨쳐내려고 했다. 그러나 가쓰타로서는 절대 물러설 수 없었다. 여기서 실패하면 모든 것이 끝난다.

얼마나 오래 졸랐는지 정확히는 기억하지 못한다. 정신을 차려 보니 나가오카가 움직이지 않았다. 그는 엎드린 채 두 다리를 뻗은 상태였다.

가쓰타는 주뼛거리며 그의 얼굴을 들여다봤다. 두 눈을 부릅뜬 나가오카의 입에서 침이 줄줄 흘러나오고 있었다. 숨을 쉬는 것 같지는 않았다.

한동안 멍하니 바닥에 주저앉아 있었다. 사람을 죽였다는 실감은 들지 않았다. 자신이 무슨 짓을 했는지, 무슨 일이 일어났는지 이해할 수 없었다.

그때 스마트폰 벨이 울렸다. 아오모리 지방의 민요였다. 당황해하며 받아 보니 신용 금고 담당자였다. 나중에 걸겠다고 말하고 전화를 끊었다.

어디선가 이상한 냄새가 났다. 지린내였다. 나가오카의 사타구니에서 오줌이 흐르고 있었다.

그제야 가쓰타는 자신이 뭘 해야 하는지 알아차렸다. 그는 일어서서 옆에 있는 화장지로 손을 뻗어 몇 장을 뽑았다. 그리고 자신의 손이 닿았을 만한 곳을 닦기 시작했다. 닦고 난

화장지는 휴지통에 버리지 않고 자기 가방에 넣었다. 화장지 한 장도 단서가 될 것 같아서였다. 입을 댔던 커피잔도 가방에 넣었다. 타액이 검출되면 안 되기 때문이다. 흉기로 사용한 넥타이도 나가오카 목에서 조심스럽게 풀어내서 가방에 넣었다.

옆에 나가오카의 배낭이 있었다. 지문이 남지 않도록 주의하며 그 안을 뒤졌다. 수첩과 디지털 카메라가 있었다. 태블릿과 나가오카의 스마트폰과 함께 그것들도 가방에 챙겼다. 테이블 위에는 나가오카가 일단 기록하겠다며 켜 놓은 보이스 리코더가 있었다. 그것도 물론 가방에 집어넣었다. 숨겨진 보이스 리코더가 하나 더 있으리라고는 짐작도 하지 못했다.

가방을 품에 안은 후 되도록 아무 데도 닿지 않도록 조심하며 집을 나와 문을 잠갔다. 역으로 향하던 중에 집 열쇠와 함께 나가오카의 스마트폰을 강에 던졌다. GPS로 추적당할 것을 염려해서다.

두려움이 밀려오기 시작한 것은 돌아가는 열차 안에서다. 숨이 끊어진 나가오카의 눈이 머릿속에서 사라지지 않았다.

사람을 죽이면서까지 정보를 손에 넣었지만 야바에게 곧장 들고 가기는 망설여졌다. 나가오카 살인 사건에 대한 수사가 일단락된 후로 미루기로 마음먹었다.

신기하게도 수사가 일단락되는 때가 자신이 체포될 때라
는 생각은 꿈에도 하지 못했다.

24

가오루의 얘기를 듣고 난 후에도 유가와의 그늘진 표정에
는 변화가 없었다. 그는 의자에 앉은 채 물끄러미 창밖을 내
다보고 있다. 손에 인스턴트커피가 담긴 머그잔이 들려 있었
지만, 아까부터 내내 한 모금도 마시지 않았다.

유가와 교수님, 하고 가오루는 그의 등을 향해 말을 걸었다.

"다행이에요. 이걸로 고시바 군에 대한 의심은 완전히 풀
렸어요."

유가와가 그답지 않게 느린 동작으로 뒤를 돌아봤다. 그리
고 커피를 한 모금 마셨다. 하지만 커피가 싸늘하게 식은 탓
인지 얼굴을 찡그리더니 머그잔을 옆에 있는 작업대에 내려
놓았다.

"나가오카 씨 살해를 가리키는 거라면 하나 마야 한 얘기야.
몇 번이나 말했지만 그 건에 관해서 고시바 군을 의심한 적은
단 한 번도 없어."

"네. 고시바 군은 관계가 없었어요. 하지만 그가 새로운 사건을 일으킬 가능성이 있습니다. 그 점에 관해서는 교수님도 부정하기 힘드실 텐데요."

그러나 유가와는 대답하는 대신 침통한 표정을 지으며 작업대에 걸터앉았다. 허공을 가만히 응시하는 그 시선의 끝자락에 애제자의 모습이라도 있는 것인지 가오루는 궁금했다.

"경시청의 부탁으로 말씀드리는 건데요,"

가오루가 말했다.

"내일 아침 일찍, 아니 가능하다면 오늘 밤이라도 저와 함께 가 주셨으면 하는 곳이 있어요."

유가와가 고개를 들었다. 그의 입가에 희미한 미소가 어려 있었다.

"데이트라도 하자는 건가? 장소는?"

"미쓰하라라초예요."

유가와의 얼굴이 다시 어두워졌다. 그가 안경을 벗더니 신경질적으로 집어던졌다.

"슈퍼 테크노폴리스군……."

"며칠 전에 말씀드렸죠? 드디어 내일, 기공식이 열려요. 오가 진사쿠 의원도 참석한다고 합니다. 레일 건으로 저격하는 게 물리적으로 불가능하지 않다고 말씀하셨는데, 그 생각에는 변함이 없으신 거죠?"

"물론이지. 물리적으로는 가능해."

"그렇다면 함께 가 주세요. 교수님의 조언이 필요합니다."

하지만 유가와는 손을 내저었다.

"그럴 필요 없잖아. 오가 의원에게 자초지종을 설명하고 참석하지 않도록 하면 그만인걸."

"맞는 말씀이에요. 안 그래도 그런 방향으로 얘기가 진행되고 있어요. 하지만 오가 의원이 과연 받아들일지 알 수가 없어서 말이죠. 슈퍼 테크노폴리스 프로젝트는 오가 의원의 간절한 소망이에요. 설득하기 쉽지 않을 거라는 게 저희 윗분들의 추측입니다."

"그렇다고 꼭 내가 가야 하나? 레일 건을 적재했을 가능성이 있는 차량을 일일이 체크하면 되잖아."

"물론 그렇죠. 그래서 그 지역 현경과 연계해서 경비에 나설 예정이에요. 하지만 고시바 군은 머리가 좋은 청년이잖아요. 무슨 일을 벌일지 알 수 없어요."

"머리가 좋긴 하지……."

유가와가 괴로운 듯이 얼굴을 찡그리며 주먹으로 작업대를 툭툭 쳤다.

"범죄에 관한 한 재주가 없었으면 좋겠군. 뜻대로 되기 힘들다는 걸 알고 단념했으면 좋겠어."

신음하는 듯한 소리였다. 그가 이런 목소리를 내는 걸 가오루는 들어 본 적이 없었다.

"그를 단념시켜 주세요. 그럴 수 있는 사람은 교수님뿐이에요."

"만약 그를 단념시킬 수 있는 사람이 있다면……, 그건 내가 아닐 거야."

"그럼 누구죠?"

유가와가 자리에서 일어섰다.

"함께 갈 곳이 있어. 경찰 배지가 있으면 더 좋을 거야."

"어딥니까?"

"따라와 보면 알아."

약 한 시간 후 가오루는 유가와와 함께 신주쿠에 있는 어느 회사의 응접실에 있었다. 회사 이름은 아카쓰키 중공업. 크레인과 불도저 등 건설 중장비를 제조, 판매하는 회사다. 유가와의 말에 따르면 고시바 신고의 아버지 게스케가 살아생전에 일했던 곳이라고 한다.

이 회사를 방문하는 목적을 유가와는 '고시바를 단념시키기 위해서'라고 말했다.

"그를 단념시킬 방법이 반드시 있을 거야."

가오루는 시계를 봤다. 이 방으로 안내된 지 10분이 지났다. 고시바 게스케 씨를 잘 아는 사람을 만나고 싶다, 가능하면 당시의 자료도 보고 싶다, 라고 총무부 방문객 담당자에게는 일러 두었다.

노크 소리가 났다. 네, 하면서 가오루가 일어섰다. 옆에서 유가와도 일어섰다.

문이 열리고 얼굴을 비친 사람은 조금 전에 인사를 나눴던 총무부의 다무라라는 남자였다.

"고시바 씨와 한 부서에서 근무했던 직원이 있어서 모셔 왔습니다."

"감사합니다. 들어오시라고 해 주세요."

가오루가 말했다.

다무라가 문밖을 향해 고개를 끄덕이자 착실한 인상의, 오십 대 중반쯤 돼 보이는 남자가 들어왔다. 그는 손에 종이봉 투를 들고 있었다.

가오루와 유가와는 그와 명함을 교환하고 인사를 나눴다. 남자는 자신을 미야모토라고 소개했다. 현재 해외 사업부에 적을 두고 있으며, 고시바 게스케 씨와는 여러 번 같이 일했 다고 한다.

가오루는 방문 목적을 행방불명된 고시바 신고 군을 찾기 위해서라고 밝혔다. 사건 수사에 관해서는 언급하지 않았다.

"저는 고시바 신고 군의 고등학교 선배로, 그와 약간의 교류가 있었습니다."

유가와가 말했다.

"신고 군이 갈 만한 곳을 아느냐고 우쓰미 형사가 물었을 때 이 회사가 떠올랐습니다. 신고 군이 아버지를 무척 존경했거든요. 아버지 같은 기술자가 되는 것이 꿈이었을 겁니다."

"그렇군요. 하지만 고시바 씨가 사망한 지 5년 가까이 됐습니다. 저희 쪽에는 그 아드님의 행방과 연결될 만한 무엇이 없을 텐데요."

"그건 그렇지만, 신고 군이 아버지가 어떤 일을 했는지 언젠가는 자신의 눈으로 확인하고 싶다는 말을 자주 했거든요. 그래서 고시바 게스케 씨가 했던 일에 관한 자료를 보면 뭔가 실마리를 얻을 수 있지 않을까 생각했습니다."

유가와의 설명에 미야모토는 이해가 간다는 듯이 고개를 끄덕였다.

"알겠습니다. 고시바 씨가 담당했던 사업에 관한 자료는 가져왔습니다."

그가 종이봉투에서 두툼한 파일을 꺼냈다.

"사업 현장이 일본은 아니었습니다."

"알고 있습니다. 캄보디아였죠."

거침없이 대답하는 유가와의 옆얼굴을 가오루는 마음의 동요를 감춘 채 바라보았다. 그녀는 알지 못하는 사실이었다.

"그렇군요. 고시바 씨 아드님에게 들으신 모양입니다."

"아니요, 따님, 그러니까 고시바 신고 군의 누나에게 들었습니다."

"고시바 씨의 아드님이 캄보디아에 갔을 거라고 여기는 겁니까?"

"그건 모릅니다. 그럴 가능성이 있지 않을까 하고 생각했을 뿐이죠. 자료를 좀 봐도 되겠습니까?"

"네, 그러세요."

그럼 잠시 보겠습니다, 하고 유가와는 파일로 손을 뻗었다.

그가 자료를 훑는 모습을 곁눈질하며 가오루는 미야모토에게 "여쭤볼 것이 있는데요."라고 운을 뗐다.

"혹시 고시바 씨에게 아드님 얘기를 들은 적이 있으세요?"

"네. 아드님을 무척 자랑스러워하시는 것 같았습니다."

미야모토가 눈을 반짝이며 대답했다.

"주로 무슨 말씀을 하셨나요?"

"자주 하신 말씀이, 교육비가 별로 안 든다는 것이었어요. 호기심이 강해서 책을 스스로 찾아서 읽고, 모르는 건 직접 조사해 보기 때문에 학원에 보낼 필요가 없다는 거죠. 다만 집에서 과학 실험을 하는 통에 위험해서 걱정스러울 때가 있다고 하셨어요. 어렸을 때는 전구를 가정용 전원에 연결했던 적도 있다나요. 하지만 말씀은 그렇게 해도 얼굴에는 웃음이 가득했습니다."

미야모토는 그리움과 아쉬움이 뒤섞인 표정을 지었다.

가오루는 옆에서 열심히 자료를 들여다보는 유가와를 힐끔 보았다. 그리고 이 사람 역시 어렸을 때 신고와 비슷하지 않았을까 하고 상상했다.

그때 유가와가 갑자기 고개를 들었다.

"이 페이지를 복사해도 괜찮을까요?"

네? 하면서 미야모토가 엉덩이를 들었다.

"어느 페이지 말씀입니까?"

"여깁니다. 이 보고서의 후기 부분이요."

유가와가 파일의 해당 부분을 펼쳐 보였다.

미야모토가 심각한 표정으로 그 페이지를 훑어봤다. 다무라도 옆에서 들여다보고 있었다.

"실험 데이터와 연구 결과는 언급하지 않은 부분이군요."

미야모토는 다무라와 잠시 얼굴을 마주 본 다음 유가와를 향해 고개를 끄덕였다.

"특별히 문제가 되지는 않을 듯합니다만, 이 페이지가 무슨 도움이 되는지⋯⋯?"

"아직 정확히는 모르겠습니다만, 도움이 될 것 같은 생각이 들어서요. 복사기를 사용해도 괜찮겠습니까?"

"아니, 제가 복사해 오겠습니다."

다무라가 파일을 들고 방에서 나갔다.

그런데, 하고 유가와가 미야모토를 쳐다봤다.

"고시바 게스케 씨는 어떤 분이셨습니까?"

잠시 생각하는 표정을 짓던 미야모토가 "한마디로 활력이 넘치는 분이셨어요."라고 대답했다.

"타협을 용납하지 않고, 언제나 최선을 다하셨죠."

"그러셨군요. 아, 이것도 고시바 씨 따님께 들은 얘기인데, 이 회사에 경력직으로 입사하셨다면서요?"

유가와가 또 가오루는 모르는 얘기를 했다.

"그렇습니다. 미국 기업에서 10년 정도 일하다가 그만두고 귀국해서 우리 회사에 들어오셨다고 들었습니다."

"그 회사나 그 회사에서 했던 일에 관해서도 들으신 적이 있습니까?"

"아니요, 그런 얘기는⋯⋯,"

미야모토가 입을 오므리며 고개를 갸웃했다.

"거의 못 들었던 것 같습니다. 이쪽에서 물어도 왠지 피하는 눈치였어요. 그래서 뭔가 안 좋은 일로 퇴사하고 귀국한 것 아닐까 하고 상상한 적도 있습니다."

그래요, 하고 유가와가 대답하는데 문이 열리더니 파일과 복사지를 손에 든 다무라가 들어왔다.

25

노크 소리가 났다. 의자에 앉은 채 "들어와요."라고 대답하자 문이 열리고 우카이가 그 빈틈없어 보이는 얼굴을 들이밀었다.

"형사부장은 돌아간 모양이군요."

응, 하고 오가가 대답했다.

"몹시 난처해하더군. 내가 딱 잘라 거절했더니 말이야."

"역시 참석을 보류하라는 얘기였습니까?"

"어딘가 실내에서 인사말을 하라는 거야. 말이 되는 얘기야? 기공식을 야외에서 하기로 했으니, 당연히 인사도 밖에서 해야지."

"잘하셨습니다."

"용의자가 알려져 있다면 경호를 철저히 하면 되지 않느냐고 말해 두었어. 천하의 오가 진사쿠가 그깟 애송이 하나 때문에 몸을 사려서야 되겠느냐고 말이야."

"맞는 말씀입니다."

"내일은 예정대로 움직이면 돼."

"알겠습니다. 준비는 끝났습니다. 그럼 내일 모시러 오겠습니다."

"그래, 부탁하네."

그럼, 하고 우카이가 고개를 숙인 후 문으로 향하는데 오가가 "이봐." 하고 다시 그를 불러 세웠다.

"정보가 새어 나갔을 경우에 대비해 둬."

우카이가 천천히 몸을 돌렸다.

"살해당한 글쟁이가 냄새를 맡았다는 정보 말씀이죠?"

"그래. 형사부장은 공개하지 않겠다고 했지만 믿을 수가 있어야지."

"맞습니다."

"만일 매스컴에 새어 나갔을 경우에는 어떻게 하지? 상대 여자의 상태가 안 좋은 줄 몰랐다고 주장할까?"

아니요, 그건……, 하며 우카이가 손을 살살 내저었다.

"좋지 않습니다. 그러면 처벌은 면하겠지만, 이미지가 급격히 추락할 겁니다. 사람들이 믿지 않을 테니까요. 애당초 여자 문제 자체가 좋지 않습니다."

"그럼 어떻게 하면 되겠나?"

우카이는 글쎄요, 라고 중얼거리며 부동자세로 선 채 눈을 연신 깜박거렸다.

"대타를 구해 보죠. 그 여성의 교제 상대가 의원님이 아니라 다른 사람이었던 걸로 밀고 나가는 겁니다. 사건 당시 그 사람은 의원님의 휴대 전화를 빌렸고, 그래서 그날 밤에도 그 전화로 문자 메시지를 받았다, 그러면 되지 않을까요?"

"그거 좋은 생각이군. 그런데 적당한 대타를 구할 수 있을까?"

"어떻게든 구해 보겠습니다. 만약 못 구하면 저라도 하겠습니다."

우카이가 나지막한 목소리로, 그러나 단호하게 말했다.

오가는 일순 말문이 막혔다. 그러나 부하의 각오에 자신이 동요해서는 안 된다고 마음을 다잡았다.

"그래."

그는 점잖게 고개를 끄덕였다.

"그런 상황이 닥치면 부탁하네."

"그럼 이만 물러가도 되겠습니까?"

"응……, 아, 저기 말이야."

오가가 잠시 뭔가를 생각한 후 천천히 입을 열었다.

"그때 내 판단이 잘못되었던 건 아니겠지?"

우카이의 가느다란 눈이 아주 살짝 커졌다.

"당연하죠. 의원님은 최선의 길을 선택하셨습니다. 그러니까 오늘까지 아무 문제도 일어나지 않은 거고요. 앞으로도 아무 일 없을 겁니다."

오가가 고개를 끄덕거렸다.

"그 말을 들으니 안심이 되는군."

의원님은, 하고 우카이가 말을 이었다.

"어떤 의미에서는 그날 밤에 정치가가 되신 거라고 생각합니다."

실처럼 가는 눈에서 음산한 빛이 새어 나왔다.

"진정한 정치가 말입니다."

"진정한 정치가라……. 그럴지도 모르겠군."

"그럼 편히 쉬십시오."

정중하게 머리를 숙인 후 우카이는 방에서 나갔다.

오가는 책상 서랍을 열었다. 거기에 초콜릿이 감춰져 있었다. 한 개를 집어 포장지를 벗기고 입에 넣었다. 오가는 술도 좋아하지만 단것도 좋아했다.

고디바 초콜릿을 즐겨 먹게 된 것은 밸런타인데이에 고시바 아키호가 고디바 초콜릿을 선물해 준 일이 계기였다. 상자 뚜껑을 열자 알록달록하게 장식된 동그란 초콜릿이 줄지어 담겨 있었다. 그것은 마치 보석처럼 보였다.

"그렇죠? 맛있는 것을 먹을 때는 눈에도 영양을 주어야 해요. 의원님은 평소에 더러운 걸 많이 보니까 영양이 부족할 거예요."

"더러운 거라니, 무슨 소리야? 내가 언제 그런 걸 봤다고."

"보시잖아요. 산전수전 다 겪은 그 능구렁이 같은 의원들의 얼굴을요. 간살맞은 웃음 사이로 어떻게 하면 저 사람을 무너뜨릴까, 어떻게 하면 궁지로 몰아넣을까 하는 사심이 배어 나오죠. 그런 모습을 보다 보면 정상적인 것조차 뒤틀려 보여요. 의원님 역시 상대가 순수한 선의로 베푼 일도 뭔가 속셈이 있지 않을까, 정말 믿어도 좋을까 하고 의심하시잖아요. 그게 다 평소에 더러운 걸 너무 많이 보는 탓이에요."

"정치가는 의심이 많지 않으면 일하기 힘들다고. 그런데 자네의 그 논리대로라면 내 얼굴도 더럽다는 뜻 아니야?"

"그렇죠. 어머, 큰일이네! 세상의 거울을 모조리 깨뜨려 버려야겠어요."

아키호가 침대에서 손뼉을 치며 깔깔 웃었다.

명랑한 여자였다. 그 명랑함에 몇 번이나 치유받고 몇 번이나 힘을 얻었던가. 굳이 그녀의 말을 빌리지 않아도 정치가의 세계는 심리적인 싸움의 연속이다. 때로는 무슨 생각을 하는지 도무지 알 수 없는 상대와 맞서고 줄다리기도 해야 한다. 필요에 따라서는 일부러 악역을 하기도 한다. 슈퍼 테크노폴리스 프로젝트를 추진하면서도 다소 거친 수단을 사용했다. 그래서 원한을 품은 자도 많을 것이다. 쏟아지는 적개심과 증오에 맞서면서 태연할 수 있는 인간은 없다. 피폐해지고, 기력이 쇠하기도 한다. 그럴 때 아키호를 만나면 용기가 솟았다. 내일도 돌진하자는 마음이 생겼다.

아키호는 처음 만났을 때부터 마음에 들었다. 생김새가 오가의 취향이기도 했지만 무엇보다 끌렸던 점은 그 두려움을 모르는 씩씩한 성격이었다. 그녀는 신참 기자임에도 오가에게 거침없이 질문했다. 한번은 "자네는 그런 것도 모르나?"라고 꼬집었더니 "아니까 묻는 겁니다. 의원님의 행보가 공약과 다르지 않습니까." 하고 뾰로통해서 반문하기도 했다. 건방진 친구라고 생각한 적도 많았지만, 듣기 좋은 말만 늘어놓고 제멋대로 기사를 쓰는 기자들에 비하면 함께 있는 것이 훨씬 즐거웠다.

그러나 아키호는 명랑하고 활기가 넘치는 데서 끝나지 않고 내면에 강인함을 숨긴 여자였다.

언젠가 단둘이 있게 되었을 때, 오가는 그녀에게 한번 안고 싶다고 말했다. 물론 진심이었지만, 거절할 것을 각오했다.

그런데 아키호의 반응은 예상과 달랐다. 오가의 얼굴을 빤히 쳐다보더니 "조건은?"이라고 물었다.

"조건? 뭐야, 돈이라도 달라는 건가?"

그러자 그녀는 어이가 없다는 듯이 고개를 저었다.

"그러면 매춘부랑 뭐가 달라요. 차라리 매춘부를 부르세요. 제 말은 그런 게 아니에요. 특별한 관계가 되려면 여러 가지로 룰을 정할 필요가 있다는 거죠. 의원님은 부인과 이혼할 마음이 없죠? 저도 골치 아픈 일에 휘말리고 싶지 않아요. 그리고 따로 좋아하는 사람이 생기면 결혼하고 싶어질지도 모르고요. 그러니까 우리 둘의 관계를 절대 발설하지 않는다, 서로 속박하지 않는다 하는 조건이 있어야 하지 않겠어요?"

과연, 하고 오가는 감탄했다. 머리가 좋은 여자라고 새삼스레 생각했다.

그리고 얼마 후, 둘은 깊은 사이가 되었다. 침대에서 오가가 자신을 좋아하느냐고 물었다.

"안겨도 좋지 않을까 하는 생각은 했어요."

아키호는 자신의 속내를 말하지 않는, 한없이 강인한 여자였다.

담당 기자이니 얼굴은 언제라도 볼 수 있었지만, 밀회는 한
달에 한두 번 정도 즐겼다. 연락은 주로 문자 메시지로 주고
받았다. 그러기 위해 오가는 휴대 전화를 새로 샀다.

아키호는 둘의 관계가 세상에 알려지지 않도록 세심한 주
의를 기울였다.

"혹시 모르니까 문자 메시지에 절대 의원님 이름을 쓰거나
하면 안 돼요. 제 이름도 마찬가지고요. 만에 하나 우리 둘
중 한 사람이 휴대 전화를 잃어버려서 누군가 내용을 읽게 되
면 큰일이잖아요. 유권자의 절반이 여성인데 정치가가 여자
문제를 일으킨다는 건 말이 안 돼요. 일본 총리대신이나 미
국 대통령 중에도 그런 스캔들이 원인이 되어 파멸에 이른 사
람이 있어요."

무엇보다 의외였던 점은 아키호가 오가에게 정보를 요구
하지 않는다는 것이었다. 오가에게는 매스컴이 아직 냄새를
맡지 못한 갖가지 정보가 있었지만, 그녀 쪽에서 먼저 묻거나
슬쩍 떠보기라도 하는 경우는 없었다. 그 점에 관해 오가가
물은 적이 있다. 그러자 아키호는 대뜸 불쾌한 표정을 지으며
이렇게 말했다.

"그러면 매춘부나 다름없다고 말했잖아요."

그녀는 진심으로 분개했다. 오가는 얼른 몸을 일으켜 침대

에 양손을 대고 사과했다.

아키호가 묻지도 않았는데 오가 쪽에서 먼저 정보를 입 밖
에 낸 일은 있다. 가끔은 그녀에게 정보를 제공해도 좋지 않
을까 하는 단순한 생각에서 그럴 때도 있었지만, 정치적인 전
략으로 정보를 조작한 경우도 있었다. 그 어느 쪽이든 그녀는
완강한 태도를 보이는 대신 일에 요령껏 살리는 듯했다. 끝까
지 둘의 관계가 드러나지는 않았지만, 둘 사이를 수상히 여기
는 소문이 돌기 시작한 것은 그녀의 정보원에 대해 파고드는
자가 있었기 때문일 것이다.

오가가 슈퍼 테크노폴리스 프로젝트에 관해 가장 많이 얘
기한 상대는 말할 것도 없이 아키호였다. 이미 발표된 사안이
나 미발표 건, 폐기된 계획을 가리지 않고 거의 모두 그녀에
게 얘기했다.

"각각의 시설 사이를 이동하는 수단으로 초소형 자기 부상
열차를 도입하자는 제안을 했어. 열 명 정도가 탈 수 있는 열
차를 개발해서 휙휙 타고 다니는 거지. 견학자들도 돈을 내면
탈 수 있도록 하고 말이야. 생각만 해도 멋지지 않아? 그런데
교통 시스템 담당자의 반응이 영 시큰둥하단 말이지. 기술적
으로 어렵다느니, 예산이 부족하다느니 하면서 말이야. 심지
어 '의원님, 단순히 이동하는 것뿐이라면 전기 자동차로 충

분하지 않겠습니까.' 하는 말까지 지껄여 대는 거야. 그런 문제가 아니잖아. 슈퍼 테크노폴리스에서는 미래가 느껴져야해. 요즘 같은 세상에 전기 자동차 정도로 어떻게 미래를 느끼겠어. 아무것도 모르는 놈들이라니까."

오가가 투덜거리는 소리를 들으며 아키호는 그의 품 안에서 후후, 웃었다. 뭐가 우습냐고 묻자 그녀는 우스운 게 아니라 기쁘다고 말했다.

"슈퍼 테크노폴리스 얘기만 나오면 의원님은 어린아이로 돌아가요. 꿈 많은 어린아이가 되어서 끝도 없이 얘기를 하죠. 그래서 기뻐요. 다른 때는 짐짓 점잔을 빼면서 현실적이고 삭막한 얘기만 하는데 말이죠."

"무슨 소리야. 나도 꿈은 있다고."

"그래서 안심이 돼요. 그런데 잘되고 있긴 한가요? 반대 운동이 상당히 심한 것 같던데요."

"그 일은 지역 후원회에 맡겼어. 이케하타 회장은 인맥도 넓고 신뢰할 수 있는 유능한 사람이야. 사업자와 손잡고 어떻게든 잘해 나갈 거야."

"하지만 의원님이 나쁜 놈 소리를 듣잖아요."

"어쩔 수 없지. 그게 내 일인데."

오가는 아키호의 머리를 쓰다듬으면서 얘기를 계속했다.

"아름다운 자연과 희귀 야생 생물을 지키는 것도 중요하지. 하지만 인간이 그것만으로 먹고살 수는 없잖아. 결국 이 나라는 과학 기술에 의지할 수밖에 없어. 수십 년이 지나서, '아, 그때 결단을 내렸어야 해.' 하고 후회하면 뭘 해. 누군가는 흙탕물을 뒤집어쓸 수밖에 없다고."

아키호는 오가의 가슴에 살포시 손을 얹고 중얼거렸다.

"과학을 제패하는 자가 세계를 제패한다."

그게 무슨 소리냐고 묻자 그녀는 모두가 행복해지기 위한 주문이라고 대답했다.

아키호와 좋은 만남을 이어 가고 있다고 오가는 생각했다. 서로에게 가치가 있는 만남이고 어느 쪽도 무리하지 않고 있다, 그렇게 여기며 2년이 흘렀다.

밀회 때 이용하는 호텔은 세 군데였고, 그중 하나가 그 호텔이었다. 지하 주차장에서 직접 객실로 올라갈 수 있어 편리했다.

주차장에 들어서기 직전에 아키호에게서 메시지가 왔다. '1820입니다'라는 제목만 있을 뿐 본문은 없었다. 주차를 하고 곧장 방으로 올라갔다.

방에 들어서니 아키호가 웃는 얼굴로 맞아 주었다. 하지만 조금 이상했다. 안색이 좋지 않은 데다 어딘가 힘겨워 보였다. 왜 그러느냐고 물었지만 그녀는 아무렇지도 않다고 대답했다.

냉장고에서 맥주를 꺼내 잔에 따라서 둘이 마시기 시작했다. 그런데 그 직후에 아키호가 복통을 호소했다. 고통이 예사스럽지 않은 듯했다.

침대에 뉘었지만 고통이 줄어드는 기미는 없었다. 그녀의 얼굴이 점점 창백해졌다. 오가는 그녀의 아랫배 쪽을 보고 기겁했다. 피가 엄청나게 흘러나오고 있었다. 괜찮으냐고 물어도 가느다란 신음만 내뱉을 뿐 대답이 없었다.

어쩌면 좋을지 몰라서 비서 우카이에게 전화를 했다. 우카이는 아키호의 존재를 알고 있었다.

상황을 간단히 설명하고 어떻게 했으면 좋겠느냐고 물었다.

"당장 그 방에서 나오십시오."

그것이 우카이의 대답이었다.

"병원에 연락하지 않아도 괜찮을까?"

"그러시면 안 됩니다. 호텔 프런트에도 전화하지 마세요."

"왜?"

"그러면 의원님도 거기 계셔야 합니다."

"전화하고 나서 나가면 되잖아."

"안 됩니다. 전화한 후 그 자리에 안 계시면, 나중에 만에 하나 상대가 의원님으로 밝혀졌을 때 변명할 말을 찾기 힘듭니다. 의원님은 그녀의 상태를 모른 채 그 방을 나간 겁니다. 고시바 씨의 몸 상태가 나빠진 것은 의원님이 그곳을 떠난 후입니다. 그래서 의원님은 어디에도 전화를 하지 않은 거죠. 그래야 합니다."

오가는 우카이의 말을 알아들었다. 아키호와의 관계를 숨기려면 이 방에 없는 편이 좋다. 만일 관계가 발각된다 해도, 도망쳤다는 사실만은 절대 알려져서는 안 된다.

"이대로 두면 죽을지도 모르는데."

"만약 그렇게 될 경우에는,"

우카이가 담담한 어조로 말했다.

"하는 수 없겠죠. 아무튼 그녀는 혼자였으니까요. 옆에 아무도 없었잖습니까."

"그렇지만……."

의원님, 하고 우카이가 냉철한 목소리로 속삭였다.

"지금이 얼마나 중요한 시기인지 아시잖습니까. 슈퍼 테크노폴리스 프로젝트가 드디어 모양새를 갖춰 가고 있습니다. 정치가로서 한 단계 도약할 기회란 말입니다. 의원님은 더 큰 인물이 되셔야 합니다. 총리 자리가 멀어져도 괜찮습니까? 만일 이런 형태로 여자 문제가 표면화되면 총리가 되는 길은 완전히 막히고 맙니다. 아니, 자칫하다가는 영원히 정치판을 떠나야 할 수도 있습니다. 그렇게 되어도 의원님은 괜찮을지 모르지만 저희들은 어떻게 합니까? 여러 사람이 졸지에 길바닥에 나앉게 됩니다. 그래도 좋으십니까? 오가 진사쿠라는 인물은 이미 한 개인이 아니란 말입니다. 그런 이름의 조직이라는 사실을 잊지 마십시오."

오가는 전화기를 쥔 채 아키호를 바라봤다. 움직임이 거의 없었다.

정치가가 여자 문제를 일으킨다는 건 말이 안 된다, 일본 총리대신이나 미국 대통령 중에도 그런 스캔들이 원인이 되어 파멸에 이른 사람이 있다……. 그녀의 말이 뇌리에 되살아났다. 아이러니하게도 그 말이 오가의 등을 떼밀었다.

알겠네, 하고 말했다. 전화기 저편에서 안도의 숨소리가 들렸다.

"아무 일도 일어나지 않았다, 아무것도 보지 않았다고 생각하고 평소처럼 방을 나오십시오. 아시겠죠?"

"그녀 휴대 전화에 내게 보낸 메시지가 남아 있을 거야. 그건 삭제하지 않아도 괜찮을까?"

"그럴 시간이 없습니다. 빨리 나오세요."

"알았어."

전화를 끊고 곧장 방을 나가기로 했다. 옷장에서 코트를 꺼낸 후 문을 열고 복도로 나갈 때 침대를 돌아보고 싶었다. 하지만 그러지 못하고 발을 내디뎠다.

아키호가 죽었다는 건 다음 날 알았다. 그녀가 자궁 외 임신이었다는 사실도 우카이의 조사로 알게 되었다. 그 말을 듣자 심경이 복잡해졌다. 그녀는 임신에 관해서 한마디도 한 적이 없다. 아마 그녀 자신도 몰랐을 것이다.

"의원님이 마음을 쓰실 필요는 없습니다."

우카이가 말했다.

"그때 구급차를 불렀더라도, 살았으리라는 보장은 없습니다. 몸 상태가 안 좋다는 걸 알면서도 밀회를 우선시한 그녀의 잘못도 있어요. 한시라도 빨리 잊으십시오. 그리고 정치에 전념하시는 겁니다. 그것이 그녀의 명복을 비는 길이기도 합니다."

오가는 고개를 끄덕였다. 이제 와서 후회해 봐야 소용없는 일이라고 스스로도 생각하고 있었다.

그로부터 얼마 후 이상한 전화가 걸려 왔다. 상대가 자신을 경시청 사람이라고 밝히고 아키호와의 관계를 캐물으려 한 것이다. 냅다 호통을 쳤더니 전화가 끊어지고 두 번 다시 걸려 오지 않았다. 형사부장 말로는 전화한 사람이 아키호 동생인 듯하다고 한다.

아키호에게 동생이 있다는 말은 들은 적이 있다. 공부를 잘하는 자랑스러운 동생인 듯했다. 그녀가 그렇게 말할 때는 상당히 우수한 인재임이 틀림없었다. 장학금과 관련해서 도움을 주기도 했다.

그런 동생이 복수를 계획하고 있다. 전문가의 지도하에 레일 건이라는 무기가 제작되었고, 그 살상 능력을 무시할 수 없다고 한다.

그 또한 좋지 아니한가, 하고 생각했다. 목숨을 노리는 자가 있다는 건 이른바 진정한 정치가가 되었다는 뜻이다.

단, 이 길은 되돌아갈 수 없는 길이다. 끝까지 돌진하는 수밖에 없다. 사람의 도리를 벗어났으니 당연한 일이다.

26

현관문이 열리고, 주부인 듯한 여자가 얼굴을 내밀었다. 구사나기는 그녀에게 경시청 배지를 보였다.

"바쁘실 텐데 죄송합니다만, 순찰에 협조 부탁드립니다."

"무슨 일이죠?"

중년 여자가 불안한 표정으로 물었다.

"댁의 차고에 세워 놓은 차를 좀 보여 주셨으면 합니다. 내부를 볼 수 있을까요?"

"우리 차를요? 뭐, 그러세요."

감사합니다, 하고 인사한 후 뒤에서 대기하고 있던 기시타니에게 눈짓했다. 기시타니가 재빨리 차고로 향했다.

"순찰을 왜 하시는 거죠? 테크노폴리스와 관계가 있나요?"

중년 여자가 물었다.

지역 주민이니 오늘 무슨 일이 있는지 아는 것이다.

"그런 일이죠, 뭐."

애매하게 대답한 다음 구사나기는 사진을 한 장 꺼냈다.

"혹시 이런 사람을 보신 적이 있습니까?"

고시바 신고의 사진이었다. 중년 여자는 본 적 없어요, 하며 고개를 저었다.

차고로 갔던 기시타니가 돌아왔다.

"별문제 없습니다."

구사나기는 여자를 향해 "실례가 많았습니다." 하고 머리를 숙였다.

문을 나서 기시타니와 나란히 걸으면서 보니 옆집 차고에는 4도어 세단이 세워져 있었다. 문제없군, 하고 입속으로 중얼거리며 지나쳤다. 레일 건을 운반하려면 큰 짐칸이 필요하다. 아까 그 집은 차가 미니 밴이라서 차 안을 보여 달라고 했던 것이다.

양복 안주머니에서 스마트폰이 진동했다. 꺼내 보니 마미야다. 통화 버튼을 눌렀다.

"네."

"어떻게 돼 가고 있어?"

"이쪽 지역은 거의 끝났습니다. 별다른 이상은 없습니다."

"그래? 다른 지역도 거의 끝나 가는데, 레일 건은 발견하지 못했다는군."

"검문은 계속하고 있죠?"

"일단 기공식이 끝날 때까지 계속하라고 했어. 자네들은 그쪽 일이 끝나면 D텐트로 이동해서 대기해. 그 후의 일은 다시 연락하지."

"알겠습니다."

전화를 끊은 구사나기는 기시타니에게 마미야의 지시를 전했다.

"경비가 이토록 삼엄하다는 걸 고시바도 알고 있겠죠. 이만하면 범행을 단념하지 않을까요?"

후배인 젊은 형사가 말했다.

"그러기를 바라지만, 방심은 금물이야. 유가와의 제자잖아."

구사나기를 위시한 경시청 수사관 50여 명이 오가 진사쿠의 지역구인 미쓰하라초로 파견된 것은 어젯밤 늦은 시각이었다. 그 후 현경 본부 대회의실에서 합동 대책 회의가 열렸다.

구라사카 유리나의 증언으로 보건대 고시바 신고가 오가의 목숨을 노리고 있다는 것은 확실했다. 문제는 언제 어디서 실행할 계획인가 하는 것이었는데, 역시 기공식 때가 아닐까 하는 의견이 우세했다. 슈퍼 테크노폴리스의 제4파빌리온 건설지에서 거행되는 기공식에 오가 진사쿠도 참석할 예정이었다. 기공식 후에는 그가 인사말을 하기로 되어 있었다.

경시청 상부에서 오가 진사쿠의 사무실에 기공식 참석을 보류해 달라고 요청했지만 오가 쪽의 대답은 '노'였다. '목숨을 위협받을 만한 일을 한 기억이 없으며, 도망치고 숨는 것은 성격에 맞지 않는다'는 것이 오가 본인의 설명이었다. 그 얘기를 들었을 때 구사나기는 '애인이 죽어 가는 현장에서 도망친 사람이 누군데.' 하고 생각했다.

오늘은 아침 일찍부터 현경과 연대해서 현장 주변을 샅샅이 조사하고 있다. 고시바 신고를 목격한 사람이나 수상한 차량을 찾는 것이 목적이다. 차량에 대해서는 개인 주택의 차고에 있는 차까지 조사하라는 지시가 있었다. 경찰이 미처 파악하지 못한 고시바 신고의 친척이나 지인의 집에 그가 몸을 숨기고 있을 가능성도 있기 때문이었다.

상부의 지시 중에는 만에 하나 고시바 신고를 찾으면 그 자리에서 체포하라는 내용도 있었다. 죄명은 기물 손괴와 살인예비죄였다. 체포 영장은 구라사카 유리나의 증언을 근거로 청구되었다.

구사나기는 기시타니와 함께 D텐트로 향했다. 기공식이 열리는 장소를 중심으로 반경 약 1킬로미터 내에 경찰 임시 초소가 여섯 군데 설치되어 있다. D텐트라는 것은 그중 하나다.

텐트 안에 구사나기와 동기인 경시청 사람이 있었다. 부서가 다르지만 지원팀으로 차출된 듯했다.

"이거 좀 지나치지 않아? 범인이 얼씬도 못 하겠어. 경비를 조금 느슨하게 해서 범인을 끌어들이면 좋을 텐데."

동기가 불만스럽다는 듯이 말했다.

"혹시라도 레일 건이 발사되는 일이 없어야 한다는 게 윗선의 생각이야. 그 위력이 어느 정도인지 가늠하기 힘드니까 말이지."

"그렇게 대단한 물건인가? 기껏해야 고등학생이 만든 장난감이잖아."

구사나기는 '만든 사람은 고등학생이지만 그걸 가르친 사람은 천재 물리학자야'라는 말을 속으로 삼켰다.

잠시 후 기공식이 끝났다는 연락이 왔다. 구사나기는 텐트에서 나와 망원경으로 상황을 살폈다. 넓은 들판 한가운데 몰려든 관계자와 보도진 앞에서 오가가 인사를 하고 있었다.

구사나기는 주위를 유심히 둘러보았다. 수상한 차량은 눈에 띄지 않았다.

오가가 마이크 앞에서 물러나자 착석해 있던 관계자들이 일어섰다. 옆에 주차되어 있던 벤츠에 올라타는 오가의 모습이 보였다.

그때 기시타니가 텐트에서 나왔다.

"본청에서 연락이 왔습니다. 전원 현경 본부로 복귀하라는 지시입니다."

구사나기는 알았다고 대답했다. 기공식이 무사히 끝났으니 더는 이런 곳에 있을 이유가 없었다.

그런데 차를 타고 현경 본부로 돌아가던 도중에 무전으로 긴급 연락이 들어왔다. '서니 그라운드'로 급히 이동하라는 것이었다. '서니 그라운드'는 미쓰하라초 외곽에 있는 야구장인 듯했다.

구사나기는 마미야에게 전화해 무슨 일이냐고 물었다.

"오가 의원의 일정이 바뀌었어. 아니, 경찰에 알리지 않은 일정이 있었던 모양이야. 역으로 가기 전에 '서니 그라운드'에 들른다는군. 시구식을 한다나."

"시구식이라니요?"

"오늘 거기서 소년 야구 대회의 결승전이 열린대. 거기서 시구식을 하는 것이 관례인가 봐. 그것도 오가 의원이 투수, 면장이 타자로 나서서 한 타석짜리 진검승부를 벌인다는군. 오가 의원과 면장은 고교 시절 야구부에서 함께 활동했던 사이래. 이거야, 원. 누구 말려 죽일 작정인가……."

"그거 공식 일정입니까?"

"미쓰하라초 홈페이지에 있는 면장 블로그에 '올해도 라이벌과 벌일 대결이 기대된다.'라는 글이 있는데, 상대가 누구인지는 밝히지 않았어. 하지만 작년 신문 기사를 읽어 보면 그게 오가 의원이라는 걸 알 수 있어."

고시바 신고도 그 글을 봤을 거라고 구사나기는 생각했다.

"그 야구장에 관객석이 있습니까?"

"없어. 그렇게 규모 있는 야구장은 아닌 것 같아. 하지만 네트가 쳐져 있을 뿐, 밖에서는 누구나 들여다볼 수 있나 봐. 그 지역은 고저 차가 커서 구장을 내려다볼 수 있는 장소도 곳곳에 있고."

"그렇다면 상황이 안 좋은데요."

"그러니까 어서 이동하라는 거 아니야. 즉시 경비에 들어가!"

마미야는 그렇게 호통치듯 말한 후 구사나기의 대답도 듣지 않고 전화를 끊었다.

27

조수석에서는 유가와가 열심히 노트북 키보드를 두드리고 있었다. 신호 대기 중일 때 옆에서 들여다보니, 화면에 항공사진 같은 것이 비쳤다. 뭐냐고 묻자 유가와는 구글 지도라고 대답했다. '서니 그라운드' 주변의 지형과 건물 배치를 확인하고 있다는 것이었다.

"시구식이라니, 그야말로 절호의 기회군. 칭찬하고 싶지는 않지만, 과연 고시바 군이야."

"수사진의 뒤통수를 쳤다는 말씀인가요?"

"그뿐이 아니야. 사실 기공식을 노리지 않겠느냐는 말을 들었을 때부터 나는 잘못 짚었다고 생각해. 물론 주변에 아무것도 없는 장소에서 열리니 저격하기에는 안성맞춤이라고 볼 수 있지. 하지만 정확한 위치를 사전에 알 수 없잖아. 오가 의원이 어디에 앉을지, 인사말을 할 때 마이크는 어느 위치에 놓이는지, 그런 걸 미리 알기 힘들다고. 레일 건은 소총과는 달라. 발사 방향을 순간적으로 바꾸기 힘들단 말이지. 1킬로미터 떨어진 거리에서 조준하려면 상당한 준비가 필요해. 적어도 한 시간은 걸릴걸. 경비가 삼엄한 와중에 그런 짓을 했다가는 이내 발각되고 말 거야. 즉 저격에 성공하려면 표적 인물이 반드시 그 위치에 선다는 걸 알고 사전에 조준해 놓아야 한다고."

"시구식이라면 가능하다는 말씀인가요?"

"그럴 거야. 투수라면 반드시 마운드에 서야 하잖아. 오가 의원의 신장을 파악하고 있다면 머리의 위치도 추정할 수 있고."

유가와의 얘기를 듣다 보니 운전대를 쥔 가오루의 손바닥에 땀이 배었다.

"참고삼아 여쭤보는 건데요, 레일 건의 탄환이 사람 머리에 맞으면 어떻게 되나요?"

"글쎄, 그런 생각은 해 본 적이 없어서……."

유가와가 시큰둥하게 반응했다.

"몇 번이나 말한 것 같은데, 레일 건은 실험 장치이지 무기가 아니야. 물론 자네가 무슨 말이 하고 싶은지는 알아. 사용하기에 따라 무기가 될 수도 있다, 그런 말이잖아. 그러나 진정한 과학자라면 절대 그런 식으로 사용하지 않지."

"고시바 군이 진정한 과학자이기를 포기했을까요?"

유가와는 고개를 저었다.

"그러지 않았기를 기도해야지."

그때였다. 가오루의 휴대 전화 착신음이 울렸다. 그녀가 차를 도로변에 세우고 전화를 받았다. 상대는 마미아였다.

"고시바 신고의 차량이 발견되었어. 그리고 차량 밖에서 확인한 바로는 안에 레일 건으로 보이는 물건이 실려 있어. 유가와 교수를 모시고 곧장 이쪽으로 와. 자세한 위치를 문자로 보낼 테니까."

"알겠습니다."

전화를 끊고 유가와에게 상황을 설명했다. 그가 고개를 갸웃했다.

"밖에서 확인했다는 말은 차량의 해치가 열려 있지 않았다는 뜻인가? 그 상태로는 발사할 수 없을 텐데. 고시바 군이 대체 무슨 생각을 하고 있는지……."

그때 가오루의 휴대 전화에 문자 메시지가 도착했다. 첨부된 지도를 보니 위치가 구장 근처인 듯했다.

"아무튼 가 보죠."

가오루가 차를 출발시켰다.

28

현장은 고지대에 있는 주택가 한 귀퉁이였다. 공터에 세워져 있는 차량 몇 대 중 흰색 승합차가 있었다. 번호를 확인한 결과 고시바 신고의 차량이 틀림없다고 판명되었다. 차창 너머로 긴 금속판이 달린 장치가 보였다.

구사나기는 차 옆에 서서 사방을 둘러봤다. '서니 그라운드'가 비스듬히 아래쪽에 있었다. 마운드가 한눈에 내려다보였다. 거리는 약 5백 미터.

"그야말로 최고의 포지션이군."

구사나기가 저도 모르게 중얼거렸다.

"하마터면 큰일 날 뻔했어. 기공식이 무사히 끝났다고 안심하고 돌아갔는데 그 후의 시구식에서 저격당했다면 형사부장의 목이 달아나는 정도로 끝나지 않았을 거야."

마미야가 옆에 서서 담배 연기를 내뿜으며 말했다.

"문제는 고시바 신고인데, 어디 숨어 있을까요?"

"범행을 단념한 것이라면 일이 수월하겠는데 말이야. 어쨌건 우리가 여기 있는 한 그가 레일 건에 접근할 수는 없어."

마미야가 땅바닥에 담배를 비벼 끈 다음 꽁초를 주웠다. 그 모습을 본 구사나기가 휴대용 재떨이를 주머니에서 꺼내는

데 차 한 대가 다가왔다. 운전석에 우쓰미 가오루의 모습이 보였다.

차가 멈추고, 우쓰미 가오루와 유가와가 내렸다.

"교수님! 아이고, 이거, 바쁘실 텐데 이렇게 오시라고 해서 죄송합니다."

마미야가 뛰어가 인사했다.

유가와가 살짝 묵례한 후 고개를 드는데 구사나기와 눈이 마주쳤다.

"그 차인가?"

유가와가 물었다.

그래, 하고 대답하며 구사나기는 슬라이딩 도어를 열었다. 원래는 잠겨 있었지만, 조금 전에 잠금장치를 강제로 풀었다.

유가와가 구사나기가 내민 장갑을 끼고 차로 다가갔다. 차 안에 있는 장치를 바라보는 그의 옆얼굴에 별다른 변화는 없었다.

"맞아?"

구사나기가 물었다.

"레일 건이 확실해. 고시바 군이 고등학교 시절 내 지도하에 제작한 레일 건이야. 콘덴서와 트랜스, 전압 조정기도 눈에 익은 것들이군. 그때 그대로야."

"좋았어!"

마미야가 힘주어 외치더니 스마트폰을 꺼냈다. 상사에게
보고하려는 모양이었다.

구사나기는 야구장을 가리켰다.

"여기서 저격이 가능해?"

유가와의 싸늘한 눈길이 야구장으로 향했다.

"마음만 먹으면 가능하지."

"하지만 이대로는 불가능하지? 장치가 세팅되어 있지 않
다는 건 문외한인 나라도 알겠어. 고시바는 대체 무슨 생각일
까?"

"글쎄……."

유가와가 숄더백에서 쌍안경을 꺼내더니 눈에 대고 어딘
가를 바라보았다. 야구장과는 다른 방향이었다. 마치 사건에
는 전혀 관심이 없다는 듯한 태도다.

"뭘 보는 거야?"

"딱히……."

유가와는 쌍안경에서 눈을 뗐다.

"내 역할이 끝났으면 이만 가 볼까 하는데. 고시바 군이 체
포되는 모습을 보고 싶지 않아서 말이지."

"뭐, 그래도 되긴 하는데……."

"나를 역까지 데려다줄 수 있을까? 거기서부터는 혼자 갈 수 있어."

유가와가 우쓰미 가오루에게 부탁하자 그녀는 의견을 구하듯이 구사나기를 바라봤다.

"그렇게 해."

네, 하고 대답한 후 그녀가 차 쪽으로 걸어갔다. 유가와도 그녀의 뒤를 따랐다.

"미안해, 유가와. 하지만 덕분에 고시바 신고가 살인범이 되지 않았으니 다행이지 뭐야."

구사나기가 유가와의 등에 대고 말했다.

유가와가 뒤를 돌아봤다. 그의 얼굴에 희미한 미소가 떠올랐다. 그는 입으로는 웃고 있었지만, 그 눈에는 슬픈 빛이 어려 있었다.

"그 친구에 관해서는 내가 누구보다 잘 알아."

그러고서 유가와는 차에 올랐다.

뭐라는 거야 대체, 하고 구사나기가 멀어지는 차를 바라보며 중얼거리는데 마미야가 다가왔다.

"잠복 경관만 남기고 나머지는 모두 고시바를 찾아 나서라는 지시야. 30분 후에 시구식이 시작되는데, 레일 건을 잃은 고시바가 오가 의원을 살해하려면 본인에게 직접 접근하는 수밖에 없어. 구장 주변을 중점적으로 뒤지도록 해."

알겠습니다, 하고 구사나기가 대답했다.

29

역에 도착할 때까지 유가와는 내내 말이 없었다. 고시바 신고의 범행을 미연에 방지했다는 데 안도하면서도 역시 한편으로는 마음이 상했나 보다고 가오루는 짐작했다.

역 앞 광장에 도착하자 유가와는 차에서 내렸다.

"바래다줘서 고마워."

침울한 목소리로 가오루에게 인사한 후 그는 돌아서 걸음을 내디뎠다.

차를 출발시키려던 가오루의 눈에 조수석 밑에 떨어져 있는 천 같은 것이 보였다. 주워 들고 보니 안경 렌즈를 닦는 조그만 천이었다. 유가와가 떨어뜨린 듯했다.

그에게는 없으면 곤란한 물건일지도 모르겠다 싶어 가오루는 차에서 내려 유가와를 뒤쫓았다. 아직 그리 멀리 가지는 못했을 터였다.

그런데 이미 역 안으로 들어갔을 것으로 생각했던 유가와의 모습이 가오루의 눈에 들어왔다. 그는 택시를 타려는 참이었다.

그가 어디로 가려는 것일까 생각하고 말고 할 겨를이 없었다. 가오루는 급히 차로 돌아가서 서둘러 시동을 걸고 액셀을 밟았다. 그리고 광장을 떠나는 택시에 약간의 거리를 두고 따라붙었다. 그녀는 택시를 놓치지 않도록 눈으로는 전방을 주시하면서 한 손으로 휴대 전화를 꺼냈다. 마미야나 구사나기에게 어떻게 하면 좋을지 물어보려는 것이었다.

하지만.

가오루는 이내 휴대 전화를 조수석으로 내던졌다. 우선은 유가와의 얘기를 들어 보자는 생각이 들어서였다.

이윽고 전방에 거대한 쇼핑센터가 나타났다. 택시가 그 앞에 멈춰 섰다. 유가와가 택시에서 내려 쇼핑센터를 향해 걸어갔다.

가오루는 그를 지나쳐 차를 세우고 밖으로 나왔다.

"교수님!"

유가와가 걸음을 멈추고 뒤를 돌아봤다. 그녀와 눈이 마주친 유가와는 아차, 하는 표정으로 입술을 깨물었다.

가오루가 그를 날카롭게 노려봤다.

"왜 여기서 내리셨죠?"

"별일 아니야. 쇼핑센터에 온 것뿐인데."

"뭘 사려고 굳이 역에서 택시까지 타고 오셨어요?"

"자네와는 상관없는 일이야."

"저도 가겠어요."

"그럴 필요 없는데."

"아니요, 갈 거예요. 제가 알아서 따라갈 테니까 교수님은 신경 쓰지 말고 쇼핑하세요."

유가와의 미간에 깊은 주름이 새겨졌다. 눈에는 초조한 기색이 어렸다.

"무슨 일이 있는 거죠? 말씀해 주세요."

"그건 안 돼. 부탁이니 나 혼자 가게 해 줘."

"저도 안 돼요."

가오루가 휴대 전화를 꺼냈다.

"설명해 주지 않으시면 구사나기 선배에게 연락하겠어요."

유가와의 얼굴이 고통스럽게 일그러졌다.

"시간이 없어. 이제 곧 시구식이 시작될 거야."

"왜 그걸 걱정하시죠? 이제 레일 건은 사용할 수 없는데요."

유가와는 가오루의 시선을 외면하며 고개를 저었다.

"그렇지 않아."

"그렇지 않다니, 그게 무슨 뜻이죠? 말씀해 주세요."

"미안해. 무슨 일이 벌어지든 내가 책임질게. 내가 모두 책임질 테니 잠자코 나를 보내 줘."

그리고 유가와는 막무가내로 걸음을 내디디려 했다. 가오
루가 그런 그의 팔을 잡았다.

"저도 갈 거예요. 저도 책임질 겁니다."

"그런 억지를……."

"억지를 부리시는 건 교수님이에요. 제 성격 아시죠? 제가
여기서 물러설 것 같은가요?"

유가와가 고통스러운 표정을 지으며 눈을 감았다.

30

수비 연습을 하는 소년들의 모습이 철망 너머로 보였다. 구
사나기는 마미야와 함께 야구장 주차장에 있었다. 조금 전 오
가 진사쿠 일행이 도착해 옆에 있는 사무실로 들어갔다. 그들
이 옷을 갈아입고 나면 시구식이 시작될 것이다.

"고시바가 나타나지 않을지도 몰라."

마미야가 긴장이 풀린 목소리로 말했다.

"무기를 빼앗겼는데 무슨 방법이 있겠어. 지금쯤 꽤 멀리
도주하지 않았을까?"

"그럴지도 모르죠."

"너무 과대평가했는지도 몰라. 제아무리 수재라고 해도 반드시 뛰어난 범죄자가 되라는 법은 없잖아. 그래 봐야 고등학교를 갓 졸업한 풋내기인걸. 하기야 고등학생 때 그런 엄청난 장치를 만들다니, 대단하긴 하지만."

그렇죠, 하고 대답하면서 구사나기는 뭔가 마음에 걸리는 것을 느꼈다.

고등학생 때 만들었다…….

아니, 그렇지 않을 것이다. 원형은 고등학생 때 만들었을지 모르지만 그걸 여러 군데 개조했을 것이다. 그러려고 고시바 신고는 구라사카 기계 공업에 취직했다. 그 점은 구라사카 유리나도 증언한 바 있다.

유가와의 말이 문득 되살아났다.

고시바 군이 고등학교 시절 내 지도하에…….

그때 그대로야.

그럴 리 없다. 여러 군데를 개조했다면 유가와가 그런 식으로 말하지 않았을 것이다.

"계장님, 우쓰미 형사에게서 연락이 없었습니까?"

구사나기가 마미야에게 물었다.

"아니, 없었어. 그러고 보니 늦는군."

구사나기는 휴대 전화를 꺼내 우쓰미 가오루의 번호를 눌렀다. 전화는 금방 연결되었다. 네, 하는, 그녀답지 않게 침울한 목소리가 들려왔다.

　"나야. 지금 어디 있지?"

　그러나 대답이 없었다. 그녀는 뭔가를 주저하는 듯했다.

　"유가와는? 유가와는 어떻게 됐어? 역까지 바래다줬나? 도쿄로 돌아갔어?"

　"지금…… 유가와 교수님과 함께 있어요."

　"유가와가 함께 있어? 이봐, 어떻게 된 일이야? 설명해 봐. 거기 어디지?"

　"장소는, 구장에서 동쪽으로 1킬로미터 정도 떨어진 곳에 있는 쇼핑센터입니다."

　"쇼핑센터? 그런 데서 뭘 하지?"

　우쓰미 가오루가 잠시 뜸을 들이다가 대답했다.

　"고시바 신고 군이 나타나기를 기다리고 있어요."

　구사나기는 전화기를 귀에 댄 채 뛰기 시작했다. 뒤에서 마미야가 불렀지만 대답할 여유가 없었다.

   노트북에 유니폼을 입은 소년들이 비쳤다. 경쾌하게 움직이던 소년들이, 수비 연습 종료 신호라도 떨어졌는지 전원 포수에게 볼을 돌려주기 시작했다. 드디어 경기가 시작되는 모양이었다. 그러나 그 전에 우스꽝스러운 의식이 있다. 오가 진사쿠와 면장의 한 타석 대결이다.

   바보 같은 짓이라며 침이라도 뱉고 싶어진다. 소년들이 진검승부를 펼치려는 마당에 다 큰 어른이 끼어들어 여흥을 즐기다니.

   하기야 오늘만큼은 이 쓰잘머리 없는 행사를 환영하지 않을 수 없다. 오가 진사쿠가, 죽어 가는 아키호를 내버려 둔 채 도망간 그 극악무도한 인간이 마운드라는 최적의 장소에 표적으로 서 주니 말이다.

   신고는 손목시계를 봤다. 예정 시간보다 5분 정도 늦었다. 보나마나 오가가 지각했을 것이다. 그 인간은 사람을 기다리게 하는 걸 아무렇지도 않게 여긴다. 남겨진 문자 메시지를 보니 아키호를 호텔에서 기다리게 한 적도 많은 듯하다. 누나는 왜 그런 남자에게 끌렸을까. 생각해 봐야 소용없는 일이지만, 분해서 도저히 참을 수가 없다.

오가는 아직 그라운드에 나타나지 않았다. 다시 한 번 손목 시계를 보고 심호흡을 몇 번 한 후 얼굴을 비빈다. 위가 조금 쓰리다. 속이 빈 탓일까. 열 시간 넘게 아무것도 먹지 않았다. 편의점에서 산 샌드위치와 캔 커피가 있지만, 식욕이 전혀 없다.

아키호가 만들어 주던 음식이 그리웠다. 그녀는 요리를 그리 잘하지는 못했지만, 바쁠 때도 동생을 위해 이것저것 만들어 주었다. 소스에 뭉근히 조린 햄버거 스테이크는 누나가 가장 잘하는 음식 중 하나였다.

"패밀리 레스토랑에서 아르바이트한다고 해서 거기 음식만 먹으면 안 된다니까. 그런 음식은 대부분 냉동이잖아. 역시 제대로 만든 음식이 아니면 영양 밸런스를 맞추기 힘들어."

누나가 그런 잔소리를 늘어놓으며 접시 가득 햄버거 스테이크를 담은 적이 있었다. 소스가 접시에서 넘쳐흐를 것만 같았다. 신고가 대학에 입학해 아르바이트를 시작한 지 얼마 안 되었을 무렵이었다.

"햄버거 스테이크만 먹는 편이 더 영양이 한쪽으로 치우칠 것 같은데."

"말이 많네. 누나가 만드는 햄버거 스테이크는 특별하단 말이야. 누나의 애정이라는 양념이 들어 있으니까. 쓸데없는 소리 말고 어서 먹어."

그때 일을 떠올리자 눈물이 흘렀다. 그로부터 일주일 후, 누나는 돌아올 수 없는 몸이 되었다.

벤치에서 남자 둘이 나왔다. 둘 다 유니폼 차림이다. 한쪽은 오가 진사쿠로, 왼손에 글러브를 끼었다. 그가 오른손을 가볍게 흔들며 마운드로 향했다.

신고는 키보드를 두드렸다. 화면의 영상이 크게 확대되었다. 지금 비치는 영상은 레일 건의 조준기에서 보내는 것이다.

아마 고지대에 세워 놓은 승합차는 이미 발견되었을 것이다. 그렇지 않았다면 이 쇼핑센터의 입체 주차장에도 경찰이 쫙 깔렸을 터였다. 승합차에 실려 있는 레일 건이 가짜일 거라고는 그 누구도 생각하지 못할 것이다.

인터넷을 이 잡듯 뒤졌지만 나가오카 오사무 살인 사건에 관련된 기사는 찾을 수 없었다. 수사에 전혀 진전이 없는지, 아니면 진전은 있지만 정보를 공개할 만한 단계가 아닌지 알 수 없었다. 그러나 경찰은 이미 자신의 계획을 파악했을 것이라고 신고는 생각했다. 학교에서 레일 건을 싣고 나온 사실도 드러났을 것이고, 무엇보다 구라사카 유리나가 계속 침묵을 지켰을 것이라고 기대할 수 없었다.

오가 진사쿠의 얼굴이 클로즈업되었다. 화면 중앙에 하얀 원이 표시되어 있다. 이 원 안에 오가의 머리가 들어올 때가 신고에게는 운명의 순간이다. 실제 원의 지름은 30센티미터. 솔직히 말해서 정말로 표적에 명중할지 어떨지는 알 수 없다. 계산상으로는 어느 정도의 확률로 맞게 되어 있다. 그 정도가 신고가 말할 수 있는 전부다. 지금 자신이 할 수 있는 일은 이 것뿐이다.

누나, 하고 중얼거리면서 아키호의 얼굴을 떠올렸다. 기다려, 이제 원수를 갚아 줄 테니까.

오가와의 거리가 가까워졌다. 잠시 후면 머리가 원 안으로 들어온다.

신고는 마른침을 삼켰다. 콘덴서는 충전이 완료되었고, 발사 프로그램도 이미 작동 준비를 마쳤다. 리턴 키를 누르면 프로젝타일이 발사된다.

키보드로 손을 뻗었다.

그런데 다음 순간 갑자기 영상이 사라졌다.

신고는 몹시 당황스러웠다. 무슨 일이 일어난 건지 알 수 없었다. 레일 건을 모니터하는 프로그램 자체가 작동하지 않았다.

본체에 이상이 발생했다고 생각할 수밖에 없었다. 신고는 차 문을 열고 밖으로 나갔다. 렌터카 대리점에서 빌린 라이트 밴이다. 지금 그가 있는 곳은 입체 주차장 2층이었다.

근처에 있는 엘리베이터를 타고 옥상으로 올라갔다. 맨 끝 주차 공간에 덮개가 덮인 트럭이 세워져 있다. 그것도 그가 빌린 것이다.

신고는 짐칸으로 기어 올라갔다. 거기에는 그의 집념의 결정이 실려 있다.

레일 길이 2미터, 총 중량 약 300킬로그램. 성능에 관한 한 세계 최고 수준을 자부하는 레일 건이다. 그 총구가 1킬로미터 이상 떨어진 야구장을 향해 있었다.

겉으로 봐서는 별 이상이 없었다. 신고는 초조해졌다. 빨리 무슨 수를 쓰지 않으면 기회를 놓치고 만다.

그때였다. 들어 본 적 없는 전자음이 귀를 울렸다. 소리가 나는 쪽을 보니 스마트폰이 놓여 있었다. 소리는 거기서 나고 있었다. 하지만 그 스마트폰은 신고 것이 아니었다. 이게 왜 여기 있을까. 머뭇머뭇 그 스마트폰을 집어 들고 착신 표시를 들여다보던 신고가 눈을 부릅떴다. 유가와, 라는 글자가 표시되어 있었기 때문이다.

숨을 가다듬고, 전화를 받았다.

"네."

"레일 건을 사용해서 1킬로미터 앞에 있는 표적을 저격한다……, 상당히 흥미로운 실험이군. 그 표적이 인간의 머리만 아니라면 말이야."

스마트폰에서 유가와의 쾌활한 목소리가 흘러나왔다.

"미안하지만, 본체의 프로그램을 약간 수정했네. 이제 레일
건을 작동할 권한은 내게 있어."

신고는 전화기를 손에 든 채 짐칸에서 내려와 사방을 두리
번거렸다.

옆 건물 옥상에 유가와의 모습이 보였다. 그는 젊은 여자와
함께 있었다.

"교수님이 왜 여기에……."

"자네가 만든 레일 건을 꼼꼼히 살펴봤어. 정말 멋지게 만
들었더군. 감탄했어. 2년 전에 파워를 한층 올릴 수 있는 아이
디어를 몇 가지 주었는데 그걸 완벽하게 반영했더군. 자네는
훌륭한 기술자야."

"감사합니다."

저도 모르게 그렇게 말하고 말았다.

"자네 방에서 압수한 프로젝타일 도면도 봤지. 2년 전에는
포기했던 프로펠러 안을 수용했더군."

네, 하고 신고는 대답했다.

"구형 유리를 수지로 코팅하고, 그 수지에 120도 간격으로
Y자형 홈을 팠습니다. 발사되는 순간 수지는 공기의 저항으

로 홈에서부터 세 방향에서 벗겨집니다."

"귤껍질이 벗겨지듯이 말이지? 벗겨진 수지가 프로펠러 날개 역할을 해서 프로젝타일 전체를 회전시키고."

"그러고 나면 수지는 갈기갈기 찢어지지만, 남은 구체 프로젝타일은 회전 운동을 계속하죠. 그로 인해 지향성은 증가하고 공기 저항은 감소합니다. 권총의 탄환과 같은 원리입니다."

훌륭해, 하고 유가와는 만족스럽다는 듯이 고개를 끄덕였다.

"프로젝타일이 표적에 맞지 않고 엉뚱한 사람에게 상처를 입힐 확률은 계산해 봤나?"

"네. 0.01퍼센트 이하입니다."

"그렇다면 표적에 맞을 확률은?"

"그건…… 바람이 없을 경우, 50퍼센트 정도일 것 같습니다."

"그렇게 확률이 낮아도 괜찮아?"

"좋지는 않죠. 하지만 다른 방법이 떠오르지 않았습니다."

"단념하는 방법도 있었을 텐데. 아, 오가 의원의 투구 연습이 끝난 모양이야."

유가와가 노트북 화면으로 눈길을 돌렸다.

"드디어 면장과의 대결이 시작되나 봐."

"교수님……."

"내가 여기 온 이유는 한마디로 책임지기 위해서야. 사정은 잘 알아. 자네라고 성인군자는 아니잖아. 사랑하는 사람을 그렇게 잃었으니 원한을 풀고 싶기도 하겠지. 하지만 레일 건 연구에 몰두했던 때를 한번 생각해 봐. 우리 둘이 무슨 얘기를 나눴지? 과학이 얼마나 위대한가에 대해 늘 얘기했잖아. 나는 자네에게 이런 짓을 하라고 과학을 가르친 게 아니야."

신고는 고개를 숙였다. 할 말이 없었다.

그러나, 하고 유가와가 말을 이었다.

"억지로 뜻을 꺾지는 않겠어. 자네가 어떻게든 뜻을 이루겠다면 힘을 보태겠네. 자네가 그 레일 건을 만들도록 가르친 사람은 나잖아. 그러니 내가 매듭을 지어야지. 쏘고 싶으면 그렇다고 말하게. 의원의 머리가 조준기에 들어오는 순간 내가 프로젝타일을 발사할 테니까."

32

엘리베이터 문이 열리는 것과 동시에 구사나기는 밖으로 뛰쳐나갔다. 유리문을 열고 옥상으로 나가자 우쓰미 가오루의 모습이 보였다. 그 너머에 유가와가 있었다.

그에게 다가가려는 구사나기를 우쓰미 가오루가 막아섰

다. 그리고 그녀는 빠져나가려는 구사나기를 양팔을 벌려 저지했다.

"무슨 짓이야!"

"더는 유가와 교수님께 다가가지 마세요."

"뭐라고? 지금 장난해?"

"저쪽 건물에 주차되어 있는 트럭이 보이시죠? 그 옆에 고시바 신고 군이 있어요."

그녀가 가리키는 쪽을 보니 아닌 게 아니라 트럭이 한 대서 있었다.

"저 트럭에 진짜 레일 건이 실려 있어요. 승합차에 있는 건 가짜였어요. 진짜는 크기가 두 배나 되더군요."

"역시 그랬군."

구사나기가 혀를 찼다.

두 사람의 대화가 귀에 들어왔는지 유가와가 뒤를 돌아봤다.

"이게 누구야, 경시청의 구사나기 경부보 아닌가. 여기까지 걸음을 했는데 미안하지만, 그 이상 다가오지는 마. 더 다가오면 레일 건의 스위치를 누르겠어."

"뭐? 저 인간이 지금 뭐라는 거야?"

구사나기가 우쓰미 가오루에게 물었다.

"유가와 교수님이 레일 건 제어 장치를 손에 쥐고 계세요."

"뭐야?"

"내, 분명히 말해 두겠는데,"

유가와가 구사나기 쪽을 바라보며 말했다.

"고시바 신고 군에게도 접근하지 마. 저쪽에 수사관이 한 명이라도 모습을 보이면 그때도 스위치를 누를 테니까."

"자네 지금 제정신이야?"

"내 평생 지금처럼 정신이 멀쩡한 적이 없었어."

유가와가 그렇게 말하고 나서 전화기를 귀에 갖다 댔다.

"경찰이 오긴 했지만 걱정할 거 없어. 그들이 자네를 방해하지 못하도록 할 테니까. 그보다 신호는 아직이야? 오가 의원과 면장의 대결이 이미 시작됐다고. 의원의 머리가 이제 곧 조준 범위 안에 들어올 거야. 일단 마음먹었으면 빨리 하는 게 좋아. 오가 의원의 컨트롤이 상당히 좋아. 벌써 스트라이크를 잡았다니까. 우물쭈물하다가는 면장이 삼진 아웃 당하겠어."

유가와의 모습을 바라보던 구사나기가 우쓰미 가오루를 노려보면서 조그만 소리로 물었다.

"언제 알았어?"

"여기 와서 알았습니다."

"왜 좀 더 빨리 알리지 않았지?"

그녀가 입을 다문 채 고개를 숙였다. 대답하기가 곤란한 모양이었다.

"이봐, 우쓰미 형사."

"유가와 교수님께 맡기고 싶었어요."

우쓰미 가오루가 고개를 들고 말했다.

"진심이야?"

"죄송합니다. 처벌은 각오했어요."

"지금 그게 문제가 아니잖아!"

구사나기가 이마를 훔쳤다. 날은 으스스한데 땀이 솟았다.

33

"왜 그래, 포기하고 싶은 거야?"

유가와가 전화기에 대고 물었다.

"1년 가까이 준비해 온 일이잖아. 체포될 각오도 되어 있을
테고. 그렇다면 주저할 필요가 없지. 나는 신경 쓰지 마. 이것
역시 자업자득이니까. 제자에게 과학을 올바로 가르치지 못
한 데 대한 벌이야."

은사의 말이 신고의 가슴을 뒤흔들었다. 유가와가 벌을 받
게 할 수는 없다. 그러나 지금 여기서 기회를 놓치면 아키호

의 원수를 갚는 일은 영원히 불가능해진다.

지나온 날들이 주마등처럼 머리를 스쳤다. 오직 복수만 생각하며 살아왔다. 그 외에는 아무것도 바라지 않았다. 복수만 할 수 있다면 죽어도 상관없다고 생각했다.

"원 스트라이크 투 볼이야."

유가와가 말했다.

"자, 어떻게 할 테야? 결단을 내려야 해."

신고가 고개를 들었다. 유가와와 눈이 마주쳤다.

마지막으로, 하고 은사가 운을 떼었다.

"한 가지 알려 주고 싶은 일이 있어. 2년 전에 우리 둘이서 레일 건을 완성했던 밤, 자네 집에서 조촐하게 축하 파티를 한 일이 있었지. 자네 누나 아키호 씨도 함께였어. 기억하나?"

신고가 고개를 끄덕였다. 어떻게 잊겠는가. 즐거웠던 기억의 하나다.

"자네가 맥주를 마시고 잠들었을 때, 아키호 씨가 아주 흥미로운 얘기를 들려주었어. 자네 아버지에 관해서야. 아버지가 무슨 일을 하셨는지 자세히 아나?"

신고는 아니요, 하고 고개를 저었다.

"그럼 내가 가르쳐 주지. 아버지는 지뢰 철거 기계를 연구하고 개발하는 일을 하셨어. 그것 때문에 캄보디아에도 여러 번 가셨지."

"지뢰……."

놀라웠다. 처음 듣는 얘기다.

"아버지가 근무하시던 아카쓰키 중공업에 가서 자세한 얘기를 들었어. 개발 제안서 끄트머리에 이런 글이 적혀 있더군."

유가와가 품에서 종이 한 장을 꺼냈다.

"지뢰는 핵무기와 나란히, 과학자가 만든 최악의 물건이다. 어떤 경우라도 과학 기술로 인간을 해치거나 생명을 위협하는 일은 허용되지 않는다. 나는 과학에 뜻을 둔 사람으로서 과거의 잘못을 바로잡고 싶다……. 이 말을 들으니 무슨 생각이 들지?"

신고는 충격을 받았다. 아버지가 그런 일을 했다는 건 전혀 몰랐다.

"훌륭한 이념이야. 그런데 왜 아버지는 본인의 일에 관해 자네에게 얘기하지 않았을까. 이것 역시 그날 밤에 아키호 씨에게 들은 얘기인데, 아버지는 자네에게 일부러 감췄다는군. 왜일까?"

"모르겠습니다."

"아버지가 아키호 씨에게 이렇게 말씀하셨대. 내가 지금 하고 있는 일은 사회 공헌도 선행도 아닌 참회다. 그러니 자식에게 떠벌릴 일이 아니다."

"참회라고요?"

"아카쓰키 중공업에서 일하시기 전, 자네 아버지는 미국 기업에서 근무하셨다는군. 자네가 태어나기도 전이니 물론 자네는 모르겠지."

역시 처음 듣는 얘기였다.

"그곳은 군수 산업 관련 기업이었어. 그리고 거기서 자네 아버지가 담당한 일은 대인 지뢰를 제조하는 것이었어."

신고는 소스라치게 놀랐다. 몸이 가볍게 떨려 왔다.

"젊은 나이라서 자신이 하는 일의 의미를 깊이 생각하지 않으셨다는군. 지뢰는 탄약과 마찬가지로 무기의 하나일 뿐이다, 전쟁이 사라지지 않는 한 무기는 필요하다, 그 정도의 인식밖에 없으셨다고 해. 그런데 어느 날, 지뢰에 두 다리가 날아간 아이를 보게 된 거야. 그 아이는 근처에 지뢰가 있는 줄은 알았지만 가족이 사용할 물을 구하려면 그곳을 지나지 않을 수 없었지. 그 사실을 알았을 때 자네 아버지는 본인의 큰 잘못을 깨달으셨어. 그때까지의 자신이 몹시 부끄러우셨지. 그래서 귀국한 뒤 아카쓰키 중공업에서 새로운 인생을 시작하기로 결심하셨어. 연구자로서의 남은 인생을 자신의 잘못을 바로잡는 데 바치기로 마음먹으신 거지."

유가와의 말 한마디 한마디가 신고의 가슴을 깊이 파고들었다. 그는 아버지 게스케의 얼굴을 떠올렸다. 그토록 온화한 표정 아래에 그런 고뇌가 숨어 있을 줄은 꿈에도 몰랐다.

"과학을 제패하는 자가 세계를 제패한다."

유가와가 단어 하나하나를 곱씹듯이 말했다.

"핵무기나 지뢰를 떠올릴 때 이 말은 전혀 다른 의미를 갖게 되지. 자네 아버지는 자신에 대한 징계의 의미로 이 말을 절대 잊지 않아야 한다고 하셨대. 그날 밤 아키호 씨는, 언젠가는 이 얘기를 동생에게 들려주고 싶다고 했어. 어떤가, 고시바 군. 이 얘기를 들으니 무슨 생각이 들지? 지금 자네가 하려는 일을 과연 천국에 계신 아버지가 기뻐하실까? 아니, 저런, 파울이 세 개째야. 면장이 상당히 끈질기군. 하지만 이제 투 스트라이크 스리 볼이니 다음 한 구로 결정이 나겠지. 서두르자고. 지금 의원의 머리가 조준 범위 안에 들어왔어. 쏘려면 기회는 지금이야."

신고는 온몸에서 힘이 빠져나가는 것을 느꼈다. 그러나 무력감이 몰려온 것은 아니다. 무겁게 자신을 짓누르던 무언가가 떨어져 나간 느낌이었다. 그는 전화기를 귀에서 뗐다. 그리고 양팔을 축 늘어뜨린 채 유가와를 바라보았다.

유가와도 그를 바라보고 있었다. 그 얼굴에 온화한 미소가 퍼졌다.

유가와가 전화기를 귀에 대라는 듯한 몸짓을 보였다. 신고
는 그가 시키는 대로 했다.

"중견수 앞으로 날아가는 안타야. 자네 대신 면장이 오가
의원을 해치웠군."

신고의 입가에도 미소가 어렸다. 이렇게 웃어 보는 게 얼마
만일까, 하고 생각했다.

34

벚꽃잎이 하늘하늘 종이컵 속으로 날아들었다.

"어, 올해 운수 대통 하겠는데요."

얼굴이 불그레한 기시타니가 말했다. 늘 양복 차림이더니 오
늘은 점퍼에 청바지다. 그러고 있으니 평소보다 젊어 보였다.

"그래? 뭐, 운수가 나쁜 것보다는 좋지."

구사나기는 꽃잎과 함께 맥주를 들이켰다.

우쓰미 가오루가 맥주를 더 따라 주었다.

"유가와 교수님이 좀 늦으시네요. 전화해 볼까요?"

"내버려 둬. 젠체하느라고 그러는 거니까. 늦게 나타나야

더 고마워할 줄 아는 거지."

어느새 4월에 들어섰다. 비번이었던 구사나기 팀은 꽃구경을 나서기로 했다. 우쓰미 가오루가 유가와도 초대하자고 했다. 반대하는 사람은 없었다.

레일 건 사건 이후 구사나기는 유가와를 만난 적이 없다. 사적인 감정이 개입되어서는 안 된다는 이유로 참고인 조사를 다른 수사관이 담당하게 되었기 때문이다. 유가와는 공무집행 방해 혐의로 입건되었지만 결국 불기소 처분을 받았다.

고시바 신고는 기물 손괴 혐의로 기소되었다. 대신 살인 예비죄에 관해서는 무혐의 처리되었다. 구사나기는 타당한 판단이라고 생각했다.

한편 오가 진사쿠의 신변에는 별다른 변화가 없었다. 슈퍼테크노폴리스 프로젝트는 순조롭게 진행되고 있고, 여성 스캔들에 관한 기사가 나올 조짐도 보이지 않았다.

구사나기는 유가와를 만나면 확인해 보고 싶은 것이 있었다. 만일 고시바 신고가 신호를 보냈다면 정말로 레일 건을 발사할 생각이었냐고 말이다.

설마 그랬겠느냐는 것이 마미야를 비롯한 다수의 의견이었다.

"굳이 발사할 이유가 있나? 조준 범위 내에 들어오지 않았다든지 하는 핑계를 대고 회피하면 그만인걸. 그 머리 좋은 유가와 교수가 그 정도도 못하겠어?"

그러나 우쓰미 가오루는 실제로 발사했을 거라고 단언했다.

"제가 옆에서 본 바로, 유가와 교수님은 진심이셨어요. 만약 그 결과 오가 의원이 사망했다면 두말없이 형벌을 받으셨을 거예요. 후회도 없이요. 그런 분이에요, 유가와 교수님은."

상식적으로 생각하면 마미야 쪽 의견이 타당할 것이다. 그러나 유가와를 잘 아는 구사나기는 우쓰미 가오루가 하는 말을 충분히 이해할 수 있었다.

레일 건에 관해 상세히 조사한 과학 수사 연구소에서는 그 완성도가 가히 천재적이라고 했다. 만에 하나 발사되었다면 프로젝타일이 상당히 높은 확률로 명중해 오가 진사쿠의 머리가 수박마냥 박살 났을 거라는 얘기였다.

빨리 만나서 얘기를 듣고 싶다고 생각하는 참에 유가와의 문자 메시지가 도착했다.

'급히 뉴욕에 가게 되었어. 한동안 돌아오지 않을 거야. 괴이한 사건이 발생하더라도 미국까지 쫓아오는 일은 없기를 바라네. 그럼 또 봐.'

구사나기는 씁쓸하게 웃으며 답신을 보낼까 말까 망설이다가 결국 보내지 않기로 했다. 어쩐지 그래야만 조만간 또 만나게 될 것 같은 느낌이 들어서였다.

이건 다음에 만날 때까지 보관해 둬야겠군, 하며 옆에 놓여 있는 와인을 내려다봤다. '오푸스 원'이다.

한바탕 바람이 불어와 꽃잎이 눈처럼 내렸다.